野狗的身價

野良犬の値段

百田尚樹

ひゃくた なおき

王蘊潔——譯

主要人物列表

佐野光一　二十四小時營業定食餐廳店員

進藤春馬　警視廳京橋分局局長・警視

大久保壽一　警視廳京橋分局刑事課課長・警部

二階堂恆夫　警視廳京橋分局刑事課一股股長

玉岡勝　警視廳京橋分局刑事課一股刑警

鈴村耕三　警視廳京橋分局刑事課一股資深刑警

蓑山潤　自由撰稿人・《週刊文砲》特約記者

桑野宗男　《週刊文砲》總編輯

三矢陽子　東光新聞社會部記者

萩原進　東光新聞社會部記者

岩井保雄　東光新聞社長

安田常正　東光新聞副社長

吹石博一　大和電視台員工・『兩點的房間』節目製作人
井場秀樹　『兩點的房間』節目編劇
大森亮一　大和電視台董事長
澤村政男　大和電視台副董事長

松下和夫　遭綁架的人質（六十歲）
田中修　遭綁架的人質（五十八歲）
影山貞夫　遭綁架的人質（五十七歲）
高井田康　遭綁架的人質（五十四歲）
大友孝光　遭綁架的人質（五十三歲）
石垣勝男　遭綁架的人質（四十五歲）

垣內榮次郎　常日新聞社長
夙谷英雄　常日新聞副社長
高村篤　JHK會長
篠田正輝　JHK副會長

序章

五月八日

佐野光一沖完澡後，沒穿衣服，就在佔據套房空間三分之一的床上坐下，打開手機。現在是凌晨三點多。

他習慣性打開推特，並沒有特別目的，只是看看時間軸上的名人推文。他瀏覽著藝人、運動選手和偶像這些追蹤對象的推文。

每次上完深夜班，不管再怎麼累，他都習慣在睡覺之前打開推特，如果有吸睛的推文或是有共鳴的推文，他就會按讚，有時候會留言表示贊同。

雖然名人很少會回應留言，但之前曾經有三次收到回覆。其中一人是當紅的偶像，留言回覆說：「謝謝你的支持！」另一個人是逐漸走紅的年輕喜劇表演漫才師，回了一個笑臉符號。另一個是日本職業足球聯賽J聯盟的頂尖選手，留言說「謝謝回覆」。雖然都是很簡單的內容，但崇拜的超級名人看了自己的推文，而且還留言，這讓他感受到足以讓全身都融化的喜悅。這個可以一手掌握的小機器，讓自己和名人有了連結。當收到名人的回應時，他就為自己匿名玩推特感到有點可惜，但又沒有勇氣用本名，他絕對不想被朋友和同事知道。

在剛出道的偶像或是諧星的推文留言，收到回應的情況並不少見，但收到這種二流藝人的回應並不值得高興。既無法向別人炫耀，對方也只是為了多得到幾名粉絲而回覆，只有超級名人的回應才有價值，就算回應的比例在五百次中只有一次，但正因稀有，更值得炫耀，更何況就算名人沒有回應，仍很可能看到了自己留言的內容。

自己的推文被網友大量轉推，是玩推特的一大樂趣，只不過這並不容易。無論自己的推文再怎麼精采，都很少會有反應。推文中出現名人的名字時，會有幾個「讚」，不過只有個位數。如果寫名人的壞話，轉推和「讚」數就有可能增加，但會被更多名人粉絲留言攻擊，因此他沒有勇氣這麼做。雖說是匿名，看到惡毒的留言，心臟還是會受不了。

佐野輸入「投資」這兩個字搜索。這是他每天的習慣。這個世界上，有許多自己不知道的「輕鬆賺大錢機會」，只有知道某些方法的人，才能夠發財致富，自己一無所知，才會這麼窮。

雖然目前在二十四小時營業的定食餐廳當店員，但他並不打算一輩子做這種工作。有朝一日，自己會創業，大賺一票，到時候就可以名利雙收。自己的推特帳號會有好幾十萬人追蹤，只要在推特上發布推文，馬上就會有好幾萬個「讚」，數千個轉推——

佐野幻想了一下，覺得自己在三十五歲之前應該可以完成這個夢想。反正還有七年，時間綽綽有餘。

手機螢幕上接連出現內含「投資」兩字的推文，大部分都是做股票如何如何，或是賽馬賠光錢之類無聊的推文，其中也有「想要追女人，請她在一流餐廳吃飯是重要投資」之類的內容。有一大堆垃圾廢文濫竽充數是無可奈何的事，真正有價值的內容就像在大海中撈針，在沙堆中淘出砂金，當然不可能輕易找到。但他並不討厭看這種垃圾推文，瞭解到有很多人和自己一樣，對

「投資」產生興趣，就覺得自己不孤單，心情會感到愉快。

滑一陣子後，他的手指停了下來。

「綁架是不划算的生意？

還是一場表演秀？」

怎麼會出現這個？佐野納悶，仔細一看，發現那則推文的標籤中有「投資」這兩個字。原來是發布這則推文的人故意輸入了「#投資」，但把綁架和投資結合在一起未免太奇妙了，而且這則推文中還附上「kidnaping-XXX.com」的網站網址。

佐野隨手點開這個網址，立刻進入網站。

「歡迎光臨我們的網站」

黑色的背景中出現了很大的宋體字。那是首頁的畫面，下方以小字顯示「你是本網站第〇名訪客」的文字，計數器的數字顯示為「1」。

喂喂喂，我竟然是第一個人。佐野苦笑著。

下方出現「最新消息」幾個字。他點選後又出現新的畫面，上面寫著以下的文字。

「202X年4月，我們綁架了某人，近日將利用人質進行『實驗』。這並非開玩笑，也不是惡作劇。」

畫面上完全沒有照片或是插圖，黑色畫面上只有這段內容。網站沒有其他網頁，這篇文章在五月八日零點十分上傳，正是三個小時前。

這是怎麼回事？他脫口而出。架設這個網站的傢伙，上個月綁架了某個人，打算做某項實驗嗎？實驗又是什麼？難道要做人體實驗？

八成是無聊的惡作劇，但特地架設這個莫名其妙的網站有什麼目的？一定是腦筋有問題的人在惡搞，這個世界上就是有這種白痴。

佐野回到介紹這個網站的推特帳號，發布這篇推文的人，應該就是架設網站的人。他看了推文的時間，是五月八日凌晨兩點零五分。一個小時前發布的這則推文既沒有「讚」，也沒有轉推。雖然那個人發這則推文想引導別人去那個網站，但如果根本沒有人看到這則推文，不是白忙一場嗎？佐野猜想，搞不好自己是第一個看到這則推文的人。

佐野立刻滑到其他「投資」相關的推文，但突然停手。他想到，如果介紹剛才看到的那個網站，搞不好會有幾個轉推。

佐野再次複製剛才那個網站的網址，貼上之後，又補充了「發現綁匪！」幾個字。他想再看一次寫著那個網址的推文，沒想到竟然找不到了。明明剛才還在。他又繼續尋找，發現那則推文真的像煙霧一樣消失。

雖然他感到很奇怪，但並沒有太在意，又繼續看了些其他關於「投資」的推文。話說回來，在推特上很少會看到像砂金一樣的推文。他又滑了十分鐘左右，睡意漸漸來襲，他把手機放在桌上，躺了下來。才睡著沒多久，就被手機的聲音吵醒。原來是轉推的通知。

他看了手機，發現剛才發的那則「發現綁匪！」的推文被轉推了。他的推文已經很久沒有被轉推，他猜想天亮之前，應該會有十個轉推。

沒想到幾分鐘後，又響起第二次轉推的通知。三分鐘，響起第三次轉推的通知，第四次之後，幾乎是每隔十秒就響一次。

佐野的睡意全消，聽著連續不斷的轉推通知，心情格外舒暢。此時此刻，世人都在瘋狂轉發我的推文，然後在看我告訴他們的網站。我終於挖到礦脈了——

第一部

五月九日

警視廳京橋分局刑事課課長大久保壽一走出廁所，準備打開刑事課的門時，差一點撞到準備離開辦公室的玉岡勝。

玉岡退了一步，讓大久保先走進辦公室。

「課長，早安。」

玉岡用開朗的聲音向他打招呼。大久保這才發現這是今天第一次見到玉岡，於是輕輕點頭。

「新富町一家便利商店的老闆抓到竊盜現行犯，我現在要過去。」

「一大早就偷東西嗎？」大久保一臉厭惡，「趕快處理完趕快回來。」

「是，遵命。」

玉岡回答後，正準備離開，突然轉頭。「課長，你知道『綁架網站』嗎？」

「那是什麼？」

「這是目前在一些網站上討論的話題，據說是綁匪架設的網站。」

「真的嗎？」

大久保大聲問道，玉岡有點慌張。

「不，並不是發生綁架案，八成是無聊的惡作劇。」

「這是怎麼回事？」

「雖然還沒有進入熱門話題排行榜，不過已經在推特上引發熱議了。」

「進入熱門話題排行榜是什麼？」

「就是推特上大家討論度高的話題。」

大久保嘆了一口氣說：

「你已經不是小孩子了，身為刑警，不要整天玩推特這種東西。」

「但是政治人物和運動選手都在玩推特，還有大臣也是。」

「大臣也在玩嗎？日本的未來沒希望了。」

「就連川普總統也在玩啊。」

「那又怎麼樣？」大久保說，「就算你玩推特，也不可能當總統。你都已經三十好幾了，要不要趕快成為巡查部長？難道想一輩子都當巡查長嗎？」

玉岡頓時有些傷心。他已經連續十年參加巡查部長的考試都不及格了。大久保覺得自己說話太傷人，不能因為自己對社群網站沒有興趣，就這樣批評別人。

「對了，你剛才說的綁架網站是怎麼回事？」

大久保覺得玉岡有點可憐，於是問了其實沒有太大興趣的問題。玉岡聞言神色立刻一亮。

「昨天半夜，有人在推特上發了一則『發現綁匪！』的推文，剛好出現在我的時間軸上。時間軸就是顯示自己追蹤帳號的推文，或是轉推的地方。」

大久保聽不懂玉岡在說什麼，敷衍地點點頭。

「既然有人說發現綁匪，不是會很在意嗎？於是我就點了那則推文貼的網址，去那個網站看看，發現網站上寫著『我們綁架了某個人』。」

「你說誰綁架了誰？」

「上面沒寫。」

「為什麼要綁架那個人？」

「說是要用那個人做某項實驗。」

「什麼實驗？」

「不知道，」玉岡回答說，「但是綁匪在網路上公布犯罪行為，如果真有其事，不是前所未聽嗎？」

大久保後悔問了他。

「你聽好了，我們的工作不是遊戲，你一個刑警，怎麼可以被網路上的整人遊戲牽著鼻子走？你想調回交通課嗎？」

「課長，這絕對不行。」

玉岡深深鞠躬，匆匆準備離去。大久保對著他的後背說：「而且那個成語不是前所未聽，而是前所未聞。」玉岡沒有轉身面對大久保，而是向前方鞠躬後離開。

大久保回到自己的辦公桌，翻開目前正在偵辦案子的資料。

分局的轄區在這個月發生兩百多起案件，如果包括微罪，至少超過五百起。犯罪率遲遲無法下降，就算偵查員再怎麼積極偵辦，仍然有大約一半的案件無法偵破。大久保有時候會陷入一種錯覺，以為自己在打永遠都打不完的地鼠。只是像是偷竊或是偷腳踏車之類的微罪案件，雖會製作筆錄，實際上不會偵查。畢竟偵查人員人數有限，偵辦重要的案件已經忙不過來，吃飽撐著才會去關心推特上發現的綁匪。大久保翻著手上的資料，重重地嘆了一口氣。

五月十日

三島恭介在DB電視台的食堂排隊時，有人從後方拍拍他的肩膀。「嗨！」回頭一看，發現是電視台的員工幸田健一。

「上次出的外景似乎還有進步的空間。」

幸田有點不悅地說。

「不好意思。」

三島不知道幸田覺得哪裡有問題，但還是先道歉。對承包節目的娛樂公司來說，電視台員工說的話都絕對正確，更何況任何外景拍攝確實不可能百分百完美。

「藝人的反應太死板了，那種表演根本沒有辦法向觀眾傳達料理的美味。」

他似乎不滿意主持人試吃時的反應。

「你說得沒錯，不瞞你說，那已經是重拍了三次後的成果，那個女生已經盡力了。」

實際上並沒有重拍三次，主持人的反應更是完全合格，幸田只是想藉由挑剔表示，他對所有影像的問題都很在行。

「重拍了三次，還只有那種程度嗎？時下的年輕女生連吃得津津有味都演不出來。」

「是啊。」

「看來這個藝人缺乏潛力，就合作到下一季為止了。」

三島默默點頭。只能說那個女主持人運氣不好，三個月後就會被踢走，但他無意為那個女生辯護。他才不願意為了一個非親非故的女生得罪幸田。

「三島老弟，你是資深導播，你導的節目很讓人放心，只是演員太差，就會毀了整個節目。」

被年紀比自己小的電視台員工稱「老弟」，三島只能嘿嘿笑著點頭，但心裡覺得「你對導播工作懂個屁」。幸田完全沒有當導播的經驗，三年前，從業務部門調來電視製作部門，對電視第一線的工作一無所知，但一開始就百般挑剔。幸田並不是唯一沒有導播經驗的製作人，最近東京五大電視台的職員幾乎都不會在節目現場露臉，都是由承包的娛樂公司出外景，或是在攝影棚當導播。製作人最重要的工作就是管錢，意識到自己不瞭解實務工作的製作人通常不會盛氣凌人地指指點點，但偶爾會遇到像幸田這種表現出「我對電視太瞭解了」態度的人，承包節目的娛樂公司工作人員最討厭這種類型的人。

結果這天就變成和幸田一起吃午餐。

「對了，三島老弟，」幸田一坐下就開口，「你知道綁架網站嗎？」

「知道。」

雖然三島這麼回答，但只是之前吃午餐時，聽到年輕的助理導播聊到這件事，略知一二。

「你有什麼感想？」

「感想喔——八成是惡作劇。」

只有一名助理導播說搞不好是真的，但其他人都不同意。

「惡作劇會做到這種程度嗎？」

「會啊，閒得發慌的傢伙什麼事都做得出來。看YouTube就會發現，有些傢伙會花很多工夫製作影片，相較之下，架設網站根本是小菜一碟。」

「但YouTube可以賺錢啊。」

三島認為有很多YouTube的頻道主都在努力製作幾乎沒賺頭的影片，但他並沒有說出口。

「你覺得綁架網站可以成為節目素材嗎？」

幸田問。

「你是說我們來製作嗎？」

「對。」幸田用力點著頭說，「光是看那個畫面就很有震撼力。」

「但應該只是惡作劇，拿來做節目有意義嗎？」

「我知道是惡作劇，但你不覺得只有當今的時代，才會出現這種惡作劇嗎？這也是代表社會真實樣貌的一種現象。目前的確還無法判斷是否值得拿來做節目，但那個網站好像還會有後續，之後或許會有新的發展。」

「喔。」三島含糊地點頭。幸田看到三島並不積極，於是改變話題，開始聊起節目收視率。

而三島覺得幸田應該只是隨便聊聊，並不是真的想拿來做節目。

五月十二日

《週刊文砲》的特約記者蓑山潤從剛才就一直盯著電腦螢幕。

他正在看網路上稱為「綁架網站」的頁面，起初以為只是惡作劇，但網站每天都更新，只不過每次更新都只是上傳寥寥幾行的文字。第二天寫了以下的內容：

「我們正在進行前所未聞的綁架。再次重申，並非兒戲。」

第三天的文章如下：

「目前人質的健康狀態良好。」

昨天的內容是：

「近日將用人質開始實驗，目前正進行準備。」

蓑山對「實驗」這兩個字產生不祥的預感，他覺得充滿獵奇的味道。網站的累計人數與日俱增，計算訪客人數的計數器顯示，目前累計已經超過一百萬人次，尤其在「開始實驗」的宣告上傳後，人數更是直線攀升。

最早發現這個網站的推特上有很多人提及這個網站，在任何人都可以匿名自由發表意見的「5 channel」上，也有主題討論串，顯示有很多人對這個網站有興趣，只不過大部分人都認為是「惡作劇」。

有不少網友預測，這可能是某項商品或活動的宣傳企劃，有人認為可能是電影或是戲劇新的宣傳手法，或是新藝人出道的宣傳花招，甚至有人根據「實驗」這兩個字，產生情色方面的想像；當然，認為搞不好是真正綁架案的意見也佔了一定的比例，於是開始熱烈討論遭到綁架的人物到底是男是女。

蓑山不認為可以直接視為一場惡作劇，他的理由是，如果是想要藉由犯罪行為引發社會恐慌，暗中觀察社會大眾的反應，以此為樂的愉快犯所為，網站上那些未經字斟句酌的文字都太直白、太平淡了，完全感受不到想要譁眾取寵的意圖。如果是惡作劇，文字應該會更加聳動，就像推理電視劇那樣，會設計出更煽情的、戲劇化的故事，而且憑著將近二十年自由撰稿人的直覺，他認為這個網站很有問題。這種奇妙的情況，往往成為重大事件的起點。

有些人在推特和「5 ch」上認定這個網站所說的是假消息，他們的理由是「如果真的發生綁架案，人質的家屬早就驚慌失措、四處找人了」，乍看之下，這種說法似乎很有道理，但蓑山認為這並不算是什麼重要的理由。

日本每年有超過八萬人失蹤或是下落不明，其中當然也有被殺害或是遭到綁架，但大部分都是依照自己的意志，選擇不和其他人聯絡；如果這個網站的站長綁架了這種人，就不會有人知道某人遭到綁架。除此以外，和家人或是其他人完全沒有往來的獨居者被綁架時，周圍的人們更不會馬上就發現。從相反的角度來看，綁匪很可能會找這種人下手。只是果真如此的話，就衍生出另一個疑問，那就是綁匪為什麼要在網站上敲鑼打鼓地昭告天下？

最令人在意的是網站的站長說要「做實驗」。到底是什麼實驗？為什麼要傳到網站上？是希望很多人看到這個實驗嗎？如果是這樣，到底是什麼目的？

蓑山想到也許「人質」並不是人類，會不會是某個活動或是設施？綁匪或許會揚言要炸掉水壩、鐵橋或是隧道之類的公共設施，也可能是某個系統。

蓑山打開網站的首頁，想看是否有更新的內容。根據網路消息，這個網站在第二天之後，都會在早上八點更新一次，上傳新的內容。

他看了電腦上的時間，目前是八點零一分。蓑山點了瀏覽器的「更新」鍵，果然看到「最新內容」那一頁上出現了新的內容。

蓑山看到內容後探出身體。

「我們將在明天公布人質的名字和照片。」

五月十三日

玉岡勝在擠滿人的地鐵車廂內看著手機。

即將上午八點。那是「綁架網站」公布被綁架的人質姓名和照片的時間。

玉岡因為這件事被上司大久保數落之後，仍然每天關注那個網站。他並不是基於身為刑警的直覺，純粹只是好奇，和看電視推理劇的感覺差不多。

網站的累計人數從昨天的一百萬一口氣增加一倍。玉岡並不意外，站長預告今天要公布人質的姓名和照片，當然備受矚目，推特上的討論很熱烈，如今已經可以用「#綁架網站」這個標籤搜索到相關內容。

名為「柯南·福爾摩斯」的推特帳號也很熱門。最早發現「綁架網站」的就是那個人，在柯南·福爾摩斯發布「發現綁匪！」的推文後，那個網站的消息一下子就傳開了。

柯南·福爾摩斯這個帳號也充滿神秘感，從自我介紹中發現，這個帳號在三年前加入推特，但第一則推文就是幾天前那則「發現綁匪！」。雖然網路上有人說，柯南·福爾摩斯之前用其他名字在推特走跳，而且幾乎只發藝人相關的推文，只是不知道網友的這些揣測是真是假。

柯南·福爾摩斯隻字未提自己是如何發現「綁架網站」，但不知道基於什麼根據，發布了「這個綁架網站是真的」這則推文，說是自己透過某管道掌握了這個消息，因此很多推友認為柯南·福爾摩斯就是網站的站主，或是和網站有關的人員。玉岡也這麼想，在三天前就追蹤了柯南·福爾摩斯的帳號。

上午八點了。玉岡重新載入網站，發現「最新消息」的頁面顏色改變了。他急忙點進那個頁面，看到剛剛上傳的文章。

「我們綁架了以下人質：」

玉岡對人質竟然不止一人這件事感到驚訝。

他向下滑動螢幕，出現六個男人的照片，照片下方寫著姓名和年齡，還標注上讀音。

松下和夫　六十歲

田中修　五十八歲

影山貞雄　五十七歲

高井田康　五十四歲

大友孝光　五十三歲

石垣勝男　四十五歲

每張照片上的男人都滿臉鬍碴，而且全都長髮凌亂，鏡頭帶到的衣著盡是皺褶，每張臉看起來都比實際年齡更蒼老。玉岡覺得這幾個人都不像是在社會上正常生活的普通人。

「他們綁架的是遊民嗎？」

玉岡脫口說道，慌忙閉上嘴。

他開始思考到底是精心設計的遊戲，還是照片上的這幾個男人真的被人綁架。

這時，地鐵抵達京橋站。玉岡走上月台的階梯時，考慮是不是該向大久保報告這件事？但隨即猜想可能會挨罵，於是便打消念頭。

✦

佐野光一看著網站的內容感到不知所措。他完全沒有料到遭到綁架的人質竟然不止一人，更無法想像竟然有六個之多。

佐野目前身為「綁架網站」的相關人士，成為推特界的紅人。在佐野發出「發現綁匪！」的推文後，最初貼了網站連結的帳號莫名其妙地消失，因此佐野成為第一個介紹綁架網站的人。他並沒有認真思考那個帳號為什麼會消失，猜想可能是網站的站長基於什麼原因這麼做，反正和自己沒有關係。佐野這幾天反而利用此事，假裝自己是和那個網站有關的人，還特地改了帳號的名字，花時間刪除過去所有的推文。

他的帳號追蹤人數在瞬間暴增，每則推文都有大量的「讚」，轉推的次數相當驚人。只不過他在推文上寫的都是「架設這個網站並不是為了好玩而已」，或是「綁匪的計畫很周詳」這種隨便亂扯的話，但眾多追蹤者都把他的推文當成寶，甚至有人熱心發問。

他覺得自己一夕成名，加入了名人的行列，簡直變成「綁架網站」大師，有不少推友認為柯南．福爾摩斯很可能就是「綁架網站」的站長，他故意不去澄清這個誤會。他認為充滿神秘感更有吸引力。

但是他看到網站今天的更新內容後，開始不知所措。因為今天的內容和之前不同，情況突然轉變。

這六個男人到底是誰？既然上傳了六個人的照片，就代表這幾個人真實存在，只不過看起來就像是遊民，該不會是擅自上傳遊民的照片？

他打開推特，用「綁架網站」這幾個關鍵字搜索，出現了不計其數的推文，都是關於看了「綁架網站」今天內容後的感想，所有人都很驚訝。

「人質是遊民嗎？」

「那裡是血汗工廠的宿舍嗎？」

「該不會只是隨便抓幾個遊民拍下這幾張照片？」

推特上有不少類似的感想，有人樂在其中，在推文中表示期待接下來的發展。

也有很多留言針對柯南．福爾摩斯發問，最多的問題是：「被綁架的這幾個肉票是誰？」

「我怎麼會知道！」雖然佐野這麼想，但他不能避重就輕，支吾其詞。再怎麼說，目前有五千個人在關注自己的推文。

他想了一下之後發了推文「關於被綁架的肉票，之後將公布詳細資料」。這則推文很快就被轉推，同時有很多留言對柯南．福爾摩斯這個帳號提問。

佐野感受到全身都噴出腎上腺素。自己的推文讓這麼多人陷入瘋狂，一句話就可以讓大家心情跟著起伏。

於是，他又補發了一則推文。

「肉票的身分將會出乎各位的預料。」

✦

東光新聞社會部的三矢陽子在辦公桌前坐下時，坐在她旁邊的萩原進叫了她一聲：

「三矢。」

萩原是比她早一年進報社的前輩，不過年紀比讀完碩士的三矢小一歲，今年二十八歲，但萩原好像把她當成晚輩，總是直接叫她的名字，她很不喜歡這樣。

「什麼事？」

三矢在整理桌子的同時問。

「妳是不是沒有玩推特？」

「是啊。」

三矢在說謊。她只是沒有使用本名，但有匿名的推特帳號。東光新聞的員工中，有人用本名，而且是通過藍勾勾驗證的帳號公開發文，她無法理解這些人在想什麼。

「我之前就提醒妳，最好申請推特的帳號，我們報社的撰述委員中，也有人在玩推特。」

「還有人在網路上失言，被網友猛烈攻擊，導致公司形象受損。」

萩原覺得很好笑，笑了起來，但三矢並沒有跟著笑。

「幾天前，某個綁架網站成為推特討論的話題，妳應該不知道吧？」

「我不知道。」

她的確不知道。

「嗯，我猜想應該是惡作劇，只是格外有真實感。」

「萩原先生，你瞭解綁架案的真實感嗎？」

萩原一時語塞，隨即拿出手機放在三矢面前說：「妳先看看這個。這是今天早上的畫面，有人質的照片。」

「這是——怎麼回事？」三矢目不轉睛地注視著照片，「這不是重大刑案嗎？沒有變成新聞嗎？」

「不知道是哪個傻瓜的惡作劇，怎麼可能變成新聞？」

「但不是已經公布照片了嗎？而且還附上姓名。」

「應該只是從哪裡盜來的照片。」

三矢又看了一次照片。每張照片的感覺都很一致，看起來像是同一台相機拍出來的，而且外框相同，不像是盜圖。

「兩位在看什麼？」主編齋藤洋二在他們後方問，「該不會是綁架網站？」

「齋藤主編，你也知道嗎？」

三矢轉頭問。

「沒有啦，我是剛才聽了年輕人在聊才知道的。」

「您有什麼想法？」三矢問。

三矢的話音未落，萩原就回答說：「一定是無聊的惡作劇。」

「八成像萩原說的那樣，但綁匪提到了實驗，搞得人心惶惶。聽說已經有不少讀者打電話來問我們不報導這則新聞嗎？」

「什麼實驗？」

「網站的站長聲稱，近期要使用人質做實驗。」

三矢聽了齋藤的回答，急忙問：「要做什麼實驗？」

「雖然搞不太清楚，但八成是不正當的實驗吧。」

「萩原先生，你剛才不是說，只是惡作劇嗎？」

「是妳在問什麼實驗，我只是回答妳的問題而已。」

萩原有點不高興。

「好了好了，你們別吵了。」齋藤打斷他們，「我們能夠做的，就是查明人質的身分。」

「是。」三矢回答。

「所以，請你們兩位查明網站上那幾個人的真實身分。」

「光靠這種照片，怎麼可能查得出來？」萩原說，「而且八成是網路上的惡作劇。」

「你知道是惡作劇，還這麼熱心地追蹤嗎？」

三矢說道，萩原聞言顯得有些不悅。

「雖然十之八九是惡作劇，但凡事都有萬一，到時候如果只有我們報社不知道人質的真實身分，可就不只是丟臉而已。」

三矢看到萩原流露出一絲緊張，在內心偷笑。

「要怎麼查？」

齋藤聽了萩原的問題，很受不了地反問：

「你在報社工作幾年了？」

「警方應該有駕照的資料，如果有名字和年齡都相符的對象，應該就不會錯。當然，這屬於個資，即使直接去問，警方也不會公布資料。」

三矢代替萩原回答。

「嗯，這種事就需要相互通融了。」

「但如果沒有申請過駕照，不就沒轍了嗎？」

萩原嘛著嘴說。三矢輕輕嘆氣。

「你是小學生嗎？」齋藤語氣嚴厲地說，「至少可以知道以前的申請資料，如果沒有申請過駕照，就再想其他方法。」

「保險公司應該也有很多資料。」

三矢說。

「保險公司不太可能透露，但還是想辦法查一下。」

「我先去港分局的交通課。」

三矢說完，立刻開始做出門的準備。萩原斜眼看著她，轉身面對辦公桌說：「那我上網調查。」

「你腦袋有問題嗎？這些人又不是名人，怎麼可能搜尋到他們的資料？」

「不是啦，」萩原慌忙解釋，「我想網路上的素人偵探可能已經肉搜出他們了，我想先看一下。」

「網路上有很多假消息。」

「的確有很多假消息，但事實也不少。所謂高手在民間，現在的網友都很厲害，一旦發生重大案件，有時候可能比報紙更早揭露嫌犯或是被害人的背景。當然其中會有假消息，但我們只要先查證一下就好。」

齋藤聽了之後，覺得有道理，於是點點頭。

「所以說啊，萩原我本人要開始上網調查了。」

萩原在說話的同時，打開電腦。

「那我就去港分局跑一趟。」三矢說。

「嗯。」齋藤點了點頭，然後看著萩原的後背嘀咕說：「已經進入報社記者在網路上找線索的時代了嗎？」

✦

仲田妙子送丈夫出門後，洗完衣服，將洗好的衣服晾在晾衣桿上。

丈夫三年前從公司退休後，又去同集團的子公司上班。雖然薪水只有原本的一半，但支應夫妻兩個人的生活開支沒有太大問題。兩個孩子都已經成年離家，房子的貸款也還清了。

做完每天早上的例行工作後，妙子泡了紅茶，在沙發上坐下。

二十五年前買的沙發彈簧已經鬆垮垮，皮革已破破爛爛。妙子撫摸著沙發的皮面，覺得很像自己。不，自己的年紀是沙發的一倍多，搞不好比沙發更不堪，但是能夠過著目前這種沒有壓力的生活，她沒有任何不滿。兩年後，丈夫就可以領年金了。

她正在喝紅茶時，放在桌上的手機響起。螢幕上顯示是兒子英明來電。兒子為什麼一大早打電話來？她帶著不祥的預感接起電話。

「喂，媽媽。」

兒子的聲音和平時沒什麼兩樣。妙子稍微鬆了一口氣：「怎麼了嗎？」

「舅舅今年幾歲？」

妙子覺得好像有一根小小的刺扎在她心上。弟弟貞夫是她平靜生活中唯一的疙瘩。

「怎麼了？你找貞夫有什麼事嗎？」

「也不是。」

英明在電話彼端沉默片刻，不安在妙子內心擴散。

「貞夫今年五十七歲，怎麼了嗎？」

「舅舅他——可能有人知道舅舅的下落。」

「在哪裡找到他的？」

「地點就不知道了。」

「這是怎麼回事？」

「目前是網路上的熱門話題。」

一陣寒意貫穿背脊。他該不會被警察逮捕了？

「據說好像發生綁架案，舅舅可能被人綁架了。」

「綁架案？」妙子追問道，「我沒看到這個新聞。」

「簡單地說，有一個自稱是綁匪設立的網站上傳了人質照片，其中有一個人很像舅舅，網站有公布人質的年紀，和舅舅同年。」

妙子無法在腦海中把英明說的內容理出頭緒。

「報紙和電視都沒有報導這件事，只是網路有些人在討論，目前還不知道是真的發生了綁架案，還是只是惡作劇。但那個網站今天第一次公布人質的照片，引起了軒然大波。」

「等一下，我完全聽不懂你在說什麼，貞夫為什麼會被綁架？」

「妳問我我也不知道啊，我打這通電話，只是想讓妳知道這件事。我會把公布舅舅照片的網站網址傳到妳的手機，妳看一下。」

「好，你馬上傳給我。」

✦

京橋分局的刑事課長大久保壽一走進局長室，局長進藤春馬對他說：「坐吧，其實也不是什麼需要特地找你來的大事。」

進藤講完這句開場白後，繼續說道：

「這件事不想讓別人知道，所以才找你來一趟。」

大久保默默點頭，不由得緊張起來，以為局長要聊些什麼他不想聽的抱怨。

「剛才和總部的刑事部長聊天時提到，聽說好像有一個綁架網站，你知道這件事嗎？」

「怎麼回事？」

「好像是某個網站為了做實驗，綁架了六個男人。」

大久保搞不清楚是怎麼回事？如果真有此事，局長不可能說什麼不是需要特地找自己來的大事，但他沒有插嘴，默默聽局長繼續說下去。

「據說幾天前，就有一個網站自稱是綁匪設立的，然後網站的內容每天持續更新，今天公布了綁架人質的照片和姓名。」

大久保想起幾天前和玉岡聊天的內容。局長說的該不會就是那件事？

「這是刑案嗎？」

「不，」進藤說，「目前還很難說。」

「刑事部長從哪裡得知這個消息？」

「好像是聽他太太說的。」

「什麼？」大久保不禁反問。

「他太太在玩推特，好像是在推特上發現的。」

搞什麼啊？大久保原本想這麼說，但把這句話吞了下去。進藤輕輕點點頭。

「沒錯，目前甚至不知道這是不是案件，但刑事部長認為，警方不能對造成社會不安的網站放任不管。」

「我明白了，那就先查出那個網站的站長，這種情況應該已經適用輕犯罪或是對公眾造成明顯妨礙和騷擾的迷惑防止條例之類的。」

「那就拜託你了。」

進藤輕輕拍拍大久保的肩膀，然後苦笑說：

「推特這種地方，真是一群腦袋不清楚的人聚集的地方。」

大久保差一點點頭，下一秒慌忙打住。

大久保回到刑事課的辦公室，立刻找來玉岡。雖然並不是非他不可，但目前辦公室內，只有玉岡看起來無所事事。

「課長，請問有什麼事嗎？」

玉岡突然被課長找來，一臉不安。

「關於你之前說的那個綁架網站……」

「是。」

玉岡頓時神色一亮。

「那種導致社會不安的行為會造成不良影響，你去問一下網路平台，查出站長，要求那傢伙收斂一點，可以直接要求網路平台注意。」

「這算是犯了什麼罪？如果對方問我，我要怎麼說？」

大久保嘆了一口氣說：

「思考這個問題不就是警察的工作嗎？至少違反了『以虛假行為妨礙他人業務罪』。」

「那是什麼罪？」

「你去讀刑法。總之，先去處理這件事。」

玉岡回到自己的辦公桌前，在電腦中輸入「以虛假行為妨礙他人業務」這幾個字，發現是「刑法二三三條」的內容。條文中寫著「散布不實傳聞，或以虛假行為毀害他人信用，或妨礙其業務者，處三年以下有期徒刑或五十萬圓以下罰金」。

但是玉岡搞不懂那個網站具體妨礙了誰的業務，他又繼續查詢，發現熊本發生地震時，有人在推特上發布「獅子從動物園逃走了」的假消息，導致動物園接到大量詢問和抗議電話，影響工作人員的正常工作，那條推文被認為「以虛假行為妨礙他人業務」。這次網站的事，自己就是被害人之一，因為那個網站的關係，自己被迫做這種無聊的事——

玉岡又重新點開了那個網站，令人驚訝的是，累計訪客人數已經超過五百萬。在網站公布人質資料之後，立刻引起了大眾關注。玉岡忍不住想，大家還真閒，竟然特地去看這種無聊的網站。

玉岡首先想根據網址查出網際網路連線服務公司，沒想到網址並沒有使用日本的網際網路連線服務公司。以前要查這種網站的伺服器很困難，現在雖然得費一點工夫，但有方法可以查到架設網站的伺服器。

玉岡當然沒有這方面的知識和技術，但他並不在意。重點是知道「有辦法查到」，之後只要指示有相關技術的人去處理就好。

玉岡走向坐在不遠處的山下由香里，把寫了網址的便條紙交給同組的她說：「請妳幫忙查出這個網站的站長。」山下雖然很年輕，但電腦方面很強。

「是國外的伺服器嗎？」

「嗯，應該吧，」玉岡說，「現在的技術很進步，就算使用國外的伺服器，仍然可以查得到。這個傢伙不知道這種事，真是落伍。」

「是啊。」

「真是腦筋不清楚，連這麼簡單的事都不知道，就不要架設這種莫名其妙的網站。」

「你要不要自己試試？」

「如果有時間，我也想自己查，但我手上有很多要調查的事。」

「我知道了，那我來處理。」

「拜託了。」

玉岡說完，走回座位，山下對著他的背影吐了吐舌頭。

玉岡回到自己的座位十五分鐘左右，山下由香里就來找他。

「喔？這麼快就已經查到了？」

山下搖了搖頭說：

「那個網站經由很多個國家。」

「嗯？」

「要查伺服器有相當的難度，就算查到了，要求網路平台刪除或是提供使用者資料，恐怕也需要花費很長的時間，更何況網路平台未必同意這種要求。」

「真的假的？」玉岡無法接受，「只是惡作劇，有必要做到這種程度嗎？架設這個網站的人應該吃飽太閒吧。」

玉岡說完後笑了，但山下並沒有笑容。玉岡看了她的表情，意識到事情的嚴重性。「喔——

原來到了那種程度。」玉岡說。山下點點頭。

「也就是說，那傢伙搞不好是認真的？」

「不能排除這個可能性。」

玉岡用自己的電腦打開「綁架網站」。之前一直以為是開玩笑的網站，現在看起來和之前完全不一樣了。

「綁匪到底為什麼綁架這些人？」

「不是說為了做實驗嗎？」

「什麼實驗？」

「不知道。」

玉岡再次打量著人質的照片。

「這些人到底是誰？」

「不知道。」

「他們目前在哪裡？」

「問我我也不知道。」

「只要知道這些人在某個地方平安無事，就代表網站上說的事全都是胡扯。」

「是啊。」

「但是反過來說，如果查不到這些人的下落，就不知道網站上所說的是真是假。」

山下由香里嚴肅地點了點頭。

✦

大和電視的製作部長橋本保吃完午餐回到辦公桌前，『兩點的房間』的製作人吹石博一立刻走過來。

「那個網站在網路上引發了熱烈的討論。」

他們今天早上才討論過這件事。好幾名導播提出要在節目中談論這個話題，但橋本否決他們的意見。不能在節目上介紹網路上的惡作劇，如果在收視率將近百分之十的節目上介紹那個網站，就會讓愉快犯稱心如意，因此決定不在今天的節目中談論這個話題。吹石到底想幹什麼？

「吹石，你知道電視的影響力有多大嗎？我們的節目是全國聯播，會有數百萬人看到這個節目。」

「我知道，但目前的狀況和早上不一樣了。」

「不一樣？」

「這件事已經進入了推特上的熱門話題排行榜，網站的累計人數也持續增加。」

「每天都有很多新聞進入熱門話題排行榜，隔天就消失了。」

「雖然是這樣，但這個話題的排名持續上升，而且YouTube和網路新聞都介紹了這個網站。」

「無聊透頂。玩網路的人和我們節目的觀眾沒有交集。」

橋本的意見完全正確。『兩點的房間』的主要觀眾是退休族和家庭主婦，幾乎沒有整天上網、玩推特的男性上班族、年輕粉領族和大學生。

「但是DB電視台的『三點碰！』會在節目中帶到這件事。」

「真的嗎？」

「我剛才打電話跟他們的編劇確認過了。」

那名編劇是吹石在其他節目中合作的年輕人，很多編劇都會跨台和多個節目合作，製作人和導播透過這些編劇打聽同業節目內容不足為奇，有些編劇甚至把相同的題材提供給不同的電視台。

「搞不好其他電視台也會提一下。」

「嗯，」橋本發出低喃，「我覺得應該是惡作劇。但萬一後來發現真有其事，而且只有我們沒跟上，問題就大了。」

「沒錯，所以我在想，為了避免觀眾覺得只有我們狀況外，輕描淡寫地帶一下比較好。」

「但要以什麼理由來介紹？」

「當然是把這件事當作惡作劇來談，那個網站似乎使用了實際存在的人物照片，這一點很惡劣，我們可以詢問觀眾，是否認識照片中的人物，如果接到聯絡，表示有人認識這些人，就能夠瞭解那些人到底是誰。如果接到當事人的聯絡，就可以直接證明是惡作劇，有助於消除社會的不安。」

「有道理，那就用這個角度切入，但要在節目快結束時再談論，感覺像是還有剩餘的時間，就順便提一下這種熱門話題惡作劇。」

吹石似乎不太滿意。

「你想在更早的時段談論嗎？」

「如果在節目一開始提及，在節目播出時，或許就會接到當事人的聯絡，那不是很有即興的效果，而且很有趣嗎？」

「好主意。」橋本大聲說道，「就這麼辦！讓觀眾也有參與感，如果接到當事人的電話，收視率就會竄升。」

「我也這麼想。」

吹石回到員工休息室，指示導播和編劇，要在節目中談論「綁架網站」。

「部長同意了嗎？」

「對，他也同意在節目一開始就討論這件事。」

「吹石哥果然厲害。」

外景導播渡邊公造諂媚地說。

「提供電話、電子郵件和傳真，設置一個專用的電話號碼，還要準備寫上郵件信箱、電話號碼的字幕和手板。」

「如果接到當事人的電話，要不要接到攝影棚？」

編劇井場秀樹提議。

「好主意，會很有緊迫感。」

「等一下。」節目總監真鍋元氣開口，「要怎麼確認是不是當事人呢？我想，應該會接到很多惡作劇的電話。」

所有人都沉默了。

「用Skype視訊的方式通話，不是就能夠確認是不是本人了嗎？可以和網站上的照片進行比對。」

編劇大林健吾興致勃勃地說。

「如果對方不知道怎麼用Skype，可以請對方用電子郵件寄自拍照片。」

井場接著說。

「原來如此，看來有很多方法，那就到時候隨機應變。安排兩名編劇接電話，如果感覺可疑，就掛斷電話，只有百分之百把握的對象，才能接到攝影棚。」

「如果是家屬打來怎麼辦？或是朋友之類的。」

「那都不行。」

吹石搖搖頭。

「那來最終對一下今天的腳本。」

所有人都翻開腳本。

「請等一下。」

最年長的編劇毛利正彥開口，他剛才一直沒有發表意見。

「如果有家屬打電話來說，家人在幾天前就失蹤，這種情況怎麼辦？」

「喂喂喂，毛利老弟——」

吹石說到一半打住。

「也許是該設想一下可能會有這種情況。」

總監真鍋元氣點頭說。吹石抱著雙臂。

「好，如果接到多通這種電話，那就中途改變節目的內容，在攝影棚內朝向綁架網站有可能所言不假的形式進行。毛利老弟，你在寫腳本時，要把這種情況考慮進去。」

「瞭解。」

毛利回答後，馬上打開筆電。

✦

「六名人質中，有四個人可以在網路上搜尋到相符的資料。」

東光新聞的記者萩原拿著便條紙來找主編齋藤。

「竟然找到這麼多？」

齋藤很驚訝。以前他曾經因為好玩，在網路上搜尋大學同班同學的名字，十六個人中只找到四個人。相較之下，六個人中找到四個人，比例簡直高得異常。

「他們都是做什麼的？」

萩原唸了便條紙上的內容。

「田中修是四葉商事的員工，年紀也相符。」

「四葉商事可是一流的大公司啊。」

「沒錯。」

「如果是那家公司的高階主管遭到綁架，現在事情一定鬧得很大，應該只是同姓同名吧？」

「有可能。」萩原回答後，繼續說道：「石垣勝男的是平成××年的紀錄，他當時是QQ製藥的研究員，我搜尋到他在那一年發表的研究報告，他在平成××年進入該公司，年齡完全符合。」

「這仍然可能是同姓同名的人，但還是確認一下。」

「網路上還找到了松下和夫這個名字。二十年前，橫濱市發生了一起女童命案，那名被害者的父親就叫這個名字。」

「怎麼會這樣？這應該也是同姓同名吧？」

「大友孝光和七年前的遊民遇襲事件的被害人同名。」

「這個人倒是有可能。」

「至於大友孝光，我在前獎勵會會員的部落格，看到和獎勵會的前會員同名，只不過並不知道和遊民遇襲事件的被害人是否同一人。」

「獎勵會是什麼？」

「就是想成為職業將棋選手的少年所加入的組織，我找到了三十年前的照片，和綁架網站上的照片很像。」

萩原說完後，給齋藤看了列印出來的照片。

「如果說像，的確有點像，但如果說是不同人，也覺得不是同一個人。已經過了三十年，這種照片無法證明就是同一人，這個人也可能只是同姓同名。」

萩原有點洩氣，齋藤見狀，忍不住有點同情他。

「但這些都是線索，針對這四個人去查證一下。」

「是。」

NPO法人「街友支援會」位在武藏小杉，正在看電視的元山喜久子突然叫了一聲：「啊！」

「怎麼了？」

同事荒木雅惠問。元山指著電視螢幕說：

「那不是松下先生嗎？」

「啊，真的——松下先生闖了什麼禍嗎？」

「不，好像不是這樣。」

元山拿起手邊的遙控器，把電視的音量調大，女主播的聲音響徹整個房間。

「……如果觀眾中有當事人，或是當事人家屬，或您直接認識這幾個人，請和本節目聯絡。無論用電話、傳真或是電子郵件都可以，聯絡方式如下。請千萬不要搞錯……」

「怎麼了？這是怎麼回事？」

荒木大聲問道，元山記下了出現在電視螢幕中寫在手板上的電話號碼。

手板很快消失，畫面回到『兩點的房間』攝影棚。主持人櫻桃本村一臉凝重：

「我想應該是惡劣的惡作劇，最好的證明就是目前尚未接獲警方已經展開行動的消息，但在網路上已經成為熱門話題，的確引起了社會的不安。只要確定剛才照片上的人並未被綁架，就可以證明這是惡作劇。現在進入下一個話題——」

元山把音量關小。

「什麼什麼，怎麼回事？剛才是不是提到警方？松下先生做了什麼？」

荒木緊張地問。

「他被綁架了。」

「不會吧！」

「電視上這麼說，聽說有一個綁架網站。妳等一等，我來查一下。」

元山用手機搜尋後，找到了「綁架網站」。

「找到了，就是這個。」

她們一起看著網站上的照片。

「沒錯，的確是松下先生。」

元山說，荒木點點頭。

「這麼說來，」荒木說，「的確好久沒看到松下先生了。」

「有多久？」

荒木閉上眼睛努力回想。

「好像有兩個月了。」

「有這麼久嗎？」

「但是他不是很喜歡四處為家嗎？有時候會突然去都心，我以為他隔一陣子又會回來。」

荒木說完之後，恍然大悟地說：「原來他被綁架了。」

「目前還無法確定，電視說是惡作劇，更何況如果真的發生了綁架案，就會變成新聞，報紙和電視都會報導。」

「現在電視不是報了嗎？」

元山一時語塞。

「現在該怎麼辦？」

荒木不安地問。

「我打電話去電視台問問。」

✦

佐野光一對自己推特帳號的追蹤人數暴增感到大驚失色。

這都是因為大和電視台的『兩點的房間』在節目中介紹了柯南．福爾摩斯這個帳號。電視的威力太強大了。雖然帳號名稱打了馬賽克，看不到名字，但有好幾則推文出現在電視螢幕上。該節目介紹說是「最初在推特上介紹『綁架網站』的帳號」，女主播說「這個帳號很可能知道什麼重要消息」，於是在節目播出後，追蹤人數以驚人的速度增加。

每次利用工作空檔偷看推特，追蹤人數就以數十人為單位持續增加，留言的數量也多得超乎他的想像。

「喂，你在笑什麼？」

店長丸山豐瞪著他。佐野嚇了一跳。

「不，沒事。」

「工作的時候不要嬉皮笑臉。」

丸山不悅地說，佐野道歉：「對不起。」

目前是傍晚四點半，不會有客人上門的時段。丸山經常在這個時間閒著無聊，就來找佐野的麻煩。

「看到你就覺得很不爽。」丸山說，「平時總是一臉陰沉，這兩三天不知道中了什麼邪，整天都嬉皮笑臉，看了讓人發毛。」

佐野並不覺得自己整天嬉皮笑臉。

「你在哪裡找到正妹了嗎？」丸山說完後，又補了一句：「不可能有正妹看上你這種人。」

佐野沒有回答。

「你這個人真的很沒有存在感，根本搞不清楚你在不在。」

既然這樣，就不要來煩我。佐野在內心嘀咕。

「你是不是在心裡想，叫我不要煩你？」

佐野大吃一驚，看著丸山。這傢伙有讀心術嗎？

「有什麼好看的？如果沒事做，就去擦桌子啊。」

佐野在擦拭吧檯的桌子時，在內心咒罵丸山「王八蛋」。你不知道我現在多紅嗎？沒有存在感？你自己才沒存在感。

佐野對丸山的怒氣急速消失了，被這種不足掛齒的小人物影響心情太不值得了。

我目前是受到全日本關注的人，丸山如果知道這件事，就不敢用那種態度說話了。雖然他什麼都不知道，但真是太可憐。這個世界上沒有人認識他，我就不一樣了，此時此刻，有多少人焦急地等待我的推文。怎麼樣？你有辦法成為眾所矚目的焦點嗎？

佐野一邊擦桌子，一邊想著下班之後發推文的內容。推文的內容必須讓追蹤者滿意，而且還必須回應新追蹤者的期待。他思考著推文的內容，就覺得樂趣無窮，又在不知不覺中露出笑容。

他回過神時，發現丸山看著他，他慌忙收起笑，突然想到搞不好丸山也追蹤了自己的帳號，說不定他很想趕快下班，急著要看柯南・福爾摩斯的推文。想到這裡，又差一點笑出來，慌忙轉身背對著丸山。

✦

「綁架網站的反應很熱烈。」

編劇井場在節目結束後的檢討會上開口說道。

「接到五十一通電話，十一份傳真，一百一十七封電子郵件，我猜想還有很多電話打不進來。」

「哇噢！」好幾個人發出驚叫聲。

「但大部分都是惡作劇，只有幾個人可能是當事人或是當事人的家屬，但有五十個人說認識當事人。」

「有這麼多嗎？」

「問題是並沒有方法確認真偽。」

「在節目播出期間，推特上的發文數量同樣很驚人。」編劇大林說，「雖然我沒有計算，但和節目相關的推文少說超過兩百則。」

「收視率很值得期待。」

製作人吹石眉飛色舞地說。

「搶先在『三點碰！』之前播出很痛快。」

導播渡邊奉承地說。

「沒錯，他們再聊這件事，就變成炒冷飯了，現在正在大炒特炒。」

所有工作人員聽到吹石的話都笑了起來。

「要由誰來確認可能是家屬或是熟人？」

「既然頭已經洗下去了，那就由我來吧。」

井場舉起了手。

「你一個人可能忙不過來，阿渡那裡派兩個助理導播協助，會有加班費。」

「好。」渡邊點點頭。

「具體上要怎麼做？」

「針對可能性比較高的人，首先電話聯絡。如果是惡作劇，對方可能會留假電話，或是不接電話。如果是家屬，就請對方用電子郵件或是傳真寄照片或是其他可以證明他們是家人的證據。如果認為最好當面談，就去和對方見面。」

「嗯，就這麼辦。如果真的找到家屬，也許可以成為下週一節目中的素材。」

吹石在說話的同時，為明天是週六感到惋惜。這種新聞的連續性很重要，隔了一個週末後，觀眾的興趣要是降低，那就太可惜了。

「真希望是真的。」

渡邊喜形於色地說。

「喂喂，你太沒有同情心了。」

吹石雖然表面上責備一句，但又補充說：「阿渡說得沒錯。」所有人都笑了。

「如果真的是綁架案，就是很適合上電視聊的題材。」吹石繼續說道，「到時候要讓觀眾覺得想瞭解這起案件，就必須看『兩點的房間』。」

「這麼說來，就必須拉攏被害人家屬嗎？」大林說。

「大致可以確定是家屬後，就一定要緊抓住不放，而且絕對不能被外人知道。」

「如果警方來問的話該怎麼辦？」

「警方暫時不會採取行動。」

「是嗎？」

「差不多三十幾年前，週刊雜誌曾經刊登一篇『子彈疑雲』的報導。報導了一個悲慘的男人，他的妻子在美國遭到槍殺，但其實是他僱用了殺手槍殺了妻子。」

「啊，我曾經聽過這件事，我記得十幾年前，後來那個男人自殺了。」

「那篇報導太震撼，其他週刊雜誌和電視台也開始追這條新聞，媒體整天守在男人的家門口，好幾個星期都是談話性節目最受矚目的話題，當時警方幾乎沒有採取任何行動。經過好幾個月之後，才總算開始動作，但最後無法成案。如果更早展開偵辦，或許有辦法成案，但許多證據已經被湮滅了。」

「那個男人真的僱了殺手嗎？」

「美國警方認為是這樣，而且申請了逮捕令，但日本和美國之間沒有簽訂罪犯引渡條約，那個男人就這樣逍遙法外。」

「但他後來去塞班旅遊，被當地警察逮捕。」

「他竟然忘記塞班是美國的領地，於是就被送去美國，他在洛杉磯市警局的拘留室內上吊了。」

所有人都靜默不語。

「扯遠了，總之，警方在判斷確實是綁架案之前不會有任何動作，這就意味著在此之前，電視台可以自由報導。」吹石巡視所有人後說，「也就是說，要利用週六和週日的時間，仔細確認到底是不是家屬。」

工作人員紛紛點頭。

「但是，」吹石說，「如果週一看到今天的收視率，發現介紹綁架網站時段的數字不理想，就不會再討論這個話題，明白嗎？也要假裝星期五沒有討論過這件事。」

「好。」所有人都笑著回答。

✦

大久保壽一走在京橋分局二樓的走廊上，分局局長進藤春馬從後方叫住他。

「綁架網站的情況怎麼樣？」進藤問。

「雖然網站站長聲稱綁架了人質，但不知道究竟是真是假，網站公布了人質照片，只是目前無法確認有多少可信度。」

「原來是這樣，也就是目前還無法確定真的有綁架案發生。」

「是的。」

「但那個網站的確引起社會大眾不安，明顯違反公序良俗，最好命令網路平台關閉那個網站。」

「我也這麼認為，但那個網站在架設時經由好幾個境外的伺服器，要求平台提供使用者資料或是關閉網站都無法在短時間內完成。」

「對方是伺服器方面的專家嗎？」

「目前還無法得知。」

「網站的目的是什麼？如果只是惡作劇，會這麼大費周章嗎？」

大久保也對這件事起疑，而且至今仍然沒有答案。

「也許只是想引起社會轟動的愉快犯。」

「如果是這樣，歹徒的目的已經達到了。」

進藤不悅地說。

「我接到公關組通知，傍晚之後，接到好幾通民眾的詢問電話，可以說，這件事已經是社會事件了。」

大久保認為是電視台惹出來的事。電視真的很麻煩，把微不足道的事渲染成刑事案件。

「聽說警視廳總部也接到不少電話。」

「但假設真的發生了綁架案，在無法得知事發地點的狀況下，任何分局不是都無法採取行動嗎？如果是京橋分局轄區內的事件，我們當然必須採取行動。」

「就是啊，現在沒必要多事。」

進藤說完之後又補充說：

「但是，這件事或許會演變成刑事案件，要做好隨時可以採取行動的準備，以免到時候手忙腳亂。」

「目前正在查證網站公布的人質身分。」

「你果然很能幹。」

大久保回到刑事課，立刻找來一股的二階堂恆夫股長。

「查到遭綁架的人質身分了嗎？」

「用過去的逮捕紀錄和人臉辨識系統檢索後，已經查出五個人的身分。」

「有人有前科嗎？」

「影山貞夫——網架網站上公布的名字是貞雄，雖然夫和雄的發音相同，但正確的是夫，而不是雄。比對了公布的年紀、生日，人臉辨識系統判斷為同一人，應該沒有錯。」

「影山的前科是什麼？」

「他在平成×年，因猥褻現行犯被逮捕。」

「猥褻？！」

「他因為在地鐵車廂內觸碰女高中生的下半身遭到逮捕。」

「有被起訴審理嗎？」

「最後被判三個月有期徒刑，緩刑三年。」

「已經是十年前的事了，應該和這次的綁架案無關。」

「應該吧，」二階堂回答，「但是——」

「還有其他線索嗎？」

「影山在猥褻案三年後駕照失效，可能他在這三年期間居無定所。」

「原來是這樣，」大久保說，「他可能因猥褻案被公司解僱。」

「有可能。」

「猥褻案時影山幾歲？在哪一家公司任職？」

「他是計程車司機，當時四十七歲。」

大久保思忖著，那個年紀的男人，如果有結婚生子，孩子可能讀中學或是高中。若因為猥褻案留下前科，而且遭到公司解僱，之後的人生恐怕會很辛苦。他看著桌上影山的照片，發現他看起來很老實，只是，光看臉無法判斷一個人的邪念。不知道他是慣犯，還是一時鬼迷心竅，如果他因此被解僱，就代表他為了貪圖瞬間的快樂毀了人生。此後的十年期間，不知道影山過著怎樣的人生，但大久保立刻擺脫了這些感傷。

「另外四個人過去曾經申請過駕照，其中三個人的駕照已經過期，已經查明他們並不住在之前登記的地址，不知道他們目前人在哪裡，但並沒有註記死亡。只有高井田康還有駕照，但目前下落不明。」

「那三個人的駕照在什麼時候過期？」

「都超過十年了，三個人都沒有換發駕照，全都過期。」

「什麼情況下會讓駕照過期？」

「不需要再開車的時候？」

「有很多人就算沒在開車，還是會持續申請換發駕照，應該說，幾乎所有人都這麼做。」

「我媽也有駕照二十年，但她從來不開車。」

「而且駕照是最方便的身分證明，不申請換發，導致駕照過期的情況不太常見，可能沒有辦法申請換發，或是居無定所。」

「是啊。」二階堂附和道，但又接著說：「變成遊民就會居無定所。」

「你剛才說，只有一個人沒有申請駕照的紀錄。」

「只有五十八歲的田中修沒有申請駕照的紀錄，在人臉辨識系統中，也沒有找到相符的對象。」

大久保點點頭，像田中那個年紀的男人，很少有人沒有駕照，但在六個人中已經查明了五個人的身分，算是不小的收穫。

「那五個人的家屬呢？」

「目前問了幾家保險公司，其中有三個人過去曾經加入保險，透過保險公司查到家屬姓名，也查到了其中兩名家屬目前居住的地址。」

有多位警官在退休後空降到保險公司任職，這種時候就可以發揮作用。

「聯絡家屬了嗎？」

「不，目前還沒有。」

「嗯，也對，目前的時間點還無法確定是否真的有綁架案。」

「是啊，還不能排除惡作劇的可能性，這個世界上有些人會做出一些超乎常人想像的事。像是在YouTube上，有些人為了吸引關注，做出一些遊走在法律邊緣，不，甚至做出明顯是犯罪行為的事。」

大久保想起半年前，曾經有人揚言要從日本橋的摩天大廈跳樓自殺。當時聚集了很多圍觀的民眾，造成一陣混亂，警察和消防隊員拚命勸阻，希望他打消自殺的念頭，但其實那個人只是說說而已，而且用自己的手機拍下整個過程後，上傳到YouTube上。

「隨著網路的普及，出現了很多以前不可能發生的無聊惡作劇。」

「有道理，這次的事也可能只是愉快犯所為，在鬧得沸沸揚揚之後，公布說一切都是騙人的——」

「警方不能被這種事耍得團團轉，只不過必須以防萬一。」

「是。」二階堂回答，「但目前還沒有人報案，不能下令展開偵查。」

大久保點點頭。

「正忙於偵辦其他案子的鈴村馬上就回來了，我會跟他說明一下情況。」

「鈴村嗎？」大久保說，「他看了網站之後，可能會發現什麼。」

◆

佐野光一下班回家之後，拿出了手機，然後用上班時想好的內容寫了推文。

「所有人質安全無虞，無須擔心。」

推文一發出去，立刻被大量轉推。他發現原來大家都在等自己的推文。

接著，他又輸入今天晚上的重要推文。

「明天將上傳人質的影片。」

這則推文的反應比剛才更猛烈，接連收到「終於！」「真的假的！」「這發展太猛了！」。

佐野對這樣的反應並不意外，如果能夠看到人質的影片，絕對夠精采刺激，而且一旦上傳了影片，幾乎可以確定真的有綁架案發生。

佐野在不知不覺中認為綁架應該是事實，他並沒有明確的根據。在每天看「綁架網站」的內容後，他漸漸這麼相信，只不過他當然不知道架設「綁架網站」的人到底有什麼目的。他覺得即使明天網站沒有上傳影片也沒關係，如果沒有上傳，只要再發一則推文說「狀況有變，改變原本計畫」就好。重要的是要讓觀眾有戲可看。

然後，他又在推文中加了一行字：

「先公布兩名肉票的影片。」

追蹤者立刻暴動。

「就等這句話！」「拉板凳等影片！」「超期待！」「不乾不脆，就你最會。」「玩吊人胃口這招嗎？」之類的留言像潮水般湧現。佐野看後笑了起來。很好很好，越熱鬧越好。

他覺得自己可以自在地操縱追蹤者的心，同時有一種好像酒醉般的陶醉感覺傳遍全身。

五月十四日

鈴村耕三在六點半醒來後，用廚房的微波爐加熱昨晚煮的奶油燉菜。電鍋的飯也剛好可以吃了。自從妻子在五年前去世之後，他已經習慣一個人的生活。妻子病倒之前，他在家裡甚至沒有煮過泡麵，不過現在已經會做很多菜了。

他一路走來都在當刑警，一旦全力投入偵查工作，經常睡在分局內不回家。他滿腦子只想著如何將罪犯逮捕歸案，對升職考試沒有興趣，已經是快退休的年紀，至今仍然是巡查部長，但他並不後悔，只是原本打算退休之後，要帶著辛苦多年的妻子一起去全國各地的溫泉旅行，無法實現這個夢想成為他內心的遺憾。獨生女兒在十年前就已經嫁人了。

鈴村確認已經七點半後，坐在工作桌前，在進入休眠狀態的電腦中輸入密碼，螢幕上立刻出現「綁架網站」。

昨天，組長二階堂告訴他有這個網站時，他第一印象就認為那並不是惡作劇。如果是惡作劇，網站的內容不會這麼簡單，但他也不認為綁架是事實。無論如何，一次綁架六個大男人未免太荒誕無稽了。

據說刑事課內最初是玉岡提到這個網站。玉岡是一股的冗員刑警，都已經三十四歲了，對待工作的態度至今仍然像小學生。大久保課長和二階堂都經常教訓他，就連對年輕刑警比較寬容的鈴村，有時候也忍不住對玉岡生氣，但正因為玉岡是這種個性的人，才會這麼快注意到這個網站。

在二階堂告訴他，這個網站近日在社會上鬧得沸沸揚揚之前，鈴村完全不知道這件事。在昨天之前，他都在偵辦一起大型匯款詐騙案，幾乎沒有去分局露臉。無論是綁架網站，或是柯南・福爾摩斯的推特帳號，都是二階堂告訴他的。

咖啡機的咖啡好了，他斜眼看著電腦螢幕，把咖啡拿到桌子上。看了時鐘，發現離八點還有十五分鐘。聽說「綁架網站」都在八點整準時更新，考慮到影片上傳後可能會刪除，他在昨晚已經設置好錄影軟體。

影片真的會上傳嗎？會是多長的影片呢？此時此刻，應該有為數不少的人和自己一樣，坐在電腦前注視著「綁架網站」的螢幕。今天是週六，搭電車通勤的人比平時少，但應該有人在電車上看手機，甚至可能有人邊開車邊看手機。真不希望有人因為邊開車邊看綁架網站而發生意外。

鈴村不禁思考，如果真的上傳影片，是否會有什麼改變？是否可以認為綁架網站的內容是事實？不，這無法成為決定性的證據，目前只知道被指名為「遭到綁架」的人的確存在，不，這也無法確定。如果影片是之前拍的，無法瞭解他們目前是否還活著，但若網站真的上傳了影片，柯南・福爾摩斯是綁架網站同夥的機率就大增。

八點了。

他按下瀏覽器的更新鍵，立刻出現最新消息的畫面。標題是「綁架人質之1」。他點選標題，打開影片。

螢幕中央出現一個有點年紀的男人胸部以上的特寫，畫質有點差，鏡頭似乎固定。男人胸前掛著一塊寫著名字的牌子，用歪歪扭扭的文字寫著「松下和夫、六十歲」。鈴村認為寫這樣的字體是為了掩飾筆跡，男人和照片上一樣，穿著有點髒的灰色襯衫。

男人不安地注視著正前方，什麼都沒說，但並沒有消音，可以隱約聽到室內的雜音。男人轉向右側，然後又轉向左側，八成是有人在指示他。男人轉頭的時候，聽到些許衣服摩擦的聲音。

螢幕一下子變黑，接著又出現了另一個男人。和剛才的男人一樣，胸前掛著一塊寫著姓名的牌子。上面寫著「高井田康、五十四歲」。他同樣先轉向右側，然後轉向左側，隨後影片就結束了，前後不到一分鐘。

鈴村又從頭看了一次影片，發現後方牆壁上貼了像是報紙的東西。只能勉強看到像是標題文字輪廓的東西，可以隱約看出版面的設計。雖然必須確認才知道，但鈴村猜想是今天的早報，用來證明是今天早上拍的影片，所以才專程貼上報紙。從影片中無法看出房間整體的情況，無法瞭解房間大小、天花板的高度和窗戶的位置。

鈴村覺得這不像是外行人幹的。雖然不知道是不是職業罪犯，但至少綁匪想得很周到。這麼說，這真的是綁架案嗎？從一股股長二階堂口中得知這個網站時，鈴村還覺得很受不了，覺得堂的京橋分局竟然為網路惡作劇驚慌失措，但現在看起來不像是惡作劇。

好久沒有這種熱血沸騰的感覺了。偵辦不入流的匯款詐騙案不會有這種感覺，如果真的是綁架案，就必須全力偵辦。現在應該沒有任何分局採取行動。警方只有在實際出現被害人，或是發現有非法資金流動，或是發現屍體，才會展開搜索，如果只是懷疑有問題，不可能採取行動。

那就由京橋分局來偵辦？他思考著。一旦發生案件，通常會在案發現場所屬的轄區分局成立搜查總部，但這只是習慣。如果不確定案件具體發生的地點，最先提出偵辦意願的分局就有優先權。問題在於這到底算不算是案件？

鈴村又重新倒了一杯咖啡，坐下之後，重新從頭開始仔細研究那個網站。

✦

來電顯示的號碼是陌生的手機號碼。

元山喜久子遲疑一下，最後接起了電話。

「喂，我是大和電視台『兩點的房間』的工作人員，請問是元山小姐的手機嗎？」

「喔，原來是『兩點的房間』，沒錯，我就是元山。」

「請問現在方便耽誤妳一點時間說話嗎？」

「沒問題。」

「妳曾經打電話給本節目，說認識出現在綁架網站上的人。」

元山的心跳開始加速。

「根據接電話的同事所做的紀錄，妳認識松下和夫先生？」

「啊，對，但並不是非常熟。我在支援街友的團體當志工，松下先生是我們支援的街友之一。」

「原來是這樣，請問松下先生目前在哪裡？」

「他從兩個月前就下落不明了。」

電話彼端陷入短暫的沉默。

「松下先生從兩年前開始，一直生活在多摩川的河岸，但我不知道他之前在哪裡。啊，他沒有家，睡在用夾板搭成的小屋內。」

電話彼端的人繼續沉默。元山不自覺地越說越快。

「松下先生經常四處為家，不知道是不是喜歡流浪，有時候幾天之後又會回來。即使問他去了哪裡，他也總是笑而不答，所以這次以為他又去別的地方了，但昨天看到電視——我真的嚇到了。」

「元山小姐。」

對方突然叫她的名字，她回答「是」時有點破音。

「今天或是明天，是否可以當面向妳請教詳細的情況？」

元山對意外的發展感到不知所措，但還是回答說：

「好，呃，我今天下午都會在辦公室。」

「是街友支援團體的辦公室嗎？地址是不是在川崎市中原區小杉町？」

「對。」元山在回答時，想起昨天在電話中告訴了對方辦公室名字和地址。

「好，那我會在下午兩點過去拜訪。」

井場掛上電話後想，這個人是唯一的收穫。他從早上開始打了十幾通電話，全都是白忙一場。那些說自己「認識」人質的人，在深入瞭解後，卻說只是認識很像是人質的人，或是以前好像見過這種完全不負責任的話。雖然也有聽起來似乎真的認識的人，但提出希望當面詳談後，對方立刻說什麼「這很傷腦筋」，或是「我並沒有這麼想聊這件事」。

雖然這麼回答的人中，或許真的有認識人質的人，但井場並不想特地花時間去見面，他猜想警察應該會去找每一個人瞭解情況，用這種方式逐一排除嫌疑，最後剩下的人就是嫌犯。

自己並不是刑警，雖然這是工作，但沒必要這麼賣力。只不過他也不想報告「毫無收穫」，因此很慶幸找到了認識松下和夫的元山喜久子。

井場把錄音筆放進西裝口袋後，走出公寓。

✦

「其實我並不是很瞭解松下先生。」元山說，「他很少提自己的事。」

「這裡會向街友調查他們之前的情況嗎？」

「是的，像是以前從事什麼工作？只是有些人不願意說。」

井場並不感到意外。

「但那些侃侃而談的人，也會經常隨便亂說之前的經歷。」

工作人員荒木雅惠在一旁插嘴說，元山苦笑。

「是嗎？」井場問。

「偶爾會有這種人。」元山回答說，「之前曾經有人說，他以前是律師，因此我們有時候會向他請教法律方面的問題。他的確知道很多法律用語，我們完全相信了。」

「但最後發現並不是嗎？」

「後來才知道，他以前謊稱自己是律師，曾經被警察抓過好幾次。他年輕時曾經在律師事務所工作，可能是耳濡目染，記住了那些法律知識。」荒木說。

「不是，松下先生曾經為了參加司法考試，讀了好幾年書。」元山更正了她的說法。

「無論是哪一種情況，反正他都在騙人。」

「嗯，雖然是這樣——」

「還有人說自己是電視台的編劇，說以前曾經寫過JHK晨間電視劇的劇本，那八成也是說謊，這種人怎麼可能變成街友？」

井場苦笑，但心想那個遊民也許並沒有說謊。雖然的確只有一流編劇才能夠寫晨間劇的劇本，問題是電視這個行業並沒有這麼好混，並非光靠好評就能一直有飯吃。井場進入這個業界的二十年前，那些在業界春風得意的前輩編劇，現在有很多人已經消聲匿跡了。

「還有人說自己是一級建築師，曾經設計了橫濱市政府的辦公大樓。」

荒木突然想到似地說。

「那麼，松下先生完全沒有透露自己以往的經歷。」

井場硬是拉回話題。

「他幾乎不聊自己的事。」

「他的為人怎麼樣？」

「他是個好人，」元山又加強語氣說，「非常好。」

「有這麼好嗎？」

「是的，真的很好。」

荒木也點著頭。

「比起自己的事，總是把別人的事放在第一位，街友中很少有像他那樣的人，只要他發現有人沒地方睡覺，就會請那個人去他的小屋，還會把食物分給對方，大家都叫他『松下菩薩』。」

「這樣啊，原來大家稱他『松下菩薩』，真是一個奇特的人。」井場說，「在街友中，有沒有和他比較熟的人？」

「嗯，不知道欸，」元山稍微想了想，「雖然他很親切，但很少會和別人打成一片。」

「妳們從什麼時候開始沒再見到他？」

「我在打電話之後查過了，他在三月十日最後一次來領配給餐，之後就沒再見到他。」

「綁架網站」是在五月八月上線，如果松下被人綁架，就意味著他在兩個月前就下落不明了。其他五個人也都遭到綁架嗎？那五個人都和松下一樣，都是遊民嗎？如果被綁架的人質全都是遊民，就能夠理解為什麼沒有家屬報案。這是因為幾乎所有的遊民都和家人斷絕了關係，或是原本就沒有家人。

井場聽著元山她們說明情況時，開始覺得這起綁架案搞不好是真的。

✦

《週刊文砲》的總編輯桑野宗男看著上上週的實際銷售數字，輕輕嘆了一口氣。銷售量下滑雖然不明顯，但的確在緩步減少。這是理所當然的。花了好幾個星期採訪的內容，在週刊上市的隔天，網路上就已經有了相關文章。現在只要有手機，就可以馬上看完所有話題，那些特地花超過四百圓的錢買週刊雜誌的人，反而成為奇葩。

問題是那些董事卻認為銷量下滑是編輯部不夠積極。桑野每次聽到這種話，就在心裡罵他們不懂裝懂亂說話。以前那些老傢伙在做雜誌的時候既沒有網路，也沒有手機，最好的證明，就是每一本週刊雜誌都賣得超好，現在時代已經不同了。

即便如此，仍然必須持續努力多賣幾本。每週都要丟出能夠吸引讀者的內容，是週刊雜誌的宿命，而且如果現在不好好努力，以後就無法成為董事。

編輯會議開始的同時，記者森田勉就舉起了手。

「下週要不要報導綁架網站的事？」

桑野知道「綁架網站」，但目前仍然只是網路上未經證實的消息。

「目前還難辨真偽，警方尚未採取行動。」

主編林原達夫說。

「雖然是這樣，但那幾名人質似乎的確是遊民，目前『5 ch』和推特上有許多介紹他們經歷的內容，雖然有來自公益團體的消息，但其他消息都是很久以前的事，都不是最近的消息，我認為這可以佐證那些人質是遊民的說法。」

「原來如此。」

「而且聽說蓑山先生已經有所行動了。」

「你是說自由撰稿人蓑山嗎？」桑野問，「他的直覺向來很敏銳，那你打算寫怎樣的報導？」

「要不要寫他們之前的人生經歷，以及曾經有什麼樣的過去？」

「這個主題很有意思。既然他們會成為遊民，想必機運很差，沒想到屋漏偏逢連夜雨，竟然還被人綁架，簡直就是人生谷底。讀者會喜歡這種內容。」

「問題是要怎麼調查？」林原問。

「蓑山先生說要實地採訪，我們會追蹤推特和『5 ch』上的消息。『5 ch』上有提到他們以前任職的公司名稱，可以直接去問那些公司。」

「喂喂喂，週刊雜誌的記者竟然要從網路上找線索嗎？」

「千萬別小看網路。」

編輯部內最年輕的角田雅美說。「YouTube上不是偶爾會有人傳一些缺德的影片嗎？像是在公寓的水塔內游泳，或是在餐廳的廚房內，把客人吃剩的食物送給其他客人。一旦出現這種影片，網友就會馬上肉搜出上傳者的本名和住址，然後公布在網路上，週刊記者根本望塵莫及。」

「報紙上在報導少年犯罪時，都不會提及嫌犯的名字，但網路上就會直接公布姓名和照片。」

森田也接著說。

「所以以後會進入辦案也要靠網路的時代了嗎？」

總編桑野的這句話，逗得大家都笑了。

「網路並非絕對正確，」角田說，「之前有一個女生被人爆料，說她坐在一輛逼車的車子上，結果在網路上被人大肆撻伐，後來發現完全搞錯人。網路上不時有這種假消息瞬間擴散的情況。」

「所謂的網路冤案。」林原主編說。

「嗯，這就是網路的可怕之處。」桑野一臉嚴肅，「從網路上找線索沒問題，但一定要查證，如果把網路上的假消息寫成報導，到時候就會丟臉丟到家。」

「我當然知道。」森田回答。

✦

佐野中午過後醒來，看到「綁架網站」的影片大吃一驚。因為網站竟然按照自己的推文內容，上傳了兩名人質的影片。

留言的數量不計其數。

「這果然是真的綁架案吧。」

「即時犯罪真是太猛了。」

「影片太震撼了。」

除了對影片的衝擊感到驚訝的留言以外，還有些留言提到佐野。「柯南．福爾摩斯是神嗎？」「柯南到底是何方神聖？」有不少留言談到對柯南．福爾摩斯真實身分的研究。我目前是整個日本的焦點——想到這裡，佐野就產生了一種全身酥麻的快感。

他上班的時候滿腦子想著這件事，唯一在意的是，「綁架網站」按照自己推文的預言，上傳了兩個人的影片。這是偶然的巧合嗎？還是綁架網站的站長有在看自己的推特？果真如此的話，真是太令人興奮了。因為這代表綁架網站的站長也認同自己，也許站長很感謝自己是第一個介紹綁架網站的人。

佐野打算做一個實驗。傍晚的時候，他趁店長不注意，溜進廁所發了推文。

「明天將上傳剩下的其他成員的影片，敬請期待！所有肉票安全無虞，不必擔心。」

當他走出廁所時，已經有超過十則留言。

五月十五日

東光新聞社會部的三矢陽子在早上八點時，看了新上傳的四名人質的影片。如果「綁架網站」所說的是事實，就代表透過影片看到了六名人質。

目前的事態按照推特帳號「柯南．福爾摩斯」的推文內容發展，柯南．福爾摩斯應該和綁架網站有某種關係。

昨天發現，萩原透過新聞和網路搜尋查到的人物中，有兩個人只是同姓同名。在四葉商事任職的田中修目前在子公司任職，在QQ製藥工作的石垣勝男目前仍然在那家公司。前輩記者萩原打電話採訪時，對方似乎很為難：「網站上出現和我同名的人，造成我很大的困擾。」

至於另一名人質是否就是之前襲擊街友案的被害人大友孝光，目前不得而知。雖然試圖從審判紀錄中找線索，但那些嫌犯當時還是未成年少年，因此無法閱覽相關紀錄。不過網站上的大友孝光和襲擊街友案的被害人年齡相符，很可能是同一人，只是不知道和前獎勵會會員又是不是同一人。

目前已經查明，松下和夫就是二十年前被殺女童的家屬。除了年齡一致以外，當時他任職公司的同事證實，松下和夫就是影片中的人物。松下在那起案子發生的數年後離職了，目前沒有人知道他的消息。

也就是說，在現階段還無法證實真的就是綁架案。

三矢思忖著，如果真的發生綁架案，到底基於什麼目的？要用遊民做什麼實驗？對綁匪而言又有什麼好處？

三矢的腦海中浮現可怕的想像。那是在二十多年前，神戶發生的連續殺人案。當時，凶手把寫著「遊戲開始了」的紙條塞進被害人嘴裡。更早之前，東京埼玉也發生女童連續命案，那個凶手同樣自我感覺良好地把犯罪自白寄給報社。那兩起案件都發生在網路尚未普及的時代，如果像現在這樣，能夠輕鬆使用網路，這兩起凶案的凶手一定會使用網路來表演。

想到這裡，三矢不寒而慄。綁架網站的站長是不是打算在自己的網站播放血淋淋的影片？如果是脫序的人，很可能會做出這種事。果真如此的話，是否該報警防患未然？

但警方應該不會採取行動。她憑著跑警政線的經驗瞭解這件事，警方根本沒有足夠的人手逐一清查這種網站。

就算自己要求警方「必須展開偵查」，但警方根本不可能理會。除非有人報案——想到這裡，她突然靈機一動，想到了好主意。如果人質的家屬向警方報案，說家人失蹤了，警方就不得不採取行動。

那麼，首先必須找到人質的家屬。

✦

佐野光一有生以來第一次體會到自己簡直無所不能。

自己在推特上發的推文接連應驗，許多人把自己的推文當神的啟示。他的推特帳號追蹤人數已經超過五十萬人，而且每天持續有超過一萬人的新追蹤者。

「綁架網站」按照自己推文的內容發展顯然並非巧合，站主絕對也在看柯南．福爾摩斯的推特。

佐野陷入一種自己在操控綁架網站的錯覺，他覺得——綁架網站正在等待自己的指示。

佐野一手拿著手機，思考著推文的內容。追蹤者現在期待自己說什麼？整個社會又在期待什麼？

不一會兒，他的嘴角浮現笑容，開始輸入文字。

「明天將公布我們的實驗計畫。」

整個社會應該都會大吃一驚。光是想像這件事，他就興奮得全身顫抖。

五月十六日

三矢陽子在早上八點之前，就坐在電腦前等待。雖然可以用手機看「綁架網站」，但看影片時，還是大螢幕更清楚。

強烈的陽光已經從海灣旁公寓的南側窗戶照進來，她拉起一半窗簾。這個客廳可以眺望東京灣，視野很好，但如果白天要使用電腦，光線就太亮了。

柯南．福爾摩斯在昨天預告，綁架網站將在今天公布綁架目的。幾乎可以確定，柯南．福爾摩斯和綁架網站有關，「他」的工作就是在推特上廣為宣傳，把更多人引導向網站。他充分完成任務，他的推特帳號的追蹤人數已經超過五十萬人。

她從剛才就心跳加速，痛苦的不安籠罩全身。她祈禱著實驗不要是令人不舒服的內容。如果螢幕上突然出現殘酷的影片，今天一整天的心情都會很憂鬱——

✦

玉岡勝在星期一擠得水洩不通的地鐵車廂內，勉強舉起右手，看著手機的螢幕。周圍有好幾個上班族都做出和他相同的姿勢看著手機，玉岡心想，也許有人和自己一樣，正在看「綁架網站」。

今天是綁架網站架設的第九天，終於要公布實驗內容了。到底會是什麼內容？他從剛才就興奮難耐，和看到自己支持的職棒球隊比賽速報時的心情差不多，甚至覺得如果只是愉快犯的惡作劇，自己無法接受，到時候一定要用迷惑防止條例或是其他法條，逮捕網站站長。

玉岡從七點五十五分開始，就不停地按下綁架網站的更新鍵，但首頁並沒有出現「最新消息」的文字。雖然他知道綁架網站都在八點準時更新，還是無法克制激動的心情。幹嘛這麼準時？他忍不住在心裡咒罵。偶爾偷跑一下又不會死，完全不為等待的人著想。

✦

『兩點的房間』的製作人吹石難得早起，等待著「綁架網站」的最新消息。

昨天晚上，節目總監真鍋元氣傳來電子郵件，告訴他綁架網站將在今天八點公布實驗內容。吹石很希望是具有衝擊性的內容，如此一來，就可以在今天的節目中充分討論。由於網站在節目停播的週末上傳了人質的影片，被其他電視台的節目搶先報導，這件事令他懊惱不已。

但是，目前手上有花了整個週末充分剪輯的影片，最吸睛的部分，就是一位支援街友團體的女性志工的證詞。雖然是昨天緊急拍攝的內容，但看了剪輯後的影片，發現女性志工指著照片說，就是她認識的街友的畫面很有真實感，也很震撼。『兩點的房間』最先發現其中一名人質的消息，只要播出這段影片，其他電視台一定會捶胸頓足，懊惱不已，節目的收視率也可能飆升到兩位數。

不過，綁架網站今天公布的內容，將會影響後續的發展。如果最後發現是「整人遊戲」，那就真的是糟透了。剪輯完成的影片和志工的證詞都派不上用場。

吹石看著電腦螢幕，嘀咕著「拜託了」。千萬不要讓我的期待落空。

✦

自由撰稿人蓑山注視著電腦螢幕，張大了嘴。

「綁架網站」公布的「實驗」內容遠遠超出他的想像。他努力保持心情平靜，再看一次網站的文章。

「我們使用人質進行的實驗只有一次，意即在實驗的同時，就實際採取行動。實驗的內容是，我們以綁架的六個人為人質，向以下的企業和團體要求贖款，具體金額如下。如果不支付贖款，我們無法保證人質的生命安全。」

令人驚訝的是綁匪勒索贖款的企業和團體名稱，以及金額。

大和電視台　八億圓
東光新聞　七億圓
JHK　三億圓
常日新聞　兩億圓

蓑山無法立刻判斷是不是戲言。因為太荒誕無稽，簡直前所未見。

至今為止，曾經發生多起向企業勒索贖款的案件，但都是綁架那些企業的董事或是員工。發生在昭和年代的「固力果森永案」，則是把食品公司的商品作為「人質」，但是據說這次被綁架的所有人都是遊民，這個傳聞可信度很高。因為目前並沒有任何家屬去向警方報案。

如果所有人質都是遊民，那些人應該和被勒索的報社、電視台沒有任何關係，對報社和電視台來說，根本沒有理由要支付贖款。

而且一旦發生以金錢為目的的營利性綁架案，為了人質安全，經常會限制媒體的報導，但這次已經有多家電視台報導這件事，也就是說，警方可以公開展開偵查，這是對綁匪而言的不利要素之一。蓑山越想越覺得這起案子太匪夷所思。

蓑山重重地嘆了一口氣，靠在椅背上。

✦

三矢陽子一進公司，立刻去找齋藤主編問：「你看了綁架網站嗎？」
「看了。」齋藤苦笑著說，「真是意外的發展。」
「根本笑不出來啊。」
「就算妳這麼說，我也沒辦法，只能笑啊。我們完全沒有一丁點支付贖款的義務。」
「雖然是這樣，但綁匪的確指名我們公司，這不是代表我們成為被害人了嗎？」
「嗯，應該可以算是被害人吧。」
「我們不報警嗎？」
「這要由高層決定。」
「高層說什麼？」
「目前還不知道，並沒有下達任何指示，搞不好現在那些董事正在討論這件事。」
三矢的腦海中浮現那幾個她從來沒有說過話的董事臉孔，全都是年過六十的老頭，雖然他們應該知道網路，但難以想像他們懂得如何使用。
「那些董事知道這件事嗎？像是綁架網站，還有贖款的事。」
「應該知道吧。」
「有什麼根據嗎？」
齋藤被三矢這麼質問，一時語塞。

「不能排除他們完全搞不清楚狀況的可能性。」

齋藤沒有吭氣。

「警方還沒有針對這件事有任何動作。」

「聽說是這樣。」

「在沒有人報案之前，警方當然不會採取行動，但有人報案之後，情況就不一樣了。」

「原來如此，只要我們去報案，警方就不得不展開偵查。」

齋藤猶豫片刻，最後說聲「好」，然後站了起來。

✦

包括大和電視台董事長在內的七名董事，個個面色凝重地坐在董事會議室內。

最年輕的董事立石學開口：

「關於這次有網站向本公司勒索一事，在發給各位的資料上，簡單說明整件事的來龍去脈。」

資料上按照時間的先後順序，整理了「綁架網站」至今為止公開的內容，還附上人質的照片。

「人質的照片是從網站的影片中擷圖下來的。」

董事們點著頭，翻閱著資料。

「為什麼要向我們勒索贖款？」

常務董事近藤哲治問。立石回答說：「目前還不知道。」

「人質和我們有什麼關係嗎?」

另一名常務董事岡野洋二問。

「目前還不清楚,但已經知道其中一名人質是遊民。」

有幾個人發出了驚訝的聲音。立石向其他人說明:「就是資料上的大友孝光。」

「他以前是我們的員工嗎?」

有人開玩笑,幾個人聞言後笑了。

「不要開這種無聊的玩笑。」

董事長大森亮一說,所有人都安靜下來。

「大友在七年前曾經被一群少年襲擊,受了重傷,雖然網路上有不少消息透露,其他人也都是遊民,但都尚未得到證實。目前『兩點的房間』的工作人員正在調查詳細的情況。」

「也許人質中,有和我們公司員工有關係的人,因此把這件事通知所有員工,並要求員工,如果有人認識其中的人質,或是有任何線索,都要立刻向主管報告。」

「好的。」立石回答。

「對了,董事長,」副董事長澤村政男開口,「不報警嗎?」

「當然要報警。」

大森語氣強烈地說。

「竟然向大和電視台勒索贖款!」大森咬牙切齒地說,「開玩笑也要有個限度,綁架遊民有什麼用?絕對要把這種綁匪繩之以法!」

所有董事都紛紛點頭。

✦

「今天受理了東光新聞的報案。」

京橋分局的刑事課長大久保向局長進藤報告。

「接到報案後，請教過總部的意見。總部認為東光新聞在我們的轄區之內，就由我們分局受理。大和電視台也向麴町那邊報案，也由我們分局受理了。」

「那就是說，可以正式展開偵查了。」

「是。」

「總部有沒有什麼指示？」

「負責的刑警說，這起事件雖然很受矚目，但目前還無法判斷是否真的能夠視之為發生了綁架案。」

「是啊，」進藤說，「對總部來說，成立搜查總部當然沒問題，但如果最後發現是網路上的惡作劇，就會顏面盡失，所以他們希望丟給轄區警局處理。」

大久保沒有回答。

「但搞不好這次是大案子，果真如此的話，接下來就會受到矚目。」

進藤似乎對京橋分局負責偵辦這起案子感到高興。目前這起案件受到社會大眾的關注，一旦偵破這起案子，就可以大大提升京橋分局的形象。進藤在當刑警多年後升上了局長，兩年後就要退休了。他目前的頭銜是警視，但不可能繼續升遷，應該純粹是基於警察的職責，想要偵破重大刑案。

「如果能夠偵破，當然可以立大功，一旦失敗，可就丟盡臉面。」

「我們絕不會讓局長臉上蒙羞。」

進藤微笑說：

「反正我的臉本來就沒多乾淨，而且也不是高考組過來的國家公務員，不必在意我。」

進藤向來是很值得信賴的上司，大久保在年輕時曾經跟著他磨練多年，很希望能夠在這位上司退休之前立下大功，讓他能夠風光退休。

「偵查需要人手嗎？」

「目前先由一股的二階堂組全力投入，人手不夠時，再請二股支援。」

「二階堂很優秀，」進藤說，「而且鈴村也在一股。」

鈴村是和進藤同期的資深刑警，在刑事課內年紀最長，比課長大久保年紀更大。他至今仍然是巡查部長，對升遷完全沒有興趣，一直在第一線打拚。

「如果這真的是大案子，總部遲早會加入。」

「是。」

「但是，最後要由我們逮捕綁匪。」

「是。」大久保回答後，離開了局長辦公室。

大久保成立了搜查總部。

如同他向局長所報告的，搜查總部的成員都是刑警課一股的成員。京橋分局刑事課有四股，一旦確定這是個大案子，他打算讓其他股的成員一起加入。二階堂帶領的十名刑警聚集在三樓的會議室內。

「今天請各位來這裡，不是為了別的，就是那個綁架網站的案子。東光新聞來分局報案，從今天開始，將正式展開偵查。」

大久保說明後，由股長二階堂恆夫說明最初至今為止的情況。刑警都紛紛做著筆記。

「綁架網站的聲明文和影像是目前唯一的線索，那我們要從何著手呢？」

大久保說完，巡視著在場的所有刑警。安藤太一舉起手。

「我想要確認一下，真的有綁架案發生嗎？」

「說實話，目前還無法確定。」大久保回答，「但即使是惡作劇，這也非常惡質，造成社會的不安。從這個角度來說，的確已經可以說是案件。」

玉岡舉起手說：

「先去找推特上的柯南．福爾摩斯問話，雖然他偽裝成最初發現網站的人，但漸漸露出破綻。網站完全按照他推文的預言更新，這代表他清楚綁匪的行動，也就是說，他是綁匪的同夥或是關係人。」

二階堂思考著同夥和關係人到底有什麼不同，但還是點頭，同時問了一股最資深的鈴村：

「鈴村哥，你怎麼認為？」

「我認為那個柯南應該和綁架網站沒有關係。」鈴村很乾脆地回答。

「為什麼？」玉岡不滿地問。

「綁匪非常小心謹慎，從網站架設在境外的伺服器這一點就可以知道，所以應該不可能在推特上露出馬腳。」

「如果使用別人名義申辦的手機，不是無法追蹤到他嗎？」

「即便如此，還是會留下在哪裡發表推文的紀錄。」

玉岡仍然堅持己見。

「搞不好柯南．福爾摩斯為了避免被追蹤到，去各種不同的地方發文，或是在電車上發文。」

「如果是這樣，會導致被監視器拍到的危險。他發文的時間幾乎都在深夜，那個時間根本沒有電車，在街上徘徊很顯眼，而且只要調閱監視器，馬上就會查到。」

鈴村又接著說：

「綁架網站和推特上的文體完全不一樣，網站上的文字很克制，而且沒有任何不必要的資訊，相較之下，柯南．福爾摩斯的推文有點囉唆，從文字中來看，不像是聰明人。綁架網站上都統一使用『人質』這個字眼，但柯南．福爾摩斯有時候使用『人質』，有時候使用『肉票』，至少不是同一人所寫的文字。」

「即使是不同人所寫的，也沒什麼好奇怪的啊。」

「當然不能排除這種可能性，但是沒理由這麼做。」

「你對網站按照推特內容更新這件事有什麼看法？」
二階堂問鈴村。
「如果不是巧合，就是——」鈴村停頓一下後說：「綁匪可能覺得有趣，所以就按照推特的內容進行。」
「為什麼要這麼做？」玉岡相當難以接受。
「該怎麼說，可能只是綁匪的玩興。第一次人質的影片中，後方貼了東光新聞當天早報的頭版，在第二個人質時，變成第二版。」
「這有什麼意義嗎？」
「隔天的影片分別換成第三、第四和第五版的報紙。」
「這就是綁匪的玩興嗎？」
「雖然是讓人笑不出來的幽默，但也是一種惡搞，由此可以認為，綁匪會做完全沒意義的事，這或許是綁匪的缺點。」
「換報紙的版面可能有什麼意義啊。」玉岡不肯罷休。
「什麼意義？」鈴村問，玉岡回答說：「這——不是接下來要調查的事嗎？」
現場的氣氛變得有點劍拔弩張，刑事課長大久保插嘴說：
「總之，要去向柯南．福爾摩斯瞭解情況，目前這個人是重要的線索。首先要求推特公司提供使用者資料，然後要求他主動到案說明。各位沒有意見吧？」
鈴村點了點頭，玉岡嘀咕說：「既然沒有異議，那就不要多嘴。」

「其次必須確定人質的身分。雖然目前只有網站上傳的姓名、年齡和照片，甚至連這些資料都難辨真偽，但也只能根據這些資料展開調查。目前確認到什麼程度了？」

「根據駕照申請的狀況，掌握了以下五個人的資料。」

安藤朗讀出五個人的名字。

「高井田康和四年前的照片相比，確定就是本人。其他四個人登記的照片都超過十年，照片都比影片中年輕，比較難斷定，但應該可以認定為本人，只不過當時登記的地址，目前都是別人居住。」

「沒有家屬來詢問嗎？」

「全國各地的警察分局似乎接到數通電話，但相關資料還沒有傳來這裡。」

「雖然有可能是惡作劇，但如果能夠見到家屬，只要對照戶籍，就可以搞清楚。」

「我想今天之內應該可以查清楚。除此以外，我們目前正在向這五個人戶籍地和居住地所在的轄區分局確認，如果住民票有遷徙紀錄，就可以循線追查，否則的話，恐怕就到此為止了。」

「如果沒有家屬的話怎麼辦？」

大久保問。

「只能等待認識他們的熟人、朋友或是親戚和警方聯絡。」

安藤回答。

「有一個人沒有申請駕照的紀錄，但以那個年紀的人來說，很少有人沒有駕照。那個人可能很早就成為遊民。」

「也可能真正的名字和綁匪公布的名字不一樣。」

鈴村的意見讓在場的所有人都吃了一驚。

「有什麼目的？」

「這就不知道了。人質可能使用假名字，也有可能綁匪寫錯字，但既然已經公布影片，應該有人看了影片後，向警方提供消息。」

好幾個人都點著頭。

「繼續調查人質的情況。」

二階堂說完，暫時結束這個話題。

「其次是綁匪的落腳處，要查出影片上傳的地點。」

「最有可能的是關東圈。」

橋口正夫說。

「這麼說的根據就是影片中拍到的東光新聞是首都圈版。」

「如果一大早在東京購買，搭新幹線的話，不是可以移動相當的距離嗎？」玉岡提出了疑問，「使用首都圈版的報紙也可以說是一種障眼法。」

「影片是在八點以前拍攝的，如果是這樣，就必須一大清早就搭電車。」

橋口指出這個問題。

「假設搭新幹線的頭班車，一個小時就可以在相當大的範圍移動。」

「如果是新幹線的頭班車，車站的監視器會是很大的問題。影片上傳的日子是乘客人數較少的週六和週日，如果綁匪在早上六點多出現在新幹線的月台，很容易鎖定對象。」

「不能排除這種可能性，那就去清查一下車站的監視器。」

二階堂指示橋口。

「也可能使用車子。」三田良夫說，「如果使用車子的話，可以用N系統追蹤車牌，問題是不知道綁匪從東京都內的哪裡出發，要找到相符的車輛並非易事。」

「但還是在首都圈一百公里的範圍內，」橋口說了自己的推測，「我認為綁匪就在近處。」

「目前先假設潛伏在首都圈內。」二階堂巡視所有人說道，「各位認為綁匪總共有多少人？」

「既然有六名人質，綁匪至少超過兩個人。」

玉岡說完，好幾個人都笑了。

「如果只有一個人，的確會忙不過來。」大久保也忍不住笑道。

「雖然這幾名人質都有一定的年紀，但終究是成年男子，」橋口說，「至少要三、四個人才制得住六個人，但實際上可能更多一些。」

「要視綁匪的身材而定，」大久保說，「目前對綁匪人數完全沒有任何線索，暫時假設有三到十人。」

「如果有十名綁匪，加上人質，總共有十六人。」安藤說，「如此一來，綁匪的躲藏處就會有很多人。」

所有成員都各自舉手表達意見。

「就算只有三名綁匪，總人數還是高達九個，小公寓可能容納不下。更何況會有動靜，會擔心被鄰居發現。如果經常有男人進進出出，總是會格外引人注意。」

「搞不好有女性的同夥。」

「也許不是在公寓，而是住商大樓之類的地方。」

「可能是獨棟住宅。」

「搞不好是在工廠或是倉庫。」

「有可能把人質分散監禁。」

所有人聽了玉岡的意見，都看向他。

「只要把人質分散，租幾套小公寓就可以搞定，而且可以跨縣市監禁。」

「這種可能性比較低。」鈴村小聲地說，「影片都是在同一個房間內拍攝的。」

「誰知道呢？布置一下房間的牆壁很簡單。」

「不可能。拍攝人質的房間明亮度和光源的位置都相同，如果在不同的房間拍攝，光線會發生微妙的變化。」鈴村淡淡地說，「即使能夠完美解決這個問題，如果把人質分散在不同的地方監禁，就必須花費更多人力，風險增加。與其這麼麻煩，還不如事先準備比較寬敞的地方更好。」

「如果是居住空間的問題，或許可以分散在同一棟大樓或是公寓的不同房間內。」

「你剛才不是說是跨縣市分散監禁嗎？」

安藤的話引起一陣笑聲。

大久保跟著笑出來的同時，內心覺得大家完全不緊張。這也情有可原。雖然成立了搜查總部，但並沒有完全確定是否真的是刑事案件。

「反正目前可說是完全不瞭解任何狀況。」大久保總結道，「橋口，你先去查監視器和N系統，三田和山下去推特公司，要求提供使用者資料。其他人立刻向各分局打聽人質家屬的情況，查明人質的身分。」

所有刑警都點著頭。

「還有其他問題嗎？」

鈴村舉起手說：

「有消息顯示，其中一名人質是遊民，果真如此的話，其他人質也是遊民的可能性就相當高。」

「嗯。」

「因此，我認為必須去找遊民問話，看看他們是否認識成為人質的那幾個人，或是最近有沒有遊民下落不明，搞不好有人看到了人質遭到綁架。」

「如果用蠻力綁架六個人，的確有可能被人看到。」

「也可能用金錢誘騙。」鈴村補充說，「可能騙他們說，有可以賺大錢的工作。」

「有道理。」二階堂附和道，「除此以外，還可能和黑道有關。那些專門用打零工的方式招募街友做非法工作的黑道，很懂得用什麼方法召集遊民。」

「這個推測可能性很高，那就馬上向總部的組織犯罪對策部打聽一下。」大久保說。

「也可能是落魄的激進派為了籌措資金犯下這起案子，另外不能排除外國幫派的可能性。」

大久保聽了安藤的意見，用力點著頭。

「有可能是暴走族等地痞為了好玩犯罪。」玉岡說。

「嗯，不能排除這些可能性，」大久保說，「但現階段必須縮小範圍，先去找出專門僱用街友打零工的那些傢伙。」

✦

「大森先生，你似乎很頭痛啊。」

大型藝能事務所巨匠傳播公司的董事長高橋一郎剛坐下，就說了這句話。

大和電視台董事長大森亮一苦笑：

「你是說綁架網站嗎？真是莫名其妙，說起來……」

這時，包廂的門打開了，餐廳的服務生走進來，大森立刻閉口不談。

大森等四個人點了午間套餐，服務生走出包廂後，大森又繼續說道：

「我仍然認為是惡作劇，沒有採取具體措施。」

「果然是惡作劇嗎？」

前職棒選手，目前在電視台擔任解說員的大山明點著頭說。

「雖然還不知道，但大和電視台不值得為這種事起舞。」

「所以你們不打算支付贖款。」

電影導演別宮報德說。

「當然啊，根本和我們毫無關係，不，即使人質是我們公司的人，我們也不會支付贖款，面對這種卑劣的犯罪，絕對不能屈服。」

「如果貴公司的員工聽到這句話，可能會有點受打擊。」

別宮半開玩笑說。大森面帶慍色說：

「如果員工被人綁架，企業就要支付贖款，公司根本就沒辦法撐下去。這不等於助長綁架行為橫行嗎？」

其他三個人點著頭。

「更何況人質是和我們完全沒關係的人——傳聞不是說，他們都是遊民嗎？沒有理由要我們支付贖款。」

「是啊。」

「但這次的事很有意思。」別宮笑咪咪地說。

大山語帶奉承地說。

「怎麼有意思？」高橋問。

「為了贖款而綁架，通常都會綁架就算支付一大筆錢，家屬也非贖回不可的人質，不是嗎？因此才會去綁架那些對家人來說，無可取代的孩子，或是公司的高層、董事長。」

另外三個人點著頭。

「而且贖款的金額會和人質的重要度成正比。」

「那當然，董事長和普通員工的金額相同就太奇怪了。」

高橋的玩笑讓眾人都跟著笑了起來。

「沒錯，」大山也附和著，「即便綁架的都是職棒選手，全壘打王和二軍選手的金額應該也不一樣。」

「就是這樣，」別宮點點頭，「如果贖款有法則，就是這麼一回事。但是，聽說這次綁架事件的人質都是遊民，從某種意義上來說，是世界上最沒有價值的人。雖然這麼說有點難聽，但可說是根本不值錢的人質——」

所有人都默然不語，聽著他說話。

「也就是說，這次的綁架事件完全不符合這個法則。」

「但是根本沒理由找我們麻煩。」

大森不滿地說。

「綁匪可能故意針對報社和電視台勒索贖款。」

「為什麼？」

「報社和電視台被稱為社會的公器，雖然是民間企業，但很像是官方的角色，而且報社和電視台平時經常高喊社會正義，人權和生命有多重要，正因如此，綁匪才會選擇報社和電視台作為勒索的標的。」

「完全不合邏輯，」大森生氣地說，「這種道理根本說不通。」

「當然，」別宮表示同意，「這只是我的想像而已。」

「不，別宮先生，你說的話很有意思。」高橋佩服地說，「你的意思是，他們向電視台和報社提出了人命值多少錢這個問題。」

「事實上他們並沒有問這個問題，卻是在問他們的標價是否合理，也就是報社和電視台是否願意付這筆錢。」

別宮說。

「雖然這邏輯荒誕無稽，」大森不悅地說，「但如果考慮綁匪的思考，或許不能排除這種可能性。但就算這樣，從頭到尾都還是他們一廂情願的邏輯。」

然後，他又加強語氣說：

「我們絕對不可能答應綁匪的要求，即使贖款只有一萬圓，也絕對不會支付。」

✦

佐野光一發自內心覺得今天幸好是自己休假的日子，一整天都可以看推特。

「綁架網站」在早上八點公布勒索贖款對象的同時，推特就呈現「大轟動」的狀態。很多人發表相關推文，九點過後，登上熱門話題排行榜的第一名，他根本來不及看所有的推文。如果今天去店裡上班，可能會因為無法狂看推特而發瘋。

佐野親身感受到自從自己發現了綁架網站，用推特昭告大眾後，輿論對這起「案件」的看法如何改變。

起初大家對這件事的關注度很低，大部分人都認為是「惡作劇」，但隨著時間一天一天過去，有越來越多人知道這件事，認為真的是一起綁架案的人越來越多。據佐野的觀察，目前有八成左右的人都認為不是「惡作劇」，而是一起案件。

也許是因為這個緣故，出現了「為什麼報紙和電視不深入報導這件事？」的聲浪，事實上，目前沒有任何一家報紙報導這件事，至於電視，除了談話性節目以外，沒有任何節目提到這起事件。

佐野同樣對這樣的情況不滿，推特上有不少人對「警方刻意淡化」感到憤怒，沒有任何人考慮到遊民的人權，就算遊民被殺，只要置之不理，就等於沒有發生，但也有人提出了陰謀論，認為「這件事和境外勢力或是國際犯罪組織有關，公安警察已經著手行動」。

佐野當然確信這分明是一起綁架案，如果只是鬧著玩或是惡作劇，不可能做到這種程度，而且自己還是關係人之一，綁匪應該也對自己另眼相看。因為「他們」一直按照自己的推文內容行動，可見自己的推文正確度有多高，搞不好他們之前舉棋不定，不知道接下來該怎麼辦，於是就參考了柯南．福爾摩斯的指示。說不定他們現在也正在等待自己的推文——既然這樣，自己就必須下達下一步的指示。同時必須讓世人驚訝，並感到滿足。佐野苦思惡想，終於想到了——接下來要讓人質開口說話。

五月十七日

這天早上，「綁架網站」上傳了人質說話的影片。

人質之一的石垣勝男對著鏡頭結結巴巴地說話。

「我叫石垣勝男，目前被人綁架，請大家救救我。」

雖然只有短短十一秒的影片，但受到極大矚目。影片上傳十分鐘後，網站的在線人數就超過十萬人。

「終於上傳了人質說話的影片。」

『兩點的房間』上午的企劃會議一開始，節目總監真鍋就說道。

「網路上的討論非常熱烈，」編劇井場說，「馬上就成為推特的熱門話題排行榜第一名，也有很多YouTuber覺得這起事件很有趣，紛紛拍片介紹。」

「今天的節目中也會討論嗎？」

「當然啊，只不過在我們之前，早上的談話性節目已經大談特談了。」

吹石語帶懊惱地說。

「但觀眾認為我們才是綁架網站話題的先驅，雖然早上的節目大談特談影片的內容，但觀眾很期待我們節目的切入點。」

「的確是這樣，要不要分析影片的內容呢？有沒有獨特的切入點？」

吹石一臉得意。

「根據網路上的分析，人質說話帶有佐渡的口音，要不要請教方言學的老師確認一下？」

「好，如果證實石垣是來自佐渡島，就是很重要的線索，同時可以邀請一位心理學的教授，從人質在影片中說話的語氣，分析人質目前的心理狀況。」

「十一秒的影片有辦法進行心理分析嗎？」

「能不能分析並不重要，只要找一位教授說出讓觀眾接受的意見就好，有困難嗎？」

「沒問題，想要上節目的大學教授太多了，不管要他們說什麼，他們都會搶著上節目。」

✦

東光新聞社的編輯主任丸岡健也比平時更早來到報社。因為社長秘書傳了電子郵件給他，說上午十點要召開緊急董事會議。

他九點半抵達報社，確認辦公桌上的郵件後，請秘書幫忙倒了咖啡。

雖然電子郵件上並沒有提到今天會議的議題，但他知道是「綁架網站」的事。昨天，那個網站點名了東光新聞社。雖然有董事提出，必須研擬對策，但社長岩井保雄一笑置之，認為堂堂報社怎麼可以隨這種事起舞。

但是既然決定要緊急召開董事會，就代表狀況發生變化。也許是人質說話的影片讓岩井改變心意。人的聲音很有影響力，略微帶有口音、結結巴巴訴說「救救我」這句話，具有超越所有道理的力量，當然一方面也因為民眾對這起事件的關注迅速提升。

丸岡看了週六和週日的影片，開始認為也許真的發生了綁架案，思忖著該不該寫成報導，但又覺得報導警方還沒有開始偵辦的案子有點操之過急。雖然社會部的主編提出，「可以從網路上惡質的惡作劇引起社會動盪的角度切入」，但如果寫了這樣的報導，之後發現真的有綁架案，就會下不了台。基於這個原因，他之前一直不同意報導這件事，但今天報社恐怕不得不發表聲明。

「說來極度令人遺憾——」

社長岩井用這句話作為開場白。

「目前鬧得沸沸揚揚的綁架網站公然向本社勒索贖款，我們報社當然沒有義務支付這種贖款，但既然提到了報社的名字，我們就必須發表聲明。」

董事都默然不語地點著頭。

岩井在東光新聞社內獨裁專斷，雖然是業務出身，卻擊敗撰述委員和主編，坐上社長的寶座。他在營業部長時代憑著和代理商、各家企業硬碰硬的交涉方式，讓廣告收入有了飛躍性的成長，這種強硬的手腕讓他得到了「推土機」的綽號。他的人脈很廣，對財經界和政界都很有影響力。

「社長的意見完全正確。」副社長安田常正語帶奉承地說，「但這件事關係到人質的安全，發表聲明時必須格外謹慎。」

「我們不是付出贖款，而是要付出謹慎。」

專務董事木島滿男的玩笑引起其他董事的哄笑，但看到岩井仍板著臉，所有人便都收起笑容。

「現在發給各位一篇文章，我打算把這份聲明刊登在晚報的社會版上。」

常務董事立花秀夫把手上的紙發給大家。丸岡看著紙上的內容心想，原來全都已經決定好了。

「本月初架設綁架網站者綁架了六個人，並以他們為人質，向包括本報社在內的多家企業要求贖款。以勒索贖款為目的的綁架人質是不可原諒的犯罪行為，用人質的生命來威脅，要求金錢的行為更是最卑劣的行為，一旦允許這種情況發生，就會破壞社會的治安和安全。因此本報社嚴正拒絕綁匪勒索贖款的要求。東光新聞社長　岩井保雄」

「完全沒問題啊。」

專務木島說，其他董事也都紛紛表示同意。

「從編輯主任的角度，對這篇內容有什麼意見？」

副社長安田常正問丸岡。

「我認為沒問題，只是『嚴正』這個字眼……」

「有什麼問題嗎？」

「嚴正拒絕的態度當然沒問題，但我擔心從讀者的心理來看，會不會認為我們太冷漠了。」

「面對這種犯罪，不是就該表現出堅定的態度嗎？」

立花說。

「當然，但我只是擔心讀者可能覺得我們對人質棄之不顧——」

「丸岡，」岩井用平靜的聲音說，「現在和一九七〇年代不一樣了，以前在達卡機場發生劫機案時，當時的首相說，人命比地球更重，以超越法律的應變措施，支付高額的贖款給劫機犯。當時大部分國民都支持這個決定，但現在時代不同了，國民希望能夠用不妥協的態度面對這種卑鄙的綁匪。」

「是。」

既然社長這麼說，他當然不可能有什麼意見。

「如果其他人對文字的細節有什麼意見，請說出來，不要有任何顧慮。」

雖然安田再次確認，但沒有任何董事發言。

「那就將這份聲明刊登在今天的晚報上，沒有送晚報的區域，將會在明天的早報上刊登。」

✦

「現在召開本次的營運會議。」

JHK副會長篠田正輝說。

今天是每月兩次舉行營運會議的日子，JHK的會長、副會長，以及十五名理事、十二名經營委員都會出席。JHK是公共電視台，規定必須從外界邀請經營委員，這些經營委員分別來自各行各業，有企業家、大學教授和律師等。

「本次會議首先要討論一個並非常規，或者可說是臨時性的話題。接下來討論的內容，將作為特例，不會記錄在議事錄上。」

坐在篠田身旁的會長高村篤一臉不悅。

「同時希望各位不要對外透露今天會議中討論的事，尤其絕對不能告訴媒體。今天的臨時話題就是關於那個綁架網站，相信各位已經知道，該網站也向我們JHK勒索贖款。」

所有人都點著頭。

「首先，我說明一下JHK的見解。」篠田說，「JHK將用堅定、不妥協的態度面對這些卑劣的罪犯，當然，我們完全不會支付任何贖款。」

會議室內陷入沉重的氣氛。

「綁匪向JHK勒索多少贖款？」

經營委員八田尚義問。八田是小說家。

「三億圓。」

「和JHK保留盈餘三千億圓相比，根本微不足道。」

八田用大阪話說。

「不能因為只是微不足道的小錢，就支付給綁匪。」

東都大學的本橋淳子教授語帶責備地說。她也是經營委員。

「我並不是說要支付贖款，只是說和三千億圓相比，根本微不足道。」

「這種說法不是很不負責任嗎？」

「哪裡不負責任了？」

兩個人之間的氣氛越來越緊張，篠田插嘴說：

「關於剛才提到的保留盈餘問題，包括保留盈餘在內，JHK資產的資金來自全體國民的收視費，不能將寶貴的收視費交給罪犯。」

「JHK是否打算官方宣布這件事？」

四葉商事的社長，也是經營委員之一的加山康太問。

「關於這個問題，目前會長和理事正在討論。」

「我認為為了消除民眾的不安，最好能夠盡快發出聲明。」加山說，「否則會有民眾認為，JHK打算支付贖款。」

「傻瓜才會這麼想。」

八田語帶調侃地說，加山生氣地瞪著八田。

「JHK傾向對外發表聲明，只是接下來要研究一下發表的時機。」

「這種事越快越好。」

經營委員之一的長野光興律師說。

「我完全瞭解長野律師的意見，」篠田說，「但因為關係到人質的問題，考慮到他們的人身安全，強烈拒絕的態度可能會刺激綁匪，目前正在等待發表聲明的時機。」

幾名經營委員點頭表示同意，篠田又接著說：

「而且目前警方認為還無法完全斷定是否真的發生了綁架案，擔心在這個時間點搶先發表聲明，會在各方面引起不必要的影響。」

「有可能是玩笑、騙局嗎？」

加山問。

「不知道是否算是。總之目前還無法排除惡作劇的可能。這是警視廳總部所提供的意見。」

「的確，如果早早就發表聲明不會支付贖款，之後發現是一場惡作劇，就會顯得JHK很蠢，同時會讓民眾覺得JHK很冷漠無情。」

八田說完，大笑起來。

「情況就是這樣，剛才的談話不會記錄在議事錄上，希望各位不要對外透露。」

篠田說完後，清清嗓子：

「接下來進入常規的營運會議，接下來的發言內容會記錄在議事錄上。首先是關於建造JHK新辦公大樓的事宜。」

✦

「午安。」

蓑山推開位在高田馬場住商大樓一樓辦公室的門。

「我是上午曾經打電話來的蓑山。」

「啊，請進，我正在等您。」

坐在後方辦公桌前的中年女人起身向他打招呼。

「請問是飯田女士嗎？」

「我就是。」

飯田洋子拿著筆記本走過來。

「我在電話中說了，我並不認識綁架網站上那些人。」

「是。」

「我們並沒有完全掌握新宿區內所有的街友。顧名思義，街友就是四處為家，無家可歸的人，很多人都到處流浪。」

蓑山點點頭。他在上午的電話中已經知道了這些情況，而且各處的支援中心都說相同的話。

「不過在這裡當志工的大家真的很努力支持這些遊民，令人肅然起敬。」

「謝謝。」飯田說，「每次聽這些街友訴說各自的身世，就覺得他們太可憐了——任何人只要稍有閃失，很容易落魄潦倒。」

「也許吧。」

「所以我在做志工的同時，經常提醒自己，也許明天我也會像他們一樣。」

飯田一臉悲傷。

「話說回來，那個綁架網站是怎麼回事？簡直難以想像他們真的綁架了街友，他們偏偏綁架孤苦無依的街友，真是太可惡了。那些綁匪到底在想什麼？」

「我也有同感，」蓑山說，「所以我正在努力尋找線索。」

「喔，對喔，你說想直接和那些街友談一談。」

「可以麻煩妳嗎？」

「沒問題，我們現在就出發。」

蓑山想要瞭解成為人質的遊民情況，是否有人曾經見過人質，或是曾經聊過天。他想尋找知道人質消息的人。

只不過遊民的警戒心都很強，若是突然上前詢問，他們非但不會回答，甚至可能被多名遊民包圍，但和志工一起前往，他們就會放鬆警戒心，願意回答問題。

蓑山今天早上就去了東京都內的支援團體，向多名遊民打聽，但到目前為止，並沒有蒐集到任何像樣的消息。

蓑山和飯田最先前往位在高田馬場和新大久保之間的戶山公園。

「這裡通常有十到十五名街友。」

飯田向蓑山說明。蓑山最先注意到一個男人站在廁所西側，用藍色塑膠布搭起的帳篷旁。

「我想跟那個人打聽一下。」

「你是說藤原先生，他人很好。」

飯田說完，大步走向藤原，說了兩三句話後，藤原點了點頭。飯田轉向蓑山，向他招了招手，隨後蓑山便走向藤原。

「很高興認識你，我是自由撰稿人蓑山，目前正在追查綁架網站。」

蓑山試圖推測藤原的年紀，但他滿臉鬍碴，一頭亂髮，完全看不出他的年紀。蓑山猜想他可能六十歲左右，但搞不好才四十歲上下。

「你是說那起綁架遊民的事件？」

「你也知道？」

「我有收音機嘛。」

藤原露齒一笑。

「不知道綁匪在想什麼，綁架遊民又不會有人付錢，對不對？」

藤原問飯田，飯田沒有表示同意，只是歪著頭。

「無論誰綁架我，志工也不可能付錢贖我，嗯，最多一萬圓吧。」

藤原說完，笑了起來。

「藤原先生，請問你有沒有親眼見過成為人質的那幾個人？」

蓑山在說話的同時，從皮包裡拿出檔案，把照片出示在藤原面前。

藤原接過照片，仔細打量每一張。

「好像在哪裡見過，但並沒有對哪一個人有特別深刻的印象。不好意思。」

藤原把照片還給蓑山。蓑山接過照片時，並沒有失望。這是他今天第二十五次拿出這幾張照片，他並不認為能夠輕鬆找到認識人質的人。

「不好意思，沒幫上你的忙。」

「不，千萬別這麼說。」

「我有點羨慕這個遊民。」藤原說，「他目前受到很多人的關注，而且還上了報紙和電視，很多人都在擔心他。我很希望能夠像他一樣，被很多人關注和擔心，哪怕只有一次就好。」

蓑山不知該如何回答。

「我以前是正常的上班族，雖然看我目前的樣子，你可能無法相信，我曾經每天早上搭乘擠滿人的電車上班。」

「這樣啊。」

「別看我現在這樣，我還升到課長，也在東京都內買了房子，沒想到很快就接到調令。如果沒買房子，就會帶全家一起去新的工作地點，但當時只好一個人過去，沒想到第二年老婆就外遇了。雖然我們有孩子，但我太生氣，和她離婚，賤價賣掉房子。那時候公司的業績下滑，推出優退方案，退休金額增加不少，所以我就申請退休，然後完成了年輕時的夢想，開了一家拉麵店，自己當老闆。」

「拉麵店生意不好嗎？」

蓑山催促他說下去。他經常從街友口中聽到類似的故事，既不稀奇，也不會產生同情。

「簡單地說，就是這樣。在我申請破產之前，經歷了很多事。現在回想起來，其實不需要當遊民，但人有時候會心灰意冷，如果當時有家人或是能夠關心自己的朋友，或許情況就不一樣了。」

蓑山隨口附和，對他說了聲：「謝謝。」藤原露出一絲不滿，但沒有說什麼，鑽進了藍色塑膠布的帳篷。

蓑山和飯田邁步離去，藤原從帳篷內探出頭對他們說：

「阿達可能知道些什麼，他人面很廣。」

藤原說完這句話，又把腦袋縮回去。

「阿達是誰？」

蓑山問飯田。

「我想應該是達山先生。達山先生向來不會在一個固定的地方落腳，喜歡四處流浪。」

「他目前在這裡嗎？」

「他兩天前有來這一帶。」

飯田邊走邊東張西望，蓑山跟在她的身後。

又步行一段路後，飯田叫道：「找到了。」一名街友躺在公園圍籬旁的長椅上，他的外表很乾淨，乍看之下不像是街友，年紀大約五十歲左右。

「達山先生。」

飯田喚道，達山睜開眼睛。

「幹嘛？」

「這位記者蓑山先生想請教你幾件事。」

達山坐了起來。

「你要寫不幸的流浪漢的故事嗎？」

「我在調查綁架網站的事。」

「喔，你是說那件事。」

「目前還無法確定大部分人質的身分，請問你知道線索嗎？」

「知道啊。」

蓑山大吃一驚，「真的嗎？」

「真的啊。」

「可以請你告訴我嗎？」

「但不能免費相授。」

蓑山有點意外。

「如果消息可靠，我會支付薄酬。」

「你要付多少錢？」

「一千圓可以嗎？」

「你對流浪漢以外的人，也是用一千圓打發嗎？」

蓑山說不出話。

「算了，一千圓就一千圓，我的消息也只值這點錢。」達山自虐地說，「兩天前，我在代代木公園，在那裡遇到的人說，他認識其中一名人質。」

「你知道那個人的名字嗎？」

達山抱著雙臂說：「不知道能不能想起來……」蓑山從皮夾裡拿出兩張千圓紙鈔，交給達山。

「我想起來了，他叫平沼。」

蓑山雖然覺得達山可能在說謊，但反正只付了兩千圓，如果是假消息也就算了。

蓑山向達山道別後，在戶山公園繼續向三名遊民打聽了情況，但都沒有人認識人質。

一看時間，發現已經四點了，他決定去代代木公園。

✦

佐野光一邊看『兩點的房間』邊換衣服，沒辦法看到最後，他覺得很可惜。但他已經設定錄下節目，回家後可以繼續看。他會看所有提及「綁架網站」的節目，但只有『兩點的房間』會每天都錄下來。

當他關掉電視時，聽到有人敲門。他邊扣襯衫的釦子，邊開了門，發現兩個身穿風衣的男人站在門外。一個是中年人，另一個人比較年輕。

「有什麼事？」

佐野問，年輕男人從胸前口袋拿出警察證件說：「我們是京橋分局的。」佐野發現自己全身發冷，立刻想到是「綁架網站」的事。

「找我有什麼事？」

他覺得自己的聲音聽起來像別人。

「可以請教你幾個問題嗎？」

「喔，好啊，」佐野說，「在這裡嗎？」

「如果你方便，去分局談會比較好。」

「這是——主動到案說明？」

年輕男人點點頭。

「所以我也可以拒絕。」

中年男人笑了笑說：

「雖然是這樣，但你會來，對嗎？」

雖然他的語氣很親切，卻有一種不容別人拒絕的態度，佐野忍不住點頭，然後就像夢遊者般穿上鞋子。

「啊！」

「怎麼了？」

「我要去店裡上班——」

「不能請假嗎？」

佐野立刻思考著要怎麼向店長說明。

「很難。」

「這樣啊，」中年男人說，「這樣的話，事情就有點麻煩。」

會怎樣麻煩？佐野思考著。難道要逮捕我嗎？或是警察會直接打電話去店裡嗎？如果他們打電話去店裡，我就完蛋了。

「我先打電話去店裡。」

「好，那就麻煩你了。」

佐野打電話給店長說：「我今天不舒服，可以請假嗎？」店長在電話彼端破口大罵，但佐野幾乎沒有聽到店長的叫罵聲，他滿腦子都想著不知道在警察局會怎麼接受偵訊。

「我已經請假了。」

佐野掛上電話，轉身面對兩名刑警。

「那就走吧。」

「刑警先生，」佐野開口問，「你們是要問我關於綁架網站的事吧？」

兩名刑警沒有回答。

「和我完全沒有關係，我只是剛好在推特上看到而已——」

「到局裡再聽你詳細說明。」

✦

蓑山來到代代木公園後，問了住在帳篷和紙箱屋內的街友，打聽平沼的消息。問到第五個人時，才終於找到平沼。

「找我有什麼事？」

平沼驚訝地問。

「我聽戶山公園的達山先生說，你認識綁架網站上的人質。」

「你是刑警嗎？」

「不是，我是自由撰稿人。」

「可以向你要一張名片嗎？」

「不好意思。」

蓑山從口袋裡拿出名片夾，遞了一張名片給平沼。平沼目不轉睛地打量著，嘀咕說：

「如果我不是遊民，你應該會主動遞上名片。」

「不好意思，是我失禮了。」

「你是不是覺得遊民就不是正常人？」

「不，我沒有——」

「我很清楚，因為我以前也一樣。」

平沼說完，輕輕笑了。

「我並不是故意說這種話讓你為難，我以前在公司上班時，每次看到遊民，就覺得他們不算是人。」

蓑山不知該如何回答。

「但是蓑山先生，並不是所有遊民都是敗類，雖然其中不乏無法適應社會生活的人，但大部分人並非如此，只是因為稍微不幸或是運氣不好，就變成了這樣。」平沼說話很客氣，「但是，包括我在內，所有成為遊民的人都是軟弱的人。」

「軟弱？」

「對，很容易選擇走輕鬆的路，或者說毫無根據地認為不會有問題，也可以說缺乏危機感——在緊要關頭選擇逃避。」

「大部分人都這樣。」

「沒錯，只要環境稍微改變，任何人都可能成為遊民。」

「平沼先生，你以前做哪一行？」

蓑山改變了話題。

「我以前在一家小有名氣的營造公司工作。」

平沼說出公司的名字。

「我記得這家公司在幾年前倒閉了。」

「是啊，我在公司倒閉之前，就對公司失去信心，申請優退離職了。我原本在那裡當建材部長，以為隨便找都可以找到新工作，但我太天真了。我當時四十八歲，沒有任何企業願意僱用這種年紀的人。」

蓑山並不意外，除非有很強的人脈，以及在各方面都有很厲害的管道，也就是具備相當的實力，否則根本不可能轉職進入大企業。

「我領到離職金後，把房子的貸款全都還清了，這件事大錯特錯。當我手上沒錢時，剛好生了一場大病，再加上還要付孩子的學費和其他開支，我籌不到錢，最後去向地下錢莊借錢。」

蓑山不難想像之後的情況。

「我起初借了一百五十萬，但我沒有工作，必須向其他地下錢莊借錢，才有辦法還錢，於是一直拆東牆補西牆，當我回過神時，發現短短兩年時間，債務就飆漲到一千五百萬。」

蓑山覺得類似的事時有所聞。

但是正如平沼所說，這種事可能發生在任何人身上。事實上，年近五十的上班族被裁員，或是公司倒閉而失業，要重新找到工作並不是一件容易的事。除非去便利商店當店員，或是去保全公司當警衛，但至少不可能找到和之前相同薪水的工作，收入至少減半。

當然，即使這樣，仍然能夠生活，只不過由奢入儉難，一旦習慣手頭寬裕的生活，腦筋很容易轉不過來。如果在收入優渥時購入高價的住宅，失業後就會成為很大的負擔。

蓑山看著眼前這個男人。只要把鬍子刮乾淨，整理一下頭髮，穿上乾淨的西裝，看起來的確很像是營建公司建材部的部長，如果公司沒有倒閉，搞不好他現在已經當上了董事。

「平沼先生，你不打算回歸社會嗎？」

蓑山想到這個問題。

「一旦成為遊民，很難輕易回到以前的生活。」

「是因為心態的問題嗎？」

「完全不是，你什麼都不懂。」平沼落寞一笑，「即使想要重新工作，去公司面試，也沒辦法解決住址欄空白的問題，而且如果沒有手機，公司也沒辦法聯絡，沒有公司會僱用這種人。」

蓑山恍然大悟。

「人一旦失去住的地方，就真的完蛋了。」

平沼自嘲地笑了，蓑山不知道該說什麼。

「你是要打聽人質的事。」

平沼主動拉回原本的話題，蓑山鬆了一口氣。

「我認識那個叫石垣的人。」

「石垣勝男嗎？沒有認錯人嗎？」

「雖然我只知道他的姓氏，不知道他的名字，但那個人質就是石垣。」

「你是否有什麼證據？」

「如果你不相信，就沒必要繼續聽我說下去。」

「不好意思，我們的工作習慣，就是要尋找證據。」

蓑山低頭道歉，平沼似乎不再生氣。

「請問石垣先生是怎樣的人？」

「他很少提以前的事，而且我和他沒那麼熟。」

「失蹤之前都沒有任何異常嗎？有沒有和什麼可疑的人物見面？」

「不，他看起來很正常，只不過說了很奇怪的話，說什麼有很好賺的工作，但有點危險。」

蓑山聽到這句話，腦袋內立刻響起警鐘。

「好賺但有點危險的工作嗎？請問是什麼工作？」

「我雖然問了，但他沒有告訴我，只不過現在回想起來，可能是有人用金錢引誘他。」

蓑山認為可能性很高。綁架未必使用蠻力，綁匪可能拿錢和衣服給遊民，用這種方式讓遊民安心，吸引遊民上鉤，讓他們自己走去目前囚禁人質的地方。

「如果我當時再三追問，搞不好我現在也被綁架了。」

平沼笑著說。

蓑山在回程的路上，思考著平沼說的話。

好賺但有危險的工作——也許石垣不是人質，而是綁匪的幫凶？

✦

「我們已經問了多少人？」

玉岡走在荒川的河岸上問道。

「嗯，差不多四十個人左右。」

安藤回答。

「我這輩子第一次和這麼多遊民說話。」

「接下來還有更多呢。」

玉岡嘆著氣。

他們從中午過後，就前往東京各地遊民聚集的地方，拿出人質的照片四處打聽。雖然有好幾個人說「曾經見過」，但深入發問後，幾乎都是認錯人，或是長得很像的其他人。當問這些遊民，最近是否曾經看到過可疑男人，並沒有聽到有助於偵查的回答，甚至有人故意說得煞有介事，作弄刑警。

「我們要問遍整個東京的遊民嗎？」

「你聽好了，刑警的工作，」安藤說話時沒有停下腳步，「就是靠雙腳尋找線索，只有推理小說中，才會出現精采的推理，轉眼之間就將歹徒逮捕歸案，你既然已經當了刑警，就要面對現實。」

「我雖然知道，但你知道東京有多少遊民嗎？」

「不知道。」

「我離開分局之前查了一下，大約有一千人，京橋分局的刑警要去找遍每一個人嗎？」

安藤停下腳步，瞪著玉岡。

「不光是東京而已，還要去向神奈川的遊民打聽。如果你不想做這種事，就去請大久保課長為你換工作，你現在可以馬上回交通課，還是你覺得之前的機動隊比較好？要不要我推薦你？」

「別開玩笑了，我在美國大使館門口當了兩年警衛。」

「你在那裡只要站著就好。」

「才沒有這麼輕鬆，這樣四處打聽問案比站在那裡好上一百倍。」

「既然這樣，那就乖乖閉嘴走路。」

✦

「佐野好像是清白的。」

橋口走出偵訊室，回到刑事課辦公室後，向大久保報告。

「確定嗎？」

「雖然不知道佐野是不是最先發現綁架網站的人，但的確是推特上最先介紹的人。」

「但不是很可疑嗎？」

「我們原本這麼認為，帶著這種想法偵訊他，但從心證的角度來說，認為他是清白的。和我一起偵訊的三田也有同感。佐野那個傢伙似乎因為是最初發現那個網站的人，在推特上被大肆吹捧後就得意忘形，假裝自己和綁匪有關。」

「嗯……」大久保抱著雙臂。

「正如之前鈴村哥說的，如果佐野和綁匪有關，就不會用自己的手機玩推特，畢竟只要透過網路平台，馬上就可以查到他的身分。綁匪集團在架設網站時，經由好幾個設置在境外的伺服器，我不認為他們會做這種蠢事。」

大久保聽了橋口的話，點點頭。

「我們已經要求佐野主動提供手機配合調查，將透過他的手機調查通話紀錄和來往的電子郵件。」三田說。

「不用扣押他的電腦嗎？」

「他沒有電腦。」

五月十八日

那天早上，「綁架網站」又發表新的聲明，並沒有上傳影片，但內容比影片更加震撼。

「敬告常日新聞：

如果三天之內，不表態支付贖款，我方將殺害一名人質。

P.S. 已寄密碼給常日新聞社，請答覆在本網站的留言欄內，但本網站將公布答覆內容。」

「今天召集各位參加緊急會議，不是為別的事，」常日新聞的副社長尻谷英雄說：「那個綁架網站指名本報社，要求我們答覆。」

聚集在董事會議室內的七個人都神色凝重地點著頭。

尻谷很能幹，五十五歲就當上了副社長，目前擔任社長的垣內榮次郎在去年六十八歲時才接任社長，但報社內紛紛傳聞，這只是暫時的安排，明年將由尻谷接任社長。召開董事會時，幾乎都由尻谷主導，當尻谷強勢表態時，就連垣內也經常收回自己的意見。

「為什麼要指名我們報社？」

垣內嘆著氣說。整個報社的人都知道，垣內個性軟弱、優柔寡斷。

「就是啊。」專務水谷正久說，「綁匪起初向四家公司勒索贖款，今天卻只針對我們報社，完全搞不懂是什麼原因。」

所有人都點著頭。

「對了，網站聲明中提到的密碼是怎麼回事？」

水谷露出詫異的表情。

副社長尻谷拿起透明資料夾，出示在眾人面前，資料夾內有一個信封。

「今天早上，在寄給社長的信中發現這封信。上面沒有寫寄件人的名字，裡面只有一張寫了英文字母和數字的紙。」

所有人都發出驚呼。

「從綁架網站早上公告的內容來看，應該可以認為是綁匪寄來的。」

「不交給警察嗎？」

其中一名董事問。

「剛才已經通知警方了，警察應該很快就到了。」

「副社長，你看了密碼嗎？」

「我和社長都看了，也已經影印，等一下也會給各位看。」

「只要用那個密碼，我們就可以在那個網站上留言嗎？」

水谷確認道。

「如果綁架網站所說的屬實，應該就是這樣。」

會議室內陷入短暫的沉默。

「我們要留言答覆嗎？」

「今天召集各位開會，就是要討論包括這件事在內的問題，」尻谷有點心浮氣躁地說，「我想聽各位真正的想法。」

「我可以表達一下意見嗎？」水谷先說了這句開場白，「我認為必須答覆網站，『我們不會支付贖款。』至於這麼做的理由，是因為東光新聞已經在報紙上刊登了相同的聲明內容。根據網路分析，此舉讓東光新聞的評價上升。」

其他人發出輕微的驚呼聲，水谷繼續說道：

「民眾對這種卑劣的犯罪感到憤怒，所以盡早對綁匪表現出絕不妥協的態度，將有助於提升本報社的形象，當然，即使我們對綁匪的要求置之不理，也不會影響對本報社的風評。」

董事們紛紛鬆了一口氣。

「只不過民眾可能認為置之不理就是態度不明，事實上的確有一部分網友在質問那些沒有表明拒付贖款的公司，到底是付還是不付，但大部分人都認為置之不理是理所當然的事。」

「也就是說，如果置之不理，會讓一部分民眾疑神疑鬼。」

水谷聽了垣內的話，點了點頭。

「問題在於綁架網站是否也有同樣的想法。」

「什麼！」副社長尻谷大叫。

「這只是我的推測，會不會是因為我們沒有表態，所以綁架網站來逼我們表態。」

垣內相當不悅。

「我們之前是否應該用某種方式表態一下？」

「但我認為反而可以視為一個良機。只要我們展現堅定的態度，無論對綁匪還是對社會大眾，都可以發揮很大的宣傳效果。」

幾名董事聽了水谷的意見，發出了欽佩的贊同聲。

「但並不是只有我們沒有表明拒絕支付贖款，電視台也沒有發表聲明。」

尻谷說。

「我並不是綁架網站的人——」水谷苦笑，「只是在推測，這次可能先以我們報社作為目標。」

「既然這樣，就應該馬上答覆。」

「今天早上，那個網站的瀏覽人數就超過兩百萬。」

「比我們的訂戶人數更多。」一名董事說。

「最終瀏覽人數可能會是目前的好幾倍，只要我們留言答覆，就會有數百萬人看到。」

「也就是說，順利的話，可以廣為宣傳我方不會屈服。」

尻谷說。水谷回答：「就是這樣。」

「好，那就馬上答覆。」

垣內說。

這時，常務董事原島滿男舉起手：

「由於關係到人質生命，我認為在措詞上必須格外謹慎。我們當然要拒付贖款，但也必須同時顧慮到人質的安危。」

「那當然，」尻谷用強烈的語氣說，「如果被人認為我們不把人命當一回事，就會影響公司的形象。雖然對常日新聞來說，這是痛苦的決定，但我們不能容忍卑劣的犯罪。馬上要求撰述委員根據這個精神撰寫聲明稿。」

這時，會議室的電話響起。是秘書打來的內線電話。

「警方到了。」水谷接起電話後說，「是為了那封信。可以請他們來這裡嗎？」

垣內看向副社長尻谷，尻谷對水谷說：「請他們進來。」

不一會兒，兩名刑警走進會議室。

「我是京橋分局的安藤。」

「我是京橋分局的玉岡。」

社長垣內起身向他們打招呼。

「聽說貴報社收到了綁架網站寄來的信。」

安藤說。

「在這裡。」尻谷遞上資料夾，「今天早上，在寄給社長的信函中發現這封信，信封上有幾位同事的指紋，但沒有任何人直接碰觸裡面的紙。」

「我看一下。」

安藤說完，戴上手套，從信封中拿出紙。

那是一張A4的影印紙，打開對折後再對折的紙，上面是寫了英文字母和數字組合的大字，應該是文字處理機打的字。下方用小字寫著「綁架網站留言用密碼」。

安藤小心翼翼地折好後，放回信封。

「這張紙可以交給我們嗎？」

「當然。」

「那我們就帶回去請鑑識人員調查。」

「麻煩你們了。」

「請問你們要答覆綁架網站嗎？」

玉岡問。

「我們正在討論這件事，」垣內回答說，「我們打算留言發表無意支付贖款的聲明文。」

「我認為這是明智的決定。」

玉岡煞有介事地說，站在他身後的安藤皺起眉頭，似乎覺得他不該多嘴。

「刑警先生，警方已經鎖定綁匪了嗎？」尻谷問。

玉岡抱著雙臂回答說：

「目前正在全力偵查。」

✦

「事情鬧大了。」

『兩點的房間』早上的企劃會議一開始，編劇統籌野口和彥就這麼說。

「綁架網站終於出手了。」

編劇井場面露喜色地說。另一名編劇附和說：「是啊，一下子就露出了猙獰面目。」

「喂喂喂，你們可別忘了，綁匪也有向我們電視台勒索贖款。」

製作人吹石雖然這麼說，但表情裡看不到一絲嚴肅。

「對了，聽說已經確定其中一名人質的身分了？」

「對，昨天井場去查到的。二十年前，一名讀小學的女童被殺，那個遊民人質竟然就是那名女童的父親。」

「真的假的！」

「是真的，當時新聞都有報導，而且也是一起震驚社會的凶案。他女兒說要去找同一個社區的小朋友玩，然後就失蹤了。一個星期後，才被發現躺在離公寓一公里處的廢棄屋內。」

「有沒有抓到凶手？」

「案子沒有進展。」

「如果真有其事，未免太可憐了。年幼的女兒被殺，接著又發生了很多事，他淪落為遊民，到了晚年還被人綁架。」

「是啊。」野口說，「我製作了簡單介紹他經歷的影片……也許還是不要播比較好？」

「你在說什麼啊，觀眾最喜歡看這種內容了。原本對他們來說，人質只是符號而已，看了影片之後，就會一下子產生親近感。話說回來，沒想到人質竟然是命案的被害人家屬，也太有戲劇性了。」

「那個人對其他遊民很親切，大家都叫他『松下菩薩』。」

「這個暱稱真不錯啊。」吹石說，「在影片配上『松下菩薩』的字幕，還要旁白解說。」

「知道了。」

「除此以外，還有什麼切入點？」

「要不要邀請金剛先生當來賓，請他談一下以前的綁架案，預測綁匪可能是怎樣的人？」

金剛三郎之前是警視廳的刑警，綜藝節目討論犯罪的題目時，經常邀請他上節目。他靠著在警視廳搜查一課工作多年的頭銜，每當發生重大刑案時，經常會在談話性節目中看到他的身影。

「好主意。雖然他說不出什麼了不起的觀點，但應該會說得很有模有樣。」

「那我馬上聯絡他。」

年輕的助理導播站了起來。

「綁匪揚言，如果不付贖款就殺了人質。這雖然是綁架案固定的模式，但對常日新聞來說，真是飛來橫禍啊。」

大林事不關己地說。

「是啊，他們根本沒有義務付那種錢。」井場表示同意。

編劇統籌野口看著吹石問：「如果常日新聞不付贖款，綁匪真的會殺人質嗎？」

「這就不知道了。」吹石回答，「但如果真的會殺人質，你是社長的話會怎麼做？能夠宣布堅決不付贖款嗎？」

「如果知道綁匪真的會殺人嗎？真讓人難以抉擇啊。」野口說，「即使是和公司沒有關係的人，一旦真的被殺，還是會受到良心的譴責。」

好幾個人都點著頭。

「等一下，」最年長的資深編劇毛利插嘴說，「如果為這種事付贖款，就變成遇到有人威脅說，如果不付贖款，就要殺流浪狗的情況，都必須付錢。綁匪會利用別人的同情心。」

「那倒是。」有人表示同意。

「流浪狗的比喻太有趣了。」大林覺得很好笑，「寵物店的狗都有價格，但流浪狗沒有價格。」

「但流浪狗還是和遊民不一樣。」井場說。

「兩者的結構相同，都是綁匪揚言要殺害和當事人完全沒有關係的生命，然後向當事人勒索贖款。」

「就是這個！」這時，吹石拍了一下手。「來做民意調查，到底該付贖款，還是不該付贖款。」

節目總監問：「要在現場直播時，請觀眾用遙控器上的d按鈕來投票嗎？」

「遙控器和網路同時進行。」

野口指示助理導播做好相關準備。

「但我認為觀眾會壓倒性支持不付贖款。」井場說。

「這就是我們的目的。」吹石點著頭說，「雖然綁匪這次的目標是常日新聞，但搞不好下一個目標就是我們。到時候，我們當然也會答覆說不付贖款，所以要趁現在打好民意基礎，讓民眾認為這是理所當然的決定。」

✦

今天是京橋分局的橋口和三田開始查訪遊民的第二天，他們前往新宿區和澀谷區的遊民聚集處。

目前由一股和二股中的八名刑警展開查訪工作，有各自負責的區域，走遍所有遊民聚集的地方，以及他們可能會入住的廉價旅館。

「照目前的情況來看，今天就可以查訪完我們負責的區域。」

三田在記事本上畫著線，興奮地說。

「三田，你可別誤會，」橋口說，「我們的工作並不是查訪完我們負責的區域，而是要尋找線索。」

「我當然知道，但只要逐一查訪負責的區域，不是就離綁匪越來越近嗎？」

「那可未必，可能只是白費工夫。」

「你別說這種話嘛。」

「到了啦。」橋口說，「廢話少說，專心做事。」

他們在新宿車站下車後，走向新宿中央公園。

以前有很多遊民聚集在新宿中央公園，在公園重新整修後，大部分遊民都離開了，但仍然可以看到幾個遊民的身影。

他們走向在公園入口附近躺在紙箱上的遊民，叫了正在睡覺的遊民。

街友睜開眼睛看到他們，立刻嚇得縮起身體。

「我們不是壞人，是警察，只是想問你幾個問題。」

橋口拿出警察證件，男人用驚恐的聲音說：「我什麼都沒做。」

「我知道。」橋口笑了笑，「我們只是想問你，你有沒有見過這幾個人。」

三田出示了從「綁架網站」列印下來的六名人質的照片。男人終於稍微平靜下來。

「他們就是被綁架的遊民吧？」

橋口點頭，男人搖頭說：

「不好意思，我不記得曾見過他們。也許在哪裡遇到過，但每個人看起來都差不多，根本不記得了。」

三田也有同感。大部分遊民臉都曬得很黑，一頭亂髮，滿臉鬍碴，剛開始查訪時，根本分不清誰是誰。

「有沒有人說認識照片上的這幾個人。」

「我沒聽說。」

「謝謝你，不好意思，打擾你了。」

橋口說完，轉身準備離開遊民的紙箱床時，聽到男人嘀咕說：

「我搞不好也差一點變成人質。」

橋口和三田慌忙轉頭看著他。

「什麼意思？」

三田問。

「我差一點被人綁架。」

「什麼時候？」

「我記得是三月初的時候，不，可能是中旬，差不多就是那個時候。」

「地點在哪裡？可不可以請你告訴我們當時的情況？」

「那是在代代木公園，深夜睡覺時，幾個男人差點把我帶走。」

「對方總共有幾個人？」

「不知道，我完全不清楚。可能有三、四個人，也可能更多，因為他們用像是袋子的東西套住我的頭。」

「他們有沒有打你？」橋口拿出記事本。

「沒有，他們只是把我扛起來，想要帶我去什麼地方。我以為他們要殺了我，所以拚了命掙扎，結果就跌到地上，我立刻拔腿逃命。」

「他們沒有追你嗎？」

「那時我開始大叫，他們就逃走了。」

橋口把這個遊民說的話記在記事本上。

「之後，我就離開了代代木公園來這裡了。一個人睡在公園很可怕，晚上就去車站睡覺。當時我以為他們要把我抓去哪裡痛毆一頓，現在回想起來，很可能就是綁架網站的那幾個人。刑警先生，你們說呢？」

「的確有這種可能性。」三田說，「請你再詳細說明一下當時的情況。」

✦

佐野光一這天也請假沒有上班。店長在電話中大發雷霆，如果是平時，他都會嚇得發抖，但在警局遭到嚴厲審訊的衝擊太大，因此店長的責罵聽起來不痛不癢。

雖然警察最初對他說是主動到案說明，但實際到了警局之後，發現根本就是把自己當嫌犯在偵訊。佐野拚命訴說自己的清白，卻遲遲無法說服刑警相信。「綁架網站」按照自己推文的指示行動，說自己和綁架網站無關的確很不自然，被警方懷疑當然很合理，因此當刑警要求他把手機留下時，他二話不說交出了手機。

但他回到家之後才發現，沒有手機根本無法生活。於是他又前往京橋分局，希望可以把手機拿回來。原本他根本不抱希望，沒想到警察馬上就還給他了。佐野猜想警方已經調查了之前所有紀錄，既然把手機還給自己，應該已經知道自己和綁架網站無關，但他也同時感到害怕。如果警方為了確認自己的不在場證明，然後去向店裡詢問，自己就死定了。店長一定覺得自己很可疑，會解僱他。

他很想刪除柯南．福爾摩斯的帳號，但刑警把手機交還給他時要求「希望你不要刪帳號」。他問了刑警原因，刑警對他說：「也許綁架網站之後會用某種方式和你接觸。」

但是佐野根本不想打開推特，光是想到綁架網站可能會和自己接觸，就嚇得魂不附體。他終於體認到現實的可怕，網路上發生的事絕對不是虛構，綁架網站的確存在，自己也被捲入，還接受了警方嚴厲偵訊。

他同時客觀審視了自己目前的狀況。高中畢業至今十年，已經年近三十，無法找到正職工作，一直靠打工過日子——這就是現實。

之前他都一直認為這樣的自己只是暫時的狀況，真正的自己才沒有這麼沒出息。有朝一日，當自己覺醒，就可以發揮出沉睡的驚人才華——他一直毫無根據地這麼認為。但這完全是錯誤的想像，被綁架網站綁架的那些遊民，就是明天的自己。

佐野想到這裡，第一次對人質產生同情。

✦

拿到「綁架網站」寄給常日新聞的信之後，京橋分局在下午召開了當天的第二次偵查會議。大部分偵查員都已經外出辦案，除了大久保和二階堂以外，只有三名刑警參加會議，因此會議內容就以分享線索和交換意見為主。

大久保最先開口：

「常日新聞今天收到應該是綁匪寄來的信，這是他們第一次離開網路世界的行動，只不過我們還沒有確定所有人質的身分，目前的確有點被動。」

其他刑警紛紛點頭。

「有沒有從信紙和信封上發現什麼線索？」

大久保問，二階堂回答說：「雖然正在請鑑識單位調查，但正常來說，應該不可能找到綁匪的指紋。」

「如果綁匪不小心留下指紋，又剛好和有前科的人指紋一致，事情就好辦了，但不可能這麼順利。」

「但至少可以發布通緝。」

「嗯，必須等鑑識結果出爐再說。」

「話說回來，這件事太奇怪了。」

剛從常日新聞回到分局的安藤歪著頭說。

「怎麼奇怪？」

「這起案件引起這麼大的關注，而且還有人質說話聲音的影片，卻沒有收到民眾提供線索，說認識這幾個人。」

「雖然收到不少民眾提供的線索，只是有很多都是假消息，缺乏決定性的證據而已。」

和安藤一起去常日新聞的玉岡一臉得意地說，大久保語氣堅決地否定了他的意見：「這就叫沒有線索。」

「問題在於我們也不知道該查什麼，如何展開偵查。」安藤說。

「綁架案都這樣，」二階堂氣定神閒地說，「普通的綁架案，綁匪聯絡人質家屬，就成為重要線索，但這次是透過網路，無法反向偵測電話，只能等待綁匪實際採取行動。」

「所以——要等到交付贖款嗎？」

「沒錯，即使綁匪再怎麼小心謹慎，綁架案最後取得贖款這一步是最大的瓶頸，這也是最讓綁匪頭痛的地方。」

「那我們要等待綁匪收取贖款那一刻嗎？」

玉岡直白的說法，讓其他人都忍不住苦笑。

「等待這兩個字有語病，」二階堂皺著眉頭說，「在此之前，我們會全力追查囚禁人質的地方。持續囚禁六個大男人，對綁匪來說，應該是很大的負擔。」

其他刑警點著頭。

「對了，有沒有查到網站的伺服器？」

大久保問。

「山下已經去總部，正在和網路犯罪專家一起調查，但據說經過相當複雜的途徑，目前還沒有找到源頭。」

大久保聽了二階堂的報告，咂咂嘴：「常日新聞說，他們要答覆綁架網站，對嗎？」

「是的。」玉岡回答，「他們說要聲明不會支付贖款。」

「其他報社和電視台沒有接到綁匪的聯絡嗎？」

「我們已經問過了，目前東光新聞、JHK和大和電視台都沒有收到綁架網站的信或是電子郵件。」

「會不會隱瞞我們？」

大久保看著二階堂問。

「雖然無法斷定完全不可能，但網站本身點名是常日新聞，認為只寄給常日新聞比較合理，我們已經要求其他報社和電視台，如果收到綁匪的信，就立刻通知我們。」

「所以，綁匪只寄給常日新聞而已嗎？到底是什麼意圖？為什麼是常日新聞？」

大久保發現鈴村從剛才就一直在沉思。

「鈴村哥，你有什麼看法？」

「也許和偵查沒有直接的關係——」

「沒關係，你說來聽聽。」

「我猜想可能是為了試探對方的態度，同時觀察輿論的反應。」

「我能夠理解試探勒索對象的反應，但為什麼要觀察輿論的反應？」

「這次的案子是一種劇場型犯罪。公布犯罪行為、人質的情況、犯案的意圖，以及勒索贖款都公諸於世，如果只是愉快犯，這麼做當然不意外，但我總覺得事情沒這麼簡單。」

「這樣啊。」

「綁匪為什麼不秘密進行，而是將所有的一切公諸於世——不是為了讓更多人知道自己的犯罪行為嗎？」

「是不是只是因為自我表現欲？」玉岡問。

「如果是這樣，應該會說更多話。目前綁匪說話都控制在最低限度，沒有要求人質說不必要的話。如果是有強烈自我表現欲的劇場型愉快犯，應該會有更多表演。」

「那綁匪冒著危險公諸於世有什麼好處？」

二階堂問。

「可能希望自己的犯罪行為得到肯定，說起來，這次的犯罪是針對整個社會，然後希望交給社會進行評斷。」

「有趣的見解。」

大久保催促鈴村繼續說下去。

「綁匪這次勒索的對象，除了其中一家，其他都是民間企業，但從某種意義上來說，都算是公共企業，也可以說，綁匪是向整個社會勒贖。」

「如果是這樣，不是應該向對全體國民負起責任的政府勒索嗎？那幾家公司雖說是公共企業，但民間企業並沒有義務做到這種程度。」

「雖然是這樣——」鈴村想了一下後說，「綁匪會不會創造出不得不支付贖款的狀況？」

「雖然我不是很瞭解，你的意思是說，要創造輿論要求『支付贖款』的氛圍嗎？」

「如果綁匪是為了瞭解輿論的動向這麼做，就不難理解首先挑中常日新聞作為勒索贖款對象的理由。」

「原來如此，所以他們會觀察輿論的反應，再決定要不要繼續下去嗎？」

「這和偵查完全無關吧？」

玉岡插嘴說。

「不，分析綁匪的心理很重要。」

二階堂說，玉岡閉了嘴。

「如果這場綁架劇秘密進行，綁匪偷偷寄恐嚇信給各家報社和電視台，報社和電視台根本不可能理會他們。正因為綁匪公諸於世，報社和電視台才會有所行動，我們警方也著手介入，換句話說，綁匪讓整個社會動了起來。」

大久保聽了鈴村的話，點點頭。

「從這點來看，這些綁匪是在深思熟慮後犯案，我們要嚴陣以待。」

✦

在『兩點的房間』開播的五分鐘前，編劇統籌野口走進副控室坐下，負責切換畫面和時間調整的助理導播都已經各就各位。

節目總監真鍋元氣和節目主持人櫻桃本村正在攝影棚內討論。今天將在節目一開始就討論「綁架網站」的話題，請觀眾參加民調。

「倒數三分鐘開播。」

一旁負責計時的大崎紀子說。

這時，坐在後方的編劇井場秀樹「啊！」了一聲。

「井場老弟，怎麼了？」

野口看著前方一大排螢幕問。

「常日新聞剛才在綁架網站上留言答覆了。」

「什麼？」

野口忍不住回頭看。

「回覆的內容是什麼？」

「等我一下。」

井場滑著手機螢幕說。

「——致綁架網站站長。常日新聞無意聽從你的要求，但衷心希望你能夠盡快釋放人質，人質是無辜的，他們沒有任何過錯，希望不要再拿他們的生命作為擋箭牌。常日新聞社長　垣內榮次郎——就是以上的內容。」

「倒數兩分鐘。」大崎說道。

前方的麥克風連結正在攝影棚的真鍋的對講機，野口對著麥克風大叫：

「真鍋，緊急狀況，常日新聞剛才在網站留言答覆了。」

「怎麼辦？要播這個消息取代民調嗎？」

「就這麼辦。節目一開始，就讓本村先說這件事，馬上會把答覆內容傳過去，你們先撐一下，避免冷場。」

「瞭解。」

真鍋立刻把這件事告訴櫻桃本村，本村大吃一驚，但立刻進入狀況。正在副控室的井場看著手機，把常日新聞答覆的內容抄在素描簿上。

「倒數一分鐘。」大崎說。

「緊急製作字幕——你是否支持常日新聞的回答？Yes還是No。」

助理導播回答：「收到！」

「倒數二十秒。」大崎說。

「抄完了，我馬上送去攝影棚。」井場說完，衝出副控室。

「倒數十秒。」大崎說。

真鍋也在攝影棚內大聲說：「倒數十秒。」

接著，節目開始。

螢幕上出現了節目名稱，主題曲響起。「各位觀眾，午安，歡迎收看『兩點的房間』。」音樂結束後，主持人櫻桃本村對著鏡頭打招呼。

「綁架網站連日來引發熱烈的討論，今天又有了新的發展。今天早上，綁架網站發表聲明，點名常日新聞，如果不支付贖款，將要殺害人質——」

坐在本村旁邊的助理主持人、電視台的主播西村真奈美嚴肅地點著頭。

「就在剛才，常日新聞在網站上留言，答覆了這份聲明。以下就是答覆內容。」

本村朗讀了真鍋高舉的素描簿上的文字，就是井場在前一刻抄寫的內容。

「總算趕上了。」

坐在副控室內看著螢幕的野口鬆口氣。攝影棚內，櫻桃本村再次面對鏡頭開始說話：

「本節目要針對各位觀眾進行民意調查，請問你支持常日新聞的答覆嗎？請用各位手上遙控器的d按鈕回答是或不是。」

然後，本村又再次朗讀了常日新聞的答覆內容。

今天節目邀請的特別來賓是曾經在警視廳當過刑警的金剛三郎。

「金剛先生，請問你對這起案件有什麼看法？」

本村問。

「這是典型的愉快犯。」金剛回答說，「是對攪亂社會感到樂在其中的不良分子。」

「所以網站聲稱如果不支付贖款，就要殺害人質只是說說而已嗎？」

「應該是虛張聲勢。」

「但是的確有街友遭到了綁架。」

節目的固定來賓卡彭青森在一旁插嘴說。

「我對綁架案的真偽存疑。」

攝影棚內的所有人都發出了驚呼。

「真是出人意料的發展。」

在副控室內看著螢幕的野口說。

「所以金剛先生認為這些都不是真實的嗎？」

櫻桃本村問。

「雖然我不會這樣說，只是認為，不能排除他們是共犯的可能性。」

「網路上也有不少人覺得是未必是真的，請問這種想法有什麼根據？」

「首先，以實務上來說，綁架六個大男人並不是一件簡單的事，而且光是要監禁這六個人，就需要相當大的空間。」

「金剛先生，你認為這起事件的真相到底是什麼？」

「這只是我個人的推測——」金剛先聲明了這一句，「也許那些街友聽說只要願意合作，就可以拿到錢，於是便加入了這名愉快犯的計畫，也可能是對方暫時照顧他們食衣住。事實上已經有人證實，遭到綁架的街友曾經說有『賺大錢的工作』，搞不好他們目前正在某個地方逍遙過日子。從這個角度思考，就可以解釋為什麼能夠監禁六個大男人的疑問。」

攝影棚內的一位來賓發出讚嘆。

「總之，以前從來沒見過，也沒聽過這種綁架案，我認為根本不可能有這種犯罪。」

「過去的確從來沒有發生過這樣的案件。」

「以贖款為目的的綁架通常都會鎖定兒童，如果是企業，就會綁架董事長或是公司高層，就是那些就算花大錢，也想要贖回來的對象，但這次綁架的對象是和企業非親非故的街友，這種情況有辦法構成以贖款為目的的綁架案嗎？」

「由在警視廳搜查一課多年的金剛先生說這番話，實在太有說服力了。」

「剛才在節目一開始，請觀眾朋友參加的民意調查結果已經出來了。」助理主持人西村說。

「就是請觀眾回答，是否支持常日新聞的答覆。」櫻桃本村說，「那我們趕快來看民調結果。」

螢幕上出現了數字的字幕，「支持」為百分之九十二點七，「不支持」是百分之七點三。

「結果顯示，觀眾壓倒性支持。」櫻桃本村說。

固定來賓卡彭青森加強語氣說：「當然啊，我也一樣啊，反而很難相信竟然有百分之七的人不支持。」

但是四名固定來賓中，有兩個人認為「必須以人質的生命為優先」。

女明星白澤香子嚴肅地說：「雖然認為不應該付贖款的意見很合理，但我還是希望能夠把人質的生命放在第一位。」

前職棒選手島長茂太大放厥詞說：「雖然這麼說可能有點那個，但對報社來說，兩億圓並不是什麼了不起的金額，或許這麼說有點怪，但只要付了這筆贖款，報社的股價反而會上升。」

在副控室內看著螢幕的編劇統籌笑著說：

「這兩個人假裝自己很有同情心，想要提升自己的形象。」

井場聽了野口的話，也表示同意：「太明顯了。」

「但是對節目來說，如果沒有人表達這種意見，就無法炒熱節目的氣氛。」

另一名編劇大林說。

「是啊，只不過說什麼把人質的生命放在第一位的意見，其實等於什麼都沒說。」

野口說完後笑了起來。

✦

「今天的節目很不錯啊。」

節目結束後，製作部長橋本來到攝影棚說道。

「謝謝。」吹石鞠躬道謝，「在節目即將開始時，常日新聞在網站上留言了，所以我們緊急更換了針對答覆的民調，也因為這樣炒熱了節目的氣氛。」

「節目的氣氛熱烈當然不錯，在節目中呈現出民眾對這件事的看法更是一大收穫。」

「是啊。」

「這次剛好是針對常日新聞，下一次的目標可能就變成我們了。如此一來，就知道到時候我們可以採取相同的態度應對。」

吹石點點頭。

「電視觀眾很容易感情用事，尤其攸關性命時更是如此。原本以為如果我們拒絕綁匪的要求，可能會有人認為大和電視台冷酷無情，但從這次的民調知道，不需要擔心這個問題。」

「是啊，百分之九十三這個數字很高。」

「這個數字應該沒有動手腳吧？」

「完全沒有動手腳。」

吹石搖著手。

「那就放心了，最近BPO[1]很囉唆，如果有什麼不當行為，不知道承包節目公司的工作人員什麼時候去告密，而且在網路上匿名爆料又很簡單。」

「這個時代真是越來越麻煩了。」

「對了，今天的節目中，不是有幾名來賓裝好人，說什麼要把人質的生命放在第一位嗎？今後會有越來越多藝人說這種話。」

「今天事先無法詳細討論，有點像臨場發揮，才會出現這種意見，之後會事先溝通，統一意見。」

「嗯，在電視上不能站在綁匪的角度，或是表達對綁匪有利的意見。」

「之後會徹底貫徹落實。」

「雖然所有來賓意見都相同很傷腦筋，但基本上要維持無法原諒卑鄙綁匪的論調。」

「我知道。」

「對了，後半段播出的那段關於人質的影片是畫蛇添足，人質的女兒被殺這種往事，會激發觀眾不必要的同情，如果在民調之前播放這段影片，搞不好會導致希望付贖款的意見增加。」

❶放送倫理・番組向上提升機構，是負責日本廣電節目審查的責任機構。

「我事先不知道那段影片這麼悲情，是我的疏失，沒有事先看一下。」

「除此以外，『松下菩薩』的字幕也是多餘的。」

「這是現場人員擅自上的字幕。」

「製作人的工作，不是就要確認這些事嗎？我們電視台可是被勒索贖款的當事人。」

橋本說完，心情愉快地笑了。

吹石看著橋本的笑容，覺得橋本雖然是製作部長，但完全覺得事不關己。只不過自己也沒有絲毫當事人的意識。

✦

「敵人針對常日新聞下手。」

萩原笑著對坐在他旁邊的三矢陽子說。

「有點驚訝，為什麼挑中常日新聞？而不是我們報社。」

「因為我們報社搶先在報紙上發表聲明，表示不會支付贖款，也許是那份聲明發揮作用。綁匪看穿了常日新聞感到害怕。」

三矢微微偏著頭。

「妳似乎不同意。」

「你記得綁架網站最初公布向各家公司勒索的贖款金額嗎？」

「我們是七億，常日新聞是兩億圓。我記得常日新聞的金額最低，當時還覺得怎麼金額差這麼多。」

「這件事我很不能理解。」

「是不是根據公司的規模？聽說常日新聞的經營狀況不好。」

「我們公司不是也半斤八兩嗎？目前每家報社都很辛苦。」

「喂喂喂——」

萩原打量著周圍說：

「瘦死的駱駝比馬大，再怎麼說，我們可是東光啊。雖然訂閱人數下降，但還是有四百萬份，更何況萬一不行的話，還有優良不動產。」

「我最不解的是，為什麼最先向贖款金額最低的公司勒索？」

「嗯……」萩原說，「三矢，妳認為呢？」

「不知道，綁匪是不是用常日新聞作為測試？既然是測試，那就挑金額最低的那一家，然後——真正的目標可能是我們報社。」

「妳不要危言聳聽。」

「但綁匪似乎的確綁架了街友，這意味著他們所有的行為都不可能是心血來潮。」

「這樣說來，這次的事也是當初計畫好的。」

「你不這麼認為嗎？」

「我不知道啊。」萩原聳聳肩，「但是，我們報社絕對不可能支付贖款，相反地，如果東光新聞是會乖乖付贖款的膽小鬼公司，我就辭職。」

「是喔，我可以把你剛才說的這句話告訴主編嗎？」

「妳別鬧了，這當然是開玩笑。」萩原慌忙搖著手，「這年頭如果辭職，就真的只能回家吃自己了。」

「對啊。」

「四年前，我們報社不是開放那些四十五歲以上的員工可以申請優退嗎？大手筆地發超過四千萬圓的離職金，當時有不少人申請優退，但後來聽說所有人找工作都很吃力。」

「那些人太不瞭解社會現實了，這個年頭，以為超過四十五歲還能夠轉職進入像樣的企業，真是太天真了。報社的記者根本沒有任何專長，更何況如果只是負責行政工作的人，根本不可能找到工作。」

「妳說話一點都不留情面。」

「我只是實話實說。」三矢轉動椅子的方向後說，「那些人根本不知道年過四十歲，能夠有一千五百萬圓的年收入是多麼幸運的事，只不過平均年薪減少五百萬，就申請優退，簡直難以相信。再怎麼說即使減薪五百萬，也還有一千萬圓啊。」

「妳在生什麼氣？妳不是也在領東光新聞的薪水嗎？」

「是啊，但我知道自己有多麼幸運。」

三矢說完，把椅子轉回去，繼續埋頭還沒有寫完的稿子。萩原似乎還有話要說，但看了眼三矢之後，也轉向面對自己的辦公桌。

只不過三矢遲遲無法專心寫稿。和萩原聊天後，她想起了比她大四歲的哥哥。

哥哥在大學求學期間，爆發了雷曼兄弟事件，求職很不順利。由於找不到工作，於是延畢了一年，但仍然無法在畢業後進入大企業工作。他進入一家中小型的非鐵金屬加工業公司，三年後，公司倒閉，之後遲遲找不到工作，只能成為約聘員工。哥哥曾經成為多家企業的約聘員工，卻無法成為正職員工，每個月的實質薪水只有二十萬圓左右，當然完全沒有獎金。哥哥在當約聘員工期間，曾經去多家公司面試，但都沒有被錄用。最後終於找到了長途大貨車司機的工作，雖然工作辛苦，累得身體狀況每況愈下，但年收入還不到三百萬圓。

哥哥三十歲後仍然住在家裡，因為他根本無法獨立生活。他和學生時代就開始交往的女朋友分手了。三矢以前很喜歡哥哥的女朋友，她個性溫柔，三矢把她當成自己的姊姊，所以得知他們分手時，難過得好像自己分手。哥哥以前個性很開朗，但現在每次見到他，就發現他越來越消沉。

「我的身體無法繼續負荷貨車司機的工作，我打算最近回去做約聘人員。」

新年見到哥哥時，哥哥落寞地對她這麼說。三矢不知道該說什麼。哥哥為人老實，工作認真，但他在大學時代遇到了經濟不景氣，懷才不遇。在日本，如果在大學畢業那一年無法順利找到正職工作，就等於失去了九成的機會。雖然可以當約聘員工維持生計，但一旦走上這條路，就很難再回頭。

三矢有時候會想像邁入不惑之年的哥哥。她在之前的採訪中得知，一旦超過四十歲，約聘的工作機會就大為減少，到時候，只能每天去打零工，雖然每天有八、九千圓，但都是粗工。

三矢有時候對自己並沒有從事很優秀的工作，薪水卻是哥哥的好幾倍感到良心不安。看到無能前輩的薪水是哥哥的好幾倍，也會覺得憤怒，正因如此，當她看到那些人因年收入減少五百萬圓，就忍無可忍地提前退休，感到極度不愉快。

三矢不知不覺想到那幾個落入「綁架網站」手中的街友。那幾個街友一定是因為屋漏偏逢連夜雨，好幾件不幸的事接連發生，才會落入目前的境遇。如今又被卑劣的綁匪綁架，成為綁匪為了勒索贖款的人質。三矢覺得綁匪根本不把他們的生命放在眼裡，甚至可能為了達到目的，就像踩死螞蟻一樣奪走他們的生命。

最令人難過的是，世人對街友的看法和綁匪沒什麼兩樣。『兩點的房間』針對觀眾做的民調顯示，有百分之九十二點七的人贊成不應該支付贖款。三矢知道從原則上來說，這樣的意見很正確，只不過這種意見是以街友即使死了，也是無可奈何作為前提。沒有人為這幾名街友設身處地著想，大家才會像萩原那樣，笑著談論這件事。

三矢決定不再胡思亂想，她知道自己的想法只是一廂情願地把街友的情況套在哥哥身上的偏頗想法。她甩開腦袋裡的雜念，專心回到寫到一半的稿子上。

✦

「我認識這個人。」

住在隅田川親水河岸步道的遊民說，但安藤並沒有感到欣喜。至今為止，已經問了超過兩百名以上的遊民，其中有幾個人一看到照片，就對他說了這句話。但是在詳細詢問後，發現只是認錯人，或是誤會而已，完全沒有聽到任何有助於成為有力線索的證詞。

「你知道他的名字嗎？」

安藤淡淡地問。

「他姓石垣。」

姓氏完全正確，但這個人叫石垣勝男已經是眾所周知的事，雖然眼前的遊民應該沒有智慧型手機，但也可能有人給他看過，他便記住了這個名字。之前遇到過好幾個這樣的遊民。

「你在哪裡見過石垣先生嗎？」

「就在這裡啊，嗯，他好像在這裡住了半年左右。」

「是否可以請你告訴我，關於石垣先生的事？」

遊民思考著。

「石垣先生幾乎沒有聊以前的事。」

「是嗎？請問你是否記得任何關於他的事。」

「啊，對了，他曾經告訴我，他是在佐渡島出生的。」

安藤大吃一驚。石垣勝男的出生地是在新潟佐渡一事完全正確，雖然之前電視上曾經提過，但眼前的遊民看電視的可能性很低。於是，安藤就問他：「石垣先生有沒有說，他之前做哪方面的工作？」

「我記得他說好像做電腦方面的工作。」

安藤覺得中了。因為保險公司的紀錄顯示，石垣曾經在電腦相關的公司任職，媒體並沒有公布。今天是第二天，終於確定了一名人質的身分。

「請問石垣先生是什麼時候離開這裡？」

「我也不太清楚，好像一個月前，不，可能更早之前。」

「還有其他人認識石垣先生嗎？」

「嗯，有啊。」

「終於確定了其中一人的身分，就是石垣勝男，他是遊民。」

安藤回到分局後，向大久保報告。

「石垣被綁架一事應該正確無誤，有好幾個人證實，他在四月中旬下落不明，而且也知道他是佐渡島出生的，我認為可以確定就是他。」

「辛苦了。」二階堂說，「今天二股也確定了另外兩個人。」

「是嗎？」

「就是影山貞夫和大友孝光，這兩個人也是遊民。」

這兩個人的家人和熟人都向警方報了案。由於京橋分局已經設立搜查總部，因此警視廳會把相關消息都轉來京橋分局。至於松下，也已經根據電視上報導的內容進行查證。

「另外，至於橋口遇到一名在三月初還是中旬左右，曾經在代代木公園差一點遭到綁架的遊民，以時間來看，很可能和綁架網站有關。」

「這樣看來，綁匪很可能是無差別地綁架遊民。」

安藤說。二階堂點了點頭。

這時，山下走進搜查總部說：

「杉並分局剛才傳來了高井田康的相關資訊，我來報告一下。」

山下看著資料說：

「高井田康，之前曾經經營餐廳，兩年前，發生了O157型大腸桿菌造成食物中毒，導致兒童死亡的意外，他的餐廳倒閉，之後就下落不明。他餐廳以前的員工向警方報了案。」

「餐廳倒閉之後，他就變成遊民了嗎？」二階堂問。

「目前無法確認他是否成為遊民，杉並分局生活安全課的刑警調查後發現，他的房子仍然在他的名下，但他一直不在家，去年四月之後，水電就沒有使用的痕跡，但他的銀行帳戶仍然有效，基本費用都自動持續扣繳。」

「太奇怪了。」有人說。

山下繼續說道：

「他的銀行提款卡多次在東京都內的自動提款機使用，今年四月五日，曾經提領了五百萬圓。」

刑警紛紛發出驚訝的叫聲。

「是他本人提領的嗎？」二階堂問。

「監視器無法確認是否本人。」

「如果是別人，很可能就是綁匪。」

「車子呢？」

鈴村問。山下低頭看著資料回答說：

「他的名下有一輛廂型車，並沒有報廢紀錄，綁匪很可能使用了他的車子，目前正在用N系統調查。」

「如果那輛車子用於犯案，就會成為重大線索，很期待調查報告。」

大久保說完後，向偵查員確認。

「目前已經查明四名人質是遊民，至於這四個人失蹤的時期，根據橋口查訪的結果發現，石垣勝男、松下和夫、影山貞夫和大友孝光都是從三月底到四月中旬期間失蹤，高井田康被綁架的時間不確定，但可以認為是差不多的時間。四月五日，高井田的銀行卡提領了五百萬圓，這筆錢很可能是犯案的資金。」

「高井田是綁匪的可能性呢？」玉岡插嘴說。

「你稍微動一下腦筋。」安藤很受不了地說，「如果他是綁匪，不可能主動露臉，這等於向警方提供線索。」

玉岡有些賭氣。

「只有田中修無法確認身分。」

大久保說完，二階堂又補充說：

「目前並沒有接獲任何關於他的重要線索，電視上連續多日公布他的照片，沒有朋友或是熟人向警方提供消息太奇怪了。如果他是遊民，志工或是其他遊民應該曾經看過他，目前完全沒有這方面的消息。」

「也許，」大久保說，「田中修是這起案件的關鍵人物。」

五月十九日

「綁架網站」這天早上的聲明，是針對常日新聞的答覆。

「敬告常日新聞：

感謝來此留言，但是，貴社的回答並不符合我們的期待。

這是攸關一條人命的問題，請認真考慮後再回答。

我們並不想奪走人質的生命，我們相信，你們也有相同的想法。我們有情非得已的難處，敬請體察。

靜待貴社再次回答。恕我們將答覆的期限定為二十日晚上十二點。」

三矢看到聲明文的瞬間，覺得渾身發冷。她認為綁匪並非戲言，同時似乎聽到綁匪內心的吶喊。

綁匪說，希望不要讓他們殺害人質。這不是要求，更像是懇求。這次的聲明和以前平淡的文字完全不同，她認為這代表綁匪已經被逼入絕境。

只要常日新聞準備兩億圓，就可以拯救人質的生命，但如果常日新聞拒絕，就會有一名遊民從這個世界上消失。三矢感到背脊發冷，身體微微顫抖。

常日新聞並沒有支付贖款的義務，而且絕對不能把錢交給這種卑劣的綁匪。雖然三矢明白這個道理，但仍然感到無法忍受。

✦

在京橋分局的偵查會議上，綁匪的聲明文成為討論的重點。

「你們有什麼看法？」

大久保問偵查員，安藤舉起手：

「和之前相比，這次的聲明文很囉唆，而且顯露出綁匪的情緒，可以感受到他們的焦急。」

玉岡也跟著舉手：

「他們是不是沒有料到常日新聞會拒絕？被贖款金額最少的公司拒絕，他們就亂了方寸。」

「雖然不知道他們有沒有亂了方寸，但可以感受到他們心境的變化，沒有之前鎮定。」

幾名偵查員聽了二階堂的意見，紛紛點著頭，但大久保發現鈴村露出不解的表情。

「鈴村哥，你的看法如何？」

「綁匪綁架了六名遊民，而且監禁他們，會因為這種事動搖嗎？無法想像他們沒有預先考慮過那些企業會拒絕支付贖款。」

「鈴村哥，恕我反駁，」玉岡說，「罪犯的想法和普通人不一樣，事實上，就是有很多人腦筋不清楚，做出讓人懷疑為什麼可以這麼蠢的犯罪行為。」

好幾個人發出了笑聲。

「昨天也有一個傻瓜走在路上時，伸手摸了擦身而過的女人胸部，然後就逃走了，完全沒有發現被監視器拍下來，讓人懷疑他腦袋裡到底裝著什麼東西。」

「鈴村哥，你對這份聲明有什麼看法？」

大久保問。

「我認為綁匪故意這麼寫，讓人以為他們慌了手腳。」

好幾個人感到驚訝。

「任何人看了這份聲明，都會覺得綁匪膽怯了，或是慌了手腳，但綁匪應該不止一個人，而且花了十八個小時才上傳這份聲明，想必幾個人研究了很多次。」

「的確有道理。」二階堂說，「這並不是即興的聊天，不可能不小心流露出無意識的感情。」

「綁匪為什麼要讓人以為他們不知所措？」

大久保問。

「並不是想要讓別人以為他們不知所措，而是想要表達他們的猶豫，顯示他們並不是真的想殺人質。」

「理由是什麼？」

「為了告訴社會大眾，他們真的會殺人。」

眾人都發出驚呼，鈴村繼續說道：

「綁匪都會輕易使用殺人這兩個字，就像是一種符號，很難辨別到底是真心，還是虛張聲勢，但是看了這次的聲明，可以感受到綁匪真的打算殺人。」

所有人都點著頭。

「也就是說，這反而代表綁匪其實並不想動手嗎？」

鈴村聽了大久保的話，搖頭說：

「這就不知道了，但我認為這篇聲明中說不想殺人，反而想要告訴社會大眾，他們真的會殺人。」

「有什麼目的？」

「應該是為了向常日新聞施壓。」

「原來如此，」二階堂說，「並不是一錘重擊，而是慢慢加強壓力，被勒索的對象會很痛苦。」

「你對『情非得已的難處』這幾個字，又有什麼看法？」

「不知道，」鈴村回答說，「可能只是隨手這麼寫。總之，在對綁匪一無所知的情況下，繼續思考這個問題無濟於事。」

「好，那接下來該怎麼辦？」大久保問。

安藤舉起手：

「雖然綁匪指定期限，是否可以設法拖延？這當然必須請常日新聞協助，要求綁匪給予更多時間，然後看綁匪如何出招，或許可以從綁匪的回答中，找到什麼破案的線索，如果成功拖延，有助於爭取時間。」

「有道理，這個主意不錯，問題在於常日新聞是否願意配合。在此之前，必須先瞭解他們打算如何回應綁匪這次的聲明。」

「派人去常日新聞，必須建立協助體制。」二階堂說。

「嗯，」大久保點頭，「你立刻帶下屬去常日新聞。」

✦

蓑山發現推特上的民調發生變化。

繼『兩點的房間』昨天在節目中進行民調後，名為「第二代柯南・福爾摩斯」的帳號在推特上舉辦相同的民調。

「第一代」柯南・福爾摩斯的帳號不知道為什麼突然停止更新，網路上充斥著各種臆測，但最後認為可能是綁匪內部陣腳大亂所致。之後就出現很多冒充的帳號，蓑山認為自稱是「第二代柯南・福爾摩斯」的帳號是其中之一，原本只是默默無名的帳號，但名嘴花生山盛轉推這個民調，並且加上自己的評論，導致這個帳號一炮而紅。

這項民調和電視民調有一個不同之處，那就是增加了「既不支持，也不反對」的選項。總共有兩萬人參加了這份民調，到昨天晚上為止，「支持不支付贖款」的人數為大約百分之七十八，「不支持」的約百分之七，「既不支持，也不反對」的有百分之十五。民調設定無法複選，可以看作並沒有動手腳。蓑山把這些數字抄在記事本上。

沒想到「綁架網站」今天發布最新聲明後，民調數字出現了微妙的變化。截至中午為止，「支持」約百分之七十一，「不支持」為百分之十一，「既不支持，也不反對」有百分之十八。新加入民調的人數約一萬人，也就是說，這一萬人中，有將近一半的人回答「不支持」或是「既不支持，也不反對」，新的聲明顯然導致民眾的心情發生變化。

蓑山認為，這或許就是綁匪的目的。

◆

二階堂來到常日新聞總公司後，被帶到位在頂樓的董事長會客室。社長垣內榮次郎、副社長尻谷英雄和五名董事都在會客室內等他，所有人都面色凝重，顯然都對「綁架網站」的聲明感到不知所措。

二階堂自我介紹後，單刀直入地問垣內說：

「請問你們打算如何回應綁匪這次的聲明？」

「我們剛才正在討論這個問題。」

垣內回答。尻谷接著說道：

「我們討論之後，仍然不改變不支付贖款的決定，只是要思考措詞，盡可能避免刺激綁匪。」

「避免刺激綁匪的意思是？」

「不激怒綁匪，避免綁匪做出脫序行為。」

二階堂點點頭。

「同時，也必須觀察輿論的發展。」

常務原島說。尻谷立刻用力咳了一下，然後瞪著原島。原島閉口不敢吭聲，二階堂假裝沒有看到這一幕，但暗中猜想報社應該調查了輿論對自家報社昨天的答覆，以及綁架網站今天的聲明有何看法。

「我們仍然把人質的生命放在首位，但面對綁匪的恐嚇絕對不能屈服。」

二階堂聞言後點了點頭，完全能夠理解這種態度，同時發現了這起綁架案的離奇之處。

通常發生綁架案後，被勒索贖款的一方願意支付高額的贖款，只求人質能夠平安獲釋。正因為這樣，綁架人質才有意義，但這次遭到點名勒索的所有企業，都絕對不願意支付一毛錢。這也是理所當然的事，不要說報社或是電視台，即使是一般民眾，哪怕只是區區一萬圓，也不會願意為了拯救根本不認識的遊民而支付贖款。照理說，這次的綁架案是一開始就無法成立的犯罪，難道真的是愉快犯所為？

「其實警方想拜託貴報社一件事。」二階堂說。

「請問是什麼事？」尻谷問。

「是否可以設法拖延和綁匪的交涉？」

「拖延是指？」

「是否可以在綁架網站留言，希望可以給你們更多時間答覆。警方希望可以爭取時間，只要能夠爭取到更多時間，就可以增加找到線索的機會。」

尻谷目不轉睛地看著二階堂。

「同時也可以達到讓綁匪著急和緊張的目的。綁匪這次發表的聲明比之前更長，這也許是他們開始著急。」

「原來如此。」社長垣內嘀咕。

「二階堂先生，」副社長尻谷說，「恕我拒絕這個提議。」

會客室內的所有人都看著尻谷。

「如果看了綁匪今天的聲明，我們要求暫緩答覆，希望他們給我們更多時間，社會大眾會怎麼看我們？一定會認為常日新聞招架不住綁匪恐嚇和懇求，立場開始動搖。」

尻谷繼續說道：

「我們認為以贖款為目的的綁架是最卑劣、最令人痛恨的犯罪，這也是社會的共識。報社被認為是社會的公器，並非只是單純的民間企業，必須成為社會的典範，遵守社會規範。」

有幾名董事點著頭，社長垣內也點頭表示同意。

「如果報社現在表現出猶豫的態度，社會大眾會怎麼想？讀者又會怎麼想？我再次重申，民眾一定認為我們向罪犯妥協。基於以上的觀點，我們無法留言要求綁匪寬限時間。」

「好的。」

二階堂低頭回答。既然對方這麼說，警方當然無法繼續要求。

「綁匪有沒有用電子郵件或是信件直接和貴報社聯絡？」

「目前並沒有。」

「那我們就先告辭了，如果有什麼狀況，請立刻通知我們。」

「謝謝。」

二階堂離開後，尻谷說：

「原本決定答覆時，措詞要避免刺激綁匪，但和剛才的警察談話之後，我稍微改變了想法。」

「你有什麼打算？」垣內問。

「我認為必須展現出堅定的決心，才能夠贏得民眾和讀者的信賴。」

「原來是這樣。」

「迎合綁匪的措詞，可能會讓讀者認為我們在妥協，不，搞不好會覺得我們懦弱。綁匪這次的聲明好像在哀求，如果我們報社採取和之前不同的態度，讀者可能會認定我們對綁匪的哀求產生共鳴。」

垣內點點頭。

「綁匪在這次的聲明中，假裝很擔心人質的生命，假裝是善人，說什麼不想殺害人質，但我們不能上當。綁匪綁架了無辜的遊民，是玩弄他們生命的壞蛋。雖然聲明中寫得好像如果人質死了，就是常日新聞害死的，但這完全是荒謬的狡辯。」

尻谷停頓一下後說：

「我認為我們的答覆必須比之前更加強硬。」

「我能夠理解尻谷副社長的意見，」垣內語帶保留地說，「但因為事關重大，是否不必急著回覆？」

「我有同感，我認為必須慎重考慮。」

一名董事也表達了意見，好幾個人都點著頭。

「正因為事關重大，才必須快刀斬亂麻。」尻谷大聲說道，「面對這種談判，必須採取強勢的態度速戰速決，否則就無法打擊對方的氣焰。」

✦

下午一點半，常日新聞的回答出現在「綁架網站」上。

「我們對你們玩弄人質生命的說法感到強烈的憤怒，人命關天，我們絕對不會對以人命作為擋箭牌，勒索錢財的犯罪妥協。常日新聞」

「今天也會針對常日新聞的答覆進行民調。」

『兩點的房間』的節目總監真鍋在節目開始前的會議上對來賓說，來賓看著劇本點著頭。

「有一件事要拜託各位——」製作人吹石說，「在進行民調時，請各位不要為綁匪說話，站在電視台的立場，絕對不能原諒這次的犯罪。」

「大和電視台也是被勒索贖款的當事人。」

固定來賓的評論員泡沫月山笑著打趣說。

「人質的生命當然最重要，但交付贖款給綁匪，又是另一個層次的問題。」

吹石板著臉說，月山收起笑容。

「劇本上已經寫了你們可能會在節目中表達的意見，雖然沒必要完全照著唸，但希望你們的意見能夠符合劇本的宗旨。」

來賓聽了吹石的話，紛紛點頭表示明白。

「話說回來，你認為這起事件最終會是怎樣的結局？」

田丸蓉子問坐在她身旁的月山。她是節目的固定來賓之一。

「我怎麼知道？我又不是綁匪。」

所有工作人員聽了他的玩笑，紛紛笑了。

和昨天相比，在節目進行的民調結果發生變化。「支持常日新聞的答覆」的意見從昨天的百分之九十二點七降到百分之八十八點六，「不支持」的人數則是從百分之七點三，增加到百分之十一點四。

「請問您怎麼看這個數字？」

主持人櫻桃本村問來賓小川多津夫。小川是大學的社會學教授，但就像藝人一樣，經常出現在好幾個談話性節目中。

「我認為綁匪早上的聲明，導致更多人擔心人質的生命。」

櫻桃本村用力點點頭。

「常日新聞昨天的答覆中，有社長署名，但這次沒有出現。」

「今天是以常日新聞的名義答覆，可以說是表達了報社整體的強烈意志。」

「遠山老師，您的看法呢？」

櫻桃本村問另一名特別來賓遠山健太郎。遠山以前是經濟學家，今天臨時請他來上節目，希望他從經濟學的觀點談論。

「從商務談判的觀點看綁匪和常日新聞之間的談判——」

「喔，商務的觀點嗎？」

櫻桃本村做出誇張的驚訝表情，說著劇本上的台詞。

「商務談判以雙方要求的內容為前提，目的就是顧及雙方的利益，談判的目的就是取得雙方利益的平衡。」

「原來如此。」

「但是，這次綁匪和常日新聞之間的談判只對綁匪有利，對報社方面完全沒有任何好處。這根本談不上是生意，談判破裂是當然的。」

「聽老師這麼一說，發現對常日新聞來說，的確沒有任何好處。」

「是啊，但我認為綁匪似乎並不瞭解這件事。」

「嗯。」櫻桃本村抱起雙臂。

五月二十日

這天早上，「綁架網站」又發出了新的聲明。這是在常日新聞答覆後所發的聲明。

「區區兩億，就可以拯救一條生命。
也有人因為區區兩億失去生命。
期限是今晚十二點。」

「各位怎麼看綁匪這次的聲明？」

大久保問所有偵查員。

「應該在催促常日新聞趕快付贖款的意思。」玉岡說。

「前面兩行好像標語。」

安藤說，幾個人笑了起來。

「鈴村哥，你有什麼看法？」

大久保問鈴村。

「如同玉岡所說，綁匪強調贖款，」鈴村回答，「但我認為這次的聲明不是針對常日新聞，而是針對看網站的所有人。」

「對網友說有什麼用？難道要服務粉絲嗎？」

玉岡冷笑著說。

「是告訴社會大眾的意思。」

「有什麼目的？」

大久保提出內心的疑問。

「為了向常日新聞施壓。」

「是嗎？」大久保歪著頭說，「我認為無法這麼輕易改變輿論的風向，即使大部分民眾想要救人質，也不可能發動連署，常日新聞更不可能因為這樣就支付贖款，更何況時間太短，根本來不及影響輿論。」

「是否可以認為綁匪針對常日新聞做『實驗』？」

「有道理，」大久保點點頭，「如果是這樣，能夠理解他們為什麼指名贖款金額最低的常日新聞。」

「什麼意思？」玉岡問，「這樣的話，是做實驗測試常日新聞會不會支付贖款嗎？如果常日新聞不付贖款，他們就打算殺了人質嗎？」

鈴村沒有回答。

「不可能。對綁匪來說，人質的性命最重要。威脅要殺害人質才有效，如果真的殺了人質，威脅不是就失效了嗎？」

玉岡說完，沒有人理會他。

「難道他們打算用這種方式一個一個殺害人質嗎？再怎麼說，這也太離譜了。」玉岡皺著眉頭說。

「會犯下綁架案的人，原本思考就不正常。」

安藤淡淡一笑。這時，大久保的手機響了。「是嗎？我知道了。」大久保對著電話說完後，掛上電話。

「二階堂打來的，常日新聞打算不理會今天早上的聲明。」

「那麼，他們在期限之前，不會有任何行動嗎？」

「應該是這樣。」

「不知道綁匪會怎麼做。」安藤抱著雙臂說。

室內陷入短暫的沉默。

「假設，」大久保開口，「假設他們打算殺害人質，要用什麼方法來證明呢？」

「可能會把影片傳到網站上。」

安藤聽了玉岡的回答，說：「饒了我吧。」

「我可不想看那種影片，」玉岡聳聳肩，「但是，伊斯蘭的激進分子不是經常把斬首的影片傳到網路上嗎？」

「你會看這種影片？」

「我才沒有，太噁心了。」

「如果綁匪真的把這種影片傳到網路上，事情就嚴重了。」大久保一臉緊張，「必須緊急關閉網站。」

「目前正在要求C國的伺服器管理公司提供網站站長的資料，同時關閉該網站，但石沉大海，管理公司設在領土問題紛爭不斷的地區，事情有點複雜。」

大久保咂著嘴。

「網路真是很麻煩，可以輕易公開犯罪行為。」

好幾個人都點著頭。

「現在來整理一下目前已經掌握的人質情況。」

大久保朗讀了便條紙上的內容。

「為了方便起見，按照年齡的大小順序說明。松下和夫，六十歲，之前在證券公司任職，根據他的熟人和親戚的證詞，發現他從十五年前就下落不明，很可能從當時就成為遊民。二十年前，他八歲的女兒被殺，但目前並沒有發現和本起案件的關聯性。他沒有家人。第二名人質是影山貞夫，五十七歲，曾經是計程車司機，十年前在地鐵內非禮女高中生，以現行犯被逮捕。之後他遭到解僱、離婚，應該從幾年前就成為遊民。第三名人質是高井田康，五十四歲，曾經是餐廳老闆，兩年前在經營的餐廳內，發生O157大腸桿菌中毒，導致來餐廳用餐的兒童死亡，之後餐廳倒閉。他沒有家人，一年前失去蹤影，可能從那時候開始成為遊民，但是位在杉並區的公寓至今仍然在他的名下，而且在這半年期間，曾經多次從存款中提領了數百萬圓，目前無法確定是否他本人提領。第四名人質是大友孝光，五十三歲。他原本就沒有工作，研判從平成×年開始成為遊民。大友在平成×年被一群少年毆打受了重傷，右手臂和右腿骨折。大友在十幾歲時，曾經是日本將棋聯盟的職業棋士培養機構獎勵會的成員。第五名人質是石垣勝男，四十五歲，之前是系統工程師，在電視節目製作公司任職，平成×年，公司倒閉後，他就成為遊民。目前已經掌握以上五名人質的情況，只有田中修還無法確認身分。」

大久保說完後，室內的氣氛有點沉重，有人輕輕嘆了一口氣。

「重新聽了這幾名人質的情況，深刻瞭解到他們的際遇真的很差。」

安藤嘀咕道。

「衰神往往會挑選這種運氣差的人，這才讓人頭痛。」

橋口半開玩笑地說，但沒有人發出笑聲。

「話說回來，田中修這個人太神秘了。在當今的網路社會，完全沒有人認識他簡直太奇妙了。雖然已經向街友支援團體打聽，但完全沒有遇到認識田中修的人，如果他是遊民，照理說應該多少有人記得他。」

大久保說，所有人都點著頭。

「而且田中修這個名字聽起來就很假。」

「會不會是外國人？」

玉岡插嘴說。

「玉岡可能難得說到了重點，」安藤佩服地說，「如果是這幾年才來日本的外國人，的確可以解釋為什麼都沒有人認識他。如果田中是犯罪組織的人，就不會有人報警。」

「啊！」這時，山下舉起手。

「你有什麼新發現嗎？」

「會不會長相不同？」

「什麼意思？」

「田中修的臉很有特徵，幾乎沒有眉毛，嘴唇很厚，而且是鳳眼，這種臉只要看過一次，就不會忘記。」

「所以才在說很奇怪啊。」玉岡不耐煩地說。

「會不會變了裝？」山下吞吞吐吐地說，「只要把眉毛剃掉，把眼尾往上拉，整張臉就會有完全不同的感覺，也許他本人嘴唇沒那麼厚。」

所有人都恍然大悟。「這的確是盲點。」鈴村說，「只有女人才會想到這件事。」

「如果像山下所說的那樣，田中修靠化妝或是其他方法變了臉，」安藤說，「很可能是為了避免別人發現他的真實身分。」

大久保大聲指示：

「立刻製作出將田中修的臉部修正後的照片。」

「越來越好玩了。」

✦

《週刊文砲》的總編桑野嬉皮笑臉地說。

「綁匪說區區小錢真是恰如其分，一針見血。兩億圓雖然是一大筆錢，但對常日新聞來說，根本是不痛不癢的金額。」

「如果是我們，會付這筆錢嗎？」

「我們這種小公司，就算只付一億圓，就會出問題。」桑野說，「但如果綁匪要求我們公司付贖款，就可以做一次特集。」

「常日新聞完全沒有報導這件事。」

「不愧是高貴的大報社，和我們這種週刊雜誌不一樣。」

桑野笑了起來。

「如果是我們，才不會中規中矩地回答綁匪的問題，而是會反過來問綁匪，甚至有時候會主動挑釁，把氣氛炒熱，然後提出和綁匪私下交易，再把談判過程寫成報導，雜誌絕對會大賣特賣。」

「一旦把談判過程公開，綁匪之後就不會再和我們談了。」

「如果是這樣，那可以等案件落幕之後寫成書。如果可以賣三十萬本，非但不會虧本，還可以賺一票。」

「原來是這樣，雖然跌倒了，但可不能空著手站起來。」

「所以不會付贖款嗎？」

雜誌社內最年輕的記者角田雅美坐在辦公桌前問。

「怎麼可能付這種錢？」桑野冷漠無情地說，「那些遊民和我們根本沒關係。」

「那如果是我們公司的員工呢？」

「我們公司的員工嗎？」

「比方說我呢？」

「妳是我重要的下屬，我會直接要求社長付這筆錢。」

「謝謝。」

「但會每個月從妳的薪水中扣回來，一直到妳退休為止。」

「什麼！」角田大叫起來，旁邊的幾個同事跟著大笑。

「但我至今仍然覺得，這起案件可能並不完全真實。」

「網路上也有人這麼認為，」森田說，「但我覺得不太可能，看了那幾個人質的資料，他們不太可能做這種驚天動地的事。」

「雖然是這樣——但我在意的是那個叫田中修的人，不是只有這個人目前尚未查明身分嗎？也許這個人是幕後黑手。」

「角田，妳看太多推理小說了。如果是假的，就代表所有人都是同夥，那他們說要殺害人質就只是虛張聲勢。」

「是啊，我覺得可能最後什麼也沒發生，就這樣落幕了。」

「喂喂喂，這起案件把整個日本鬧得不得安寧，最後怎麼可能說只是開玩笑而已？」

五月二十一日

這一天從早上開始，「綁架網站」的在線人數計數器就持續跳動。之前網站都會在上午八點更新，因此從三十分鐘前開始，計數器的數字疾速增加。短短不到三十分鐘，在線人數就增加將近一百萬人。蓑山認為大部分人都和自己一樣，迫不及待地等待網站趕快更新。

綁架網站說，昨天晚上十二點是最後期限。

但是常日新聞並沒有做出任何回覆。

昨天傍晚，常日新聞透過公關室發出「常日新聞面對卑劣犯罪的恐嚇，絕對不會屈服」的聲明，綁架網站對此完全沒有任何反應。蓑山以為綁架網站會在昨晚十二點更新，所以一直看著電腦，但最後沒有任何反應。

八點了。蓑山點擊瀏覽器的更新鍵。

首頁的畫面沒有任何變化。他隔了一會兒，又多次點擊更新鍵，還是沒有任何更新的內容。擔心網站可能會上傳屍體影像的緊張感和恐懼慢慢消失，但也的確感到失望。

這是綁架網站架設之後，第一次沒有發表任何聲明。既然沒有更新，代表綁匪陷入混亂嗎？

原本可能只是虛張聲勢，沒想到常日新聞表現出強硬的態度，結果綁匪反而害怕了？他們無法殺害人質，但又沒有其他方法，因此走投無路了嗎？

蓑山走去沙發躺了下來。他想睡一會兒。正當他即將昏昏睡去時，手機響了。是《週刊文砲》的主編林原打來的。

「蓑山先生，你有沒有看電視？」

「發生什麼事了嗎？」

「在澀谷發現人頭，有人說是綁架網站的人質。」

✦

早晨七點四十分，接獲民眾報案，說有一顆人頭放在澀谷忠犬八公銅像前。

一名大學生隨手打開放在忠犬八公銅像前的白色紙箱，發現裡面是一顆人頭後大吃一驚，立刻向附近的派出所報案。

人頭馬上被送到澀谷分局，發現是上了年紀的男性人頭，於是就懷疑可能是「綁架網站」的其中一名人質。和網站上的影片比較之後，大部分意見都認為酷似其中一名人質松下和夫。

上午將近九點時，京橋分局的二階堂帶著下屬來到澀谷分局。

「二階堂，好久不見。」

澀谷分局的刑事課長水田明向他打招呼，兩個人是同期，以前曾經一起在池袋分局當刑警。

「死者是人質嗎？」二階堂問。

「應該是。」水田回答，「但目前只是認為長得很像，還沒有最後確定。」

「我可以看一下嗎？」

水田帶著二階堂等人前往停屍間。

二階堂和其他人仔細檢查從冷凍庫內拿出的人頭。

「和影片中那個叫松下和夫的男人一模一樣。」

「是啊，我想十之八九是他，痣的位置一樣，耳朵的形狀也完全相同。只要仔細比較，應該還會發現其他相似的地方，只是可能還需要一點時間，才能夠確定這顆人頭到底是不是松下和夫本人。」

「紙箱內除了人頭以外，還有沒有其他東西？」

「目前並沒有發現，雖然有幾根頭髮，但應該是死者本人的。接下來鑑識人員會仔細調查，但不知道是否能夠查到能夠成為線索的東西。」

「死因呢？」

「死因不明，目前法醫正趕過來。」

「如果沒有身體，恐怕很難查明。」

二階堂說，水田點了點頭。

「綁匪為什麼砍下人質的腦袋？」

「不知道，可能不希望警方查出死因，或是故意採用這種震撼的方式。」

在目前的階段，的確無法瞭解更多的情況，只是二階堂能夠理解綁匪為什麼採用這種震撼的方式。

這時，兩名刑警走了進來。

「我是石山。」

「我是龜田。」

石山發現二階堂，立刻向他打招呼說：「好久不見。」石山是二階堂在池袋分局時的下屬。

「你目前在哪一課？」

「在一課。」

二階堂點了點頭。既然連警視廳搜查一課的刑警都過來了，代表總部正式參與這起案子的偵辦工作。如今確定發生命案，這也是理所當然的事。

「也就是說，會成立搜查總部。」

澀谷分局的水田說。

「既然發生了命案，當然會成立特搜總部。」石山回答。

「但目前還無法確定和綁架案的關係，我們會針對棄屍案進行偵辦。」

二階堂聽到水田牽強的歪理，忍不住苦笑。雖然還無法確定是人質的人頭，但水田剛才親口說，十之八九不會錯。二階堂知道他也想偵辦這起案件，這樁案子受到社會高度矚目，而且現在人質送命，將引起更大的關注。身為刑警，遇到這種案件當然會熱血沸騰。

年輕的石山和龜田都沒有說話。

「反正上面的人會決定到底會成立特搜總部，還是共同搜查總部。」

二階堂說。

「是啊，」水田說完笑了，「到時候就拜託了。」

「目前除了頭顱以外，並沒有發現其他部分吧？」

「目前是這樣。」

「如果發現了頭顱以外的部分，記得通知我。」

「好。」

✦

「剛才總部的刑警來過這裡，將在近期成立特搜總部。」

二階堂從澀谷分局回來後向大久保報告時，大久保告訴他這件事。

「是在總部成立，還是在我們分局？」

大久保聽了二階堂的問題，瞇眼一笑。

「在我們分局。」

「太棒了。」

「是進藤局長說服了總部的部長。」

「太厲害了。」

「能夠得到總部的協助，真是如虎添翼。無論是去查訪遊民，還是追查綁匪躲藏的地方，光靠我們分局的人手難以應付。」

「是啊。」

「所有分局都盯著這起案件，我們第一個自告奮勇，所以有優先權，但屍體的案子，澀谷分局有優先權。」

「我們沒辦法接手那顆頭顱嗎？」

「也不是不行，只是事情會很麻煩。」

二階堂點點頭。

「但他們會把查到的情報告訴我們，這樣不錯。」

「但如果是相互交換情報，我們也必須向他們提供消息。」

「不要在意這種枝微末節的事，」大久保說，「如果和澀谷分局成立共同搜查總部，還不是一樣。」

「好吧。」

「大家都聽到二階堂說明的情況了，」大久保對其他刑警說，「那顆人頭應該就是人質松下和夫，而且可以認定是綁匪殺害他。」

所有刑警都凝重地點點頭。昨天之前，大家還有心情開玩笑，如今發生命案，笑容從所有人的臉上消失了。

「看來綁匪是玩真的。」玉岡幽幽地說。

「但砍下人質的腦袋，未免太獵奇了。」安藤歪著頭說，「搞不懂綁匪的意圖。」

「你們認為綁匪砍下人質腦袋的理由是什麼？」

大久保問所有刑警。

「是不是為了讓我們無法瞭解殺害人質的方法？」

玉岡回答。但大久保追問：「不讓我們瞭解的理由是什麼？」玉岡就答不上來了。

「為了方便搬運吧。」

鈴村開口，所有人都看著他。

「綁匪殺害人質後，需要有方法證明。即使在網站發表已經殺害人質的聲明，別人也不會相信，如果上傳影片，會被懷疑動了手腳。既然這樣，最快的方法就是公開屍體，但是把男性屍體放在大街上並不是一件容易的事。如果裝在箱子裡，或是用布包起來，會因為體積太大而引起注意。」

「只要開車，就可以搬運屍體啊。」玉岡說。

「把屍體搬下來時會被人看到，而且還會被監視器拍到。一旦鎖定車輛，就可以用N系統輕易追蹤。」

其他刑警都紛紛點頭。

「但如果只有人頭，大一點的背包就可以裝下，雖然也會被監視器拍到，但只要變裝混入人群，有可能躲避監視器的追蹤。用車子先送到沒有監視器的地點，然後再由人送去目的地，就很難追蹤到。」

「綁匪顯然很謹慎，」二階堂厭惡地說，「普通的罪犯不會想到監視器的問題。」

二階堂說得沒錯。當發生搶劫或是暴力事件，只要願意花時間，幾乎都可以從監視器追蹤到歹徒。只要像接力賽一樣，追查好幾個監視器拍到的影像，甚至可能查到歹徒的住家，或是住的公寓房間。近年多虧監視器，破案率有了飛躍性的提升。

「但一定有哪裡的監視器拍到了綁匪。」

玉岡以求助的眼神看向二階堂。

「澀谷分局目前應該在調查。」

「雖然現在說這種話似乎有點後知後覺，但監視器真的太方便了。」

「但是當初要設置監視器時，還被強烈反對。」

安藤回想起往事說道。

「咦？是嗎？為什麼？」

「那些人權律師或是藝文人士都強烈反對，說是會侵犯隱私，不能讓這個國家變成監視社會。」

「怎麼會這樣？」玉岡驚訝地問，「他們和罪犯站在一起嗎？」

「我記得東光新聞和常日新聞當時也大力反對。」

大久保說。玉岡很受不了地攤開雙手。

「先不說這些，綁匪幾乎可確定已行凶殺人，接下來就要以殺人嫌疑偵辦。」

那天，在進藤局長的命令下，京橋分局刑事課決定四個股都投入這起案件的偵辦，這是京橋分局有史以來最大規模的偵查陣容。

✦

澀谷發現的人頭，對整個社會造成了極大的衝擊。

「綁架網站」一連串的事原本就受到極大的關注，但社會大眾之前都對這起案件持保留的態度，沒有完全當真。因為報紙幾乎沒有報導，電視也幾乎都是談話性節目在討論，並沒有出現在新聞報導中。成為人質的遊民是否真的遭到綁架一事狀況不明，甚至有一部分人認為「很可能只是惡作劇」。

但是，如今發生了人質被殺，而且頭部被放在澀谷鬧區的慘劇，社會大眾終於認識到，這絕對是一起「重大刑案」。

同時，人頭的主人是松下和夫這件事，對民眾造成了很大的衝擊。

當年女兒被殺，自己淪為遊民後，又慘遭殘酷殺害這件事令人心生憐憫，而且，許多遊民都稱他為「松下菩薩」，這些報導讓許多人心生同情，也因此導致網路上出現了許多對綁匪表達強烈憤怒的留言。

佐野光一也是看到新聞後，感到愕然的民眾之一。想到自己之前竟然和這麼可怕的人扯上關係，全身顫抖不已。

他在接受警方偵訊後，丟了定食餐廳的工作。被刑警嚴厲審訊的打擊在兩天後仍然無法平息，他打電話去餐廳要求請假時，店長就在電話中通知他被開除了。那天之後，他惶惶不可終日，不敢出門，幾乎都躲在家裡。幸虧他小有積蓄，不必急著打工賺錢。

他戰戰兢兢地打開推特，發現留言給柯南・福爾摩斯的內容不計其數，最新的留言幾乎都在追問那顆人頭的事。

「為什麼殺了他？」

「這未免太殘忍了。」

「柯南大神，你沒辦法阻止這件事嗎？」

「松下先生太可憐了。」

「慘無人道！」

佐野嚇得關掉推特，他很想刪掉帳號，但警方要求他不要刪帳號，所以他也不敢隨便亂刪。

✦

這一天，參加東光新聞臨時董事會的所有董事都面色凝重。

今天的議題是，如果「綁架網站」針對東光新聞發出聲明時，該如何因應。東光新聞在十七日的晚報上表明「不會支付贖款」的態度後，董事並沒有討論具體的對策。但是，常日新聞被點名支付贖款，當常日新聞表示拒絕後，人質被殺；因此，綁匪接下來的目標很可能就是東光新聞。

「人質被殺的確很震撼，但即使直接向我們報社勒索贖款，我們也不會付錢。」

常務董事橋爪正樹說。

「那當然。」

社長岩井保雄一臉嚴肅地點了點頭。

「如果綁匪也像對常日新聞那樣，要求我們報社答覆時，我們該怎麼處理？」

專務董事木島滿男問，但沒有人馬上開口回答。

「有一件事和這個問題有一點關係，」營業局長長谷川淳說，「網路上有很多對綁匪表達憤怒的聲音，但也有不少指責常日新聞的意見。」

「是嗎？」

岩井發出了驚訝的聲音。

「網路策略部彙整相關資料，在分析推特對這次人頭事件的反應後發現，大約有三成的網友譴責常日新聞。」

「這麼多啊！」有人發出驚叫。

「在現階段還無法進行詳細的分析，只是針對隨機抽樣的五百個樣本計算出來的數字。」

「譴責的具體內容是什麼？」

岩井問。長谷川朗讀手上的資料：

「有六成譴責提到金錢的問題，我摘錄其中的一部分——常日新聞對人質見死不救。對報社來說，兩億圓根本是微不足道的小錢。兩億圓就可以救一條命，卻選擇不救——」

「這種言論太莫名其妙了。」岩井咂著嘴說，「他們知道兩億圓是多少錢嗎？」

「以下是一部分譴責的內容，」長谷川再次拿起了資料，「——平時經常在報紙上高談闊論生命的寶貴，在關鍵時刻，卻對遊民見死不救。常日新聞，別再說自己為弱勢族群發聲了。現在終於瞭解，你們這些人都是偽善者。在你們眼中，遊民根本比螻蟻還不如。現在看清楚了，報社只會說一些冠冕堂皇的話——」

「夠了。」

岩井說。長谷川鬆口氣，把資料放在桌上。

「我終於瞭解網友說話有多麼不負責任了，」岩井不悅地說，「同時也明白他們容易感情用事，竟然譴責報社，根本搞錯了對象。」

所有董事都點頭表示同意。

「錯在綁匪，又不是報社殺人。」

「有超過七成的意見譴責綁匪。」

「那是理所當然的事，這個數字太低了。」

岩井心浮氣躁，手指頻頻敲著桌子。其他董事都沉默不語。

「編輯主任，」岩井說，「在報導時要強調綁匪有多麼卑劣，在說明常日新聞是被害人的同時，肯定他們這次案件中，貫徹堅定的態度。」

「我知道了。」編輯主任丸岡回答。

「聽好了，我們的報導絕對不能讓讀者認為常日新聞社必須為此負起部分責任。」

✦

「節目收到很多投訴的電子郵件。」

『兩點的房間』的編劇統籌野口愁眉苦臉地說。

「根本不關我們的事啊。」

製作人吹石感到憤慨。

「觀眾認為本節目主張絕對不能支付贖款的論調刺激了綁匪，也有不少電子郵件譴責我們這種態度。」

「原來是這樣。」

「還有不少人說，因為你們電視台也被勒索贖款，才會採取這種立場，推特上也有不少類似的言論。」

吹石聽了野口的話，用力嘆氣說：

「看來死了一個人質之後，風向突然改變了。」

「下個星期的節目怎麼辦？」

「就淡淡地進行，」吹石說，「但不要針對觀眾做民調。」

「好。」

「另外，如果有可能，可以請犯罪心理學家上節目，針對綁匪進行犯罪剖析，讓觀眾不要聚焦在被害人身上，而是鎖定在綁匪身上。對了，也邀請之前在搜查一課的金剛上節目。」

「金剛先生可能無法對這次的事表達什麼有用的意見。」

「只要他談論綁匪的事，不管說什麼都好。」

「好，我馬上聯絡看看。」

✦

「剛才接到澀谷分局的聯絡。」

二階堂向大久保報告。

「從人頭腦部血液中，發現相當高濃度的西可巴比妥，那是巴比妥酸鹽類的安眠藥，大量攝取會導致死亡。」

「安眠藥嗎？是市售的藥品嗎？」

「有市售藥和處方藥兩種，目前還不知道是哪一種，但從血液中的殘留量分析，被害人生前曾經大量攝取。」

「監視器的情況如何？」

「聽說正在分析周邊監視器的影像。」

他們在說話時，二階堂的手機響起。是正在查訪遊民的玉岡打來的。

「怎麼了？發生什麼狀況了嗎？」

「不是，我剛才看了綁架網站，綁匪發了聲明。」

「真的嗎？」

「就在剛才。」

「好，我知道了。」

二階堂回到自己的辦公桌前，打開電腦，看了「綁架網站」的內容。

「願松下和夫先生安息。

常日新聞只要準備兩億圓，松下和夫先生就不會失去生命。為此深感遺憾。」

「豈有此理！」

二階堂說道，剛好也在辦公室的鈴村走過來，看著電腦螢幕。一看到聲明內容，就小聲罵了一句：「畜生！這些人把人命當成什麼！」

鈴村難得流露出內心的感情。

「就是啊。」

二階堂用壓抑的聲音說。大久保不知道什麼時候站在他們身後，他也看著電腦螢幕，氣得忍不住發抖。

「綁匪把遊民的生命當作是談判的工具。」

大久保說，二階堂和鈴村都點著頭。

「不知道綁匪接下來又會怎麼出招。」二階堂說。

「雖然不知道他們會怎麼出招，但無論如何都要阻止再出現新的犧牲者。」

當天下午，警視廳總部派了二十名刑警來到京橋分局。

「請多指教。」

京橋分局的局長室內，警視廳搜查一課的甲賀一郎向進藤局長打招呼。

「請多指教，總部派人來支援，我們就更有信心了。」

進藤輕輕點頭，伸出右手。

京橋分局成立「綁架網站」的特搜總部後，警視廳總部加派了警力支援。甲賀是帶領這些刑警的管理官。

進藤帶甲賀等人來到特搜總部的寬敞會議室，刑警相互打著招呼，其中有好幾個人相互認識，彼此寒暄著。京橋分局已經投入了四個股的人力，所以特搜總部一下子超過五十人。如今，這起案件的偵查攸關警視廳的威信。

✦

「副社長，有一個不太好的消息。」

常日新聞銷售局長柳田英輔一走進尻谷的辦公室，就用沉重的語氣說。

「是關於綁架網站的事嗎？」

「和這件事有關。」

「如果是關於網路上的譴責內容，就不必特地來報告了。」

尻谷靠在沙發上，蹺起二郎腿說。

「全國各地有多家代理商——」

柳田欲言又止。

「怎麼了？有話就直說，連代理商老闆都來譴責我們嗎？」

「不是，」柳田說，「據說打算取消訂閱的訂戶有增加的趨勢。」

「什麼？」

尻谷鬆開蹺起的腿，坐直身體。

「有多少訂戶取消？」

「目前只有收到部分代理商的報告，無法掌握整體的數字，但根據目前所收到的報告，各店平均都有百分之一左右的訂戶取消訂閱。」

尻谷說不出話。如果全國各地的代理商都有百分之一的訂戶取消訂閱，事態就很嚴重。尻谷立刻心算一下，粗略估算，每年的營收會減少將近十億圓。短短兩天之內，就造成如此巨大的損失，如果不阻止這種趨勢，後果不堪設想。

「怎麼會這樣？」

尻谷無力地癱坐在沙發上，隨即湧現憤怒。

「遊民被殺並不是我們的過錯！」

他大發雷霆，柳田順從地點點頭。

「為什麼會遇到這種事！」

「是啊。」

「我們根本是受害者。」

柳田再度默然點頭。

十億圓的數字在尻谷腦袋中不停地打轉。

「早知如此，付兩億贖款不是更便宜嗎？」

尻谷不禁這麼嘀咕。柳田附和說：「是啊。」

「你說『是啊』？」尻谷大聲咆哮，「如果真的付了兩億圓，常日新聞就會被貼上向卑劣綁匪屈服的標籤。到時候就不是只有百分之一的訂戶取消訂閱了。」

柳田不知該如何回答。

「必須緊急研擬對策，立刻向社長報告。」

「是。」

「要對這件事下達封口令，除了銷售和業務部門以外，不要讓其他部門的人知道。」

柳田一臉緊張：「我知道了。」

✦

「前往澀谷分局的安藤剛才回報了監視器的調查情況。」

傍晚時分，二階堂向大久保報告。

「有好幾台監視器都拍到把白色紙箱放在忠犬八公像前的男子。男子戴著帽子，穿了一件深色夾克，無法辨別年齡。該名男子走入地下道後就消失了，很可能在監視器死角的位置換了衣服。」

「如果是這樣，前後的監視器有沒有拍到？照理說，應該會有男子突然出現在監視器螢幕中。」

「澀谷分局也這麼認為，仔細調查前後監視器所拍到的人，但目前並沒有找到相符的對象。據說當時正值早上的尖峰時間，人潮很多。」

「如果換上西裝，就真的很難分辨。」

「澀谷分局說，會繼續調查監視器的影像。如果綁匪長時間躲在死角，就需要調閱更多影像，確認對象的人數會變得很龐大。」

「那裡離派出所很近，如果綁匪長時間站在那裡不動，就代表他相當大膽和謹慎。」

「是，在回到躲藏地點之前，可能換了好幾次衣服。果真如此的話，可能就很難查到。」

「嗯，靠監視器追蹤到綁匪的躲藏地可能很難，但目前除此以外，並沒有其他線索。」

這時，安藤和三田從澀谷分局回來了。

「辛苦了，」大久保說，「監視器的事，我已經聽二階堂股長說了。」

「我在向股長報告之後，澀谷分局又發現了遺留物。」

「什麼？」大久保和二階堂異口同聲地問。

「地鐵的清潔人員保管了在地下道發現的帽子和夾克，清潔人員以為是失物。從當時的狀況研判，應該是綁匪留下的。目前由澀谷分局扣押，由鑑識人員調查是否留下了指紋或毛髮。」

「綁匪果然在死角換了衣服。」大久保說，「你們有沒有看到衣物？」

「有，粗略地看了一下，都是有點髒的舊衣服，可能是人質遊民的衣物。」

「這樣的話，就很難從購買衣服的管道追蹤。」二階堂眉頭深鎖說道。

「看來綁匪相當狡猾。」

「但是這也顯示綁匪躲藏在東京都內。既然在早上七點半左右把人頭放在澀谷車站前，至少可以確定是在首都圈內。」

「如果住在飯店，有可能是從外地來的。」

玉岡說。

「雖然不能排除這種可能性，但我不認為綁匪會冒險帶著裝了人頭的箱子住飯店，絕對會被監視器拍到。」

玉岡聽了二階堂的回答，不甘不願地點頭。

「但搞不懂綁匪為什麼不是在中午的時間放置，如果是中午，就無法斷定在首都圈內，警方搜索的範圍就更大了。」

「是不是想利用早上的尖峰時段？」玉岡說。

「那可以利用傍晚的尖峰時段。」

「也許是綁匪在挑戰。」

剛才陷入沉思的鈴村抬起頭。

「挑戰？什麼意思？

鈴村正打算開口，山下由香里大叫一聲：「啊！」

「怎麼了？」

「綁匪的網站消失了。」

「消失了？」

「對。」山下看著電腦的螢幕回答，「我正在看綁架網站，網站突然消失，我以為發生什麼連線錯誤，又重新搜尋想要進入，完全無法進入，整個網站都不見了。」

「這是怎麼回事？」

大久保難掩混亂問道。

「不知道。」

「該不會就這樣落幕了？」

玉岡自言自語說道。

✦

晚間新聞節目報導了「綁架網站」突然關閉一事。在澀谷車站發現人頭後，這起案件成為全國民眾最關注的新聞，就在這個節骨眼發生這件事，所以又成為熱門話題。

蓑山思考著網站關閉的理由，社群網站上出現了各種不同的臆測。蓑山每次難以判斷時，就會參考社群網站上的匿名留言，但並不是為了參考多數派的意見，而是想接觸一些自己想不到的想法和思考。

「綁匪怕了嗎？」

「是不是殺人之後，才感到害怕？」

「是不是覺得警察的手已經伸到身邊了？」

有人臆測綁匪逃亡了，也有人猜測是某種力量關閉網站。

「是不是警察控制了網站？」

「網路警察採取行動？」

也有人認為是某種公權力封鎖了網站。

綁匪不可能在這個節骨眼突然取消行動，殺害人質一事一定是在計畫之中，不可能在殺了人質之後才感到害怕。

蓑山在過去的採訪中，曾經接觸過多起殺人案。如果是因為吵架或是糾紛，在盛怒之下殺人，都是情緒失控殺人。除此以外，在闖空門時，被屋主發現而行凶，或是強暴女性後，為了隱瞞罪行而殺人的情況也一樣，這些都不是計畫犯案，但是這次的殺人不一樣，綁匪是按照計畫冷酷地殺害人質，必須有充分的心理準備才能做到，這樣的綁匪不可能突然放棄計畫。

如此一來，唯一的可能就是伺服器關閉。聽說綁架網站經由好幾個國家的伺服器，最後使用C國的伺服器，但據說即使經由好幾個國家的伺服器，也無法完全隱藏足跡。也就是說，網站遲早會遭到封鎖。

問題在於綁匪事先是否料到網站會被封鎖。如果事先沒有預料到，劇場型犯罪的主角失去了「劇場」這個舞台，在失去網站之後，又會採取什麼手段？

蓑山認為這次的綁架劇將迎接新的發展，但他無法想像會是怎樣的形態。

✦

「綁架網站關閉真是太幸運了。」

東光新聞的專務木島說。

東光新聞的社長岩井保雄和七名董事坐在銀座這家餐廳的包廂內，平時董事幾乎不會聚在一起吃飯，但這次事態嚴重，必須找地方交換意見。

「如此一來，綁架網站就沒戲唱了。」

所有人聽了木島的話都紛紛點頭，常務立花接著說：

「那個網站最麻煩的是，會把所有的交涉都向社會大眾公開。被他們這麼一搞，我們也無法貿然行動。」

「常日新聞真可憐，綁匪指名向他們勒索，結果有些人就把人質的死怪罪到他們頭上。」

「我無意中聽到一件事，」營業局長長谷川說，「聽說已經有常日新聞的訂戶取消訂閱。」

「真的嗎？」

剛才一直低頭吃飯，聽著其他人討論的岩井驚訝地問。

「外地有些代理商同時代理我們和常日新聞的訂閱，那些代理商傳來消息，說已經有訂戶取消訂閱。」

「有多少訂戶取消？」

「不好意思，目前還無法確認詳細情況。剛才販賣部的部長傳了電子郵件給我，還無法掌握詳細數字。」

「馬上確認清楚。」

岩井說完後，深深嘆氣。

「如果常日新聞取消訂閱的訂戶增加這件事屬實，就代表社會大眾真的是很容易受感情影響的動物。」

董事都紛紛點頭。

「尤其在關係到人的生死問題上，更是完全不問是非。」

「日本人的這種傾向很嚴重。」副社長安田說。

「如果綁匪指名我們報社，然後出現相同的結果，我們現在可能會手忙腳亂。」

「但是社長，綁匪之後可能會指名我們報社交付贖款。」

木島的這句話，讓包廂內頓時變得鴉雀無聲。

「如果是這樣，這次網站關閉，不是更加大快人心嗎？」安田故意用開朗的語氣說，「如果他們直接寄恐嚇信到公司，只要我們不對外公開就好。」

所有人都點著頭。

「對了，以前不是曾經發生過『固力果森永案』嗎？」岩井說，「當時還沒有網路，自稱是『怪人二十一面相』的歹徒把恐嚇信寄去報社，報社在報紙上公開了恐嚇信的內容，這算是最初的劇場型犯罪。」

「我記得那件案子，我當時還在讀大學。」

編輯主任丸岡說。

「報社認為一旦刊登了恐嚇信，報紙的銷量就會大增，現在回想起來，根本是被歹徒利用。」

「的確有這方面的問題。」

「綁匪可能架設新的網站。」

「能不能請警視廳封鎖這種網站？」

「以目前的現狀，一旦發現，就會逐一封鎖，但如果架設在海外，似乎就必須費一點時間。」

「即使是警察，面對網路的問題也束手無策，現狀就是網路無國界，既不需要通關，也不需要簽證。」

「那不就只能祈禱網站不會再出現了嗎？」

岩井說道，所有董事都陷入沉默。

✦

這天晚上，玉岡在深夜用手機打開推特，發現「綁架網站復活」的標籤上了熱門話題，不禁大吃一驚。搜尋之後，發現介紹網站的帳號。他點了網址之後，立刻連結到那個網站。熟悉的黑色畫面上有一行字「歡迎光臨我們的網站」，和之前的「綁架網站」一模一樣。他點擊最新消息，立刻出現道歉文。

「我們迫於無奈，殺害人質，如今終於意識到我們的所作所為有多麼可怕，連自己都不敢相信。

所以，我們下定決心，金盆洗手，不能再繼續這種犯罪行為，於是關閉網站。

但是隨即發現一個問題，人質已經知道我們的長相，不能釋放他們，因此在不得已的情況下，決定殺掉所有人質。

之前殺了人質是為了贖款，那是極其自私的犯罪，但這次是為了確保自身的安全，因此我們認為能夠獲得社會大眾諒解。我們將在近日，將另外五個人頭放在東京都內數處。」

這是怎麼回事！玉岡大叫。

這發展未免太荒唐了。要殺害所有人質也讓人感到莫名其妙，說什麼是為了確保自身的安全，所以能夠獲得諒解的邏輯更是一廂情願。應該說，根本不符合邏輯。綁匪瘋了嗎？還是陷入了混亂？

網站的在線人數超過一百萬人，討論這個網站的推文數量非常驚人，幾乎所有推文都對網站的自私邏輯感到憤怒。

玉岡立刻打電話給前輩安藤。雖然已經過了半夜十二點，但因為事態緊急，安藤應該不會怪罪自己。

「三更半夜打電話給我，有什麼事嗎？」

安藤接起電話時，明顯是被從睡夢中吵醒的聲音。

「安藤哥，綁架網站復活了。」

「你說什麼？什麼時候的事？」

「一個小時前，綁匪又發布了新的聲明，說要金盆洗手——」

「真的嗎？」

「但又說人質已經知道他們的長相，於是要殺掉所有人質。」

電話彼端陷入沉默。

「安藤哥，你有沒有聽到？」

「我在聽。」

「真是太出人意料的發展。」

「那個網站是真的嗎？」

「啊？」玉岡驚叫一聲。

「有什麼證據顯示那個網站不是惡作劇，真的是綁匪架設的？」

玉岡答不上來。被安藤這麼一問，他才想到這一層。發生了如此重大的刑案，若出現模仿犯實屬正常。

「沒有，我正在確認，的確有幾個不明之處，還無法確定——」

「馬上確認，如果證實是綁匪架設的，再打電話給我。」

「是。」

玉岡掛上電話後，用電腦打開那個網站。

雖然網站和之前的平面設計相同，但任何人都可以製作，如果缺乏可以證明是綁匪的證據，就無法判斷是真的。如果有未曾公開的人質影片，或是殺害人質的影片，就可以斷定是真的，但網站上完全沒有這些內容。不祥的預感讓他心跳加速，看了有「綁架網站」標籤的推文，發現有好幾則推文寫著「是假的吧」、「不是真的」、「高手，辛苦了」。

玉岡欲哭無淚地打電話給安藤。

「是真的嗎？」

「不是，呃——」

電話另一端沉默了一下。

「玉岡，」安藤說，「你明年確定要回交通課了，我會推薦你。」

「安藤哥，等一下——」

他的話還沒說完，電話就掛斷了。

他媽的。玉岡心想。我的處境根本比人質更危險。如果不在偵查中好好表現，明年真的要去交通課開罰單了。

五月二十二日

這天早上，玉岡一走進京橋分局，就發現大久保和其他人面色凝重。他以為安藤真的向大久保報告了昨晚的事，忍不住背脊發涼，尋找安藤的身影，卻沒有看到。

他戰戰兢兢地問股長：「發生什麼事了？」

「綁架網站復活了。」

二階堂不悅地說。

「昨天晚上，又在其他伺服器架設了網站，這次也經由了好幾個國家。」

「那是假網站。」

「什麼？」

「這是轟動社會的大案子，會有人設置假冒的網站。股長，你應該不太瞭解這種下三濫的世界，但在網路上很常見。」

「笨蛋！」

突然聽到安藤在身後大喝一聲。

「這是如假包換的真網站。」

玉岡一時搞不懂是怎麼回事，但立刻明白了。原來昨晚在那之後，出現了真的綁架網站。他媽的，簡直太不湊巧了。

「原來是這樣啊，我沒有實際看到，搞不清楚狀況。」

玉岡這麼說，勉強掩飾過去。

「有沒有發表什麼聲明？」

「你自己看。」

安藤說，玉岡探頭看著電腦的螢幕。

「敬告JHK：

雖非本意，但如果你們三天之內，不表態支付贖款，我們將殺害一名人質。

P.S. 已寄密碼給JHK，請答覆在本網站的留言欄內。

再度懇請JHK，不要讓我們殺害人質。」

「——這的的確確是真的嗎？」

「剛才不是已經說了是真的嗎？」

安藤大聲喝斥。

「是真的機率超過百分之九十九，有人質的影片，後方還有今天的報紙。」

二階堂皺著眉頭說。玉岡小聲問身旁的山下：「為什麼又復活了？」

「這次用了完全不同途徑的伺服器。」

「有辦法馬上就架設嗎？」

「應該是事先就準備好的，搞不好還有其他備用的。」

玉岡小聲驚叫起來。原來綁匪一開始就料到網站會被封鎖，只是必須花一點時間才能追蹤到網站所架設的伺服器，一旦遭到封鎖，就立刻啟用備用的網站。

「這就像公司經營時拆東牆補西壁，只能不停地架設網站。」

玉岡小聲嘟噥著。二階堂說：

「沒錯，反過來說，綁匪可是卯足了全力。畢竟他們一旦失去劇場，就失去了力量。雖然有點像在打地鼠，但必須持續進行關閉網站的工作。」

「是。」山下精神抖擻地回答。

「關於這次聲明的內容，」來自總部的本田說，「和之前指名常日新聞時的內容幾乎相同，但增加了幾句話。」

「『雖非本意』和P.S.最後的『不要讓我們殺害人質』，你們有什麼看法？」大久保抱著雙臂問。

「是不是該派人去JHK？」玉岡問。

「早就派人去了。」安藤立刻回答。

「不知道這是綁匪的真心，還是在向JHK施壓。」二階堂自言自語地說。

「或是訴諸輿論。」

剛才始終沉默的鈴村開口。

「訴諸輿論——原來如此。」大久保點點頭，「綁匪是對劇場型犯罪樂在其中的異常人，也許想要獲得輿論的支持。」

「雖然我不認為JHK會支付贖款。」

二階堂歪著頭。鈴村說：「他們可能已經預料到了。」

「所以——」大久保用嚴肅的聲音說，「綁匪會再度殺人。」

✦

這天早上，雖然是星期天，但JHK召開緊急理事會。

「繼常日新聞後，綁匪指名要求我們支付贖款。」

副會長篠田說，所有理事都緊張地點頭。

「今天雖然不是例行營運會議的日子，但下午將召集經營委員，傾聽他們的意見。」

「根本沒必要傾聽經營委員的意見。」

其中一名理事池山惠一說。

「沒錯，這次的事完全不需要徵求他們的意見，他們只是顧問的角色。」

理事杉尾明說完後，立刻發現自己說錯話了，慌忙打住。因為他想起會長高村篤以前也是經營委員，高村在擔任JHK的會長之前，是三扇物產的社長。

「經營委員雖然都是各行各業見多識廣的人，」杉尾慌忙修補掩飾，「但像這次的事，向他們公開所有的情況可能會造成危險。」

多名理事表示贊同。

「尤其八田老師口風不緊。」

池山的話引起一陣笑聲。

「那就馬上進入議題，」篠田說，「有兩件事要討論——第一，是否要支付贖款；第二，是否有必要把我們的決定告訴綁匪。」

「當然不可能支付贖款。」

剛才始終沉默不語的會長高村堅決地說，幾乎所有理事都點著頭。

「JHK是日本唯一的公共電視台，靠國民支付的收視費才能持續經營。收視費雖然不是稅金，但和稅金相似。換句話說，JHK的資產是全體國民的資產，民眾不可能原諒我們把這些資產交給罪犯。」

高村說完後問其他理事：「有反對意見嗎？」沒有任何人說話。

「那就決定JHK拒絕支付贖款，接下來討論是否要告訴綁匪。」

理事都沒有馬上開口，短暫的沉默後，副會長篠田開口：

「我認為沒必要告訴綁匪，更何況這個提議——不，是要求，這個要求也是綁匪單方面提出，我們根本沒有義務答覆。」

「我也贊成。」理事山邊正夫說，「綁匪和我們沒有任何關係，既不是我們的合作夥伴，也不是我們的供應商，完全沒有理由和他們交涉。」

高村點頭同意。

「還有其他意見嗎？」篠田問。

理事島村博舉起手：

「目前國民非常關注這起案子，我認為JHK不需要答覆綁匪，但必須向國民說明我們的決定。」

「有道理。」篠田說，「也許有義務透過電視告訴國民。」

好幾個人都點著頭。

「會長意下如何？」

「我也這麼認為，JHK身為公共電視台，必須向國民傳達我們的主張。」

「那綁匪呢？」

「我認為不需要答覆綁匪。」

篠田點點頭，巡視著在場的理事說：

「事關重大，因此要確認各位的意見。首先，贊成不支付贖款的人請舉手。」

所有人都舉起了手。

「那贊成不在綁匪的網站上答覆，但在電視上告訴民眾的人請舉手。」

所有人再次舉手。

「那要用什麼方式播出？」高村問，「由新聞主播說明嗎？」

「會長，恕我直言，」篠田說，「本次聲明是表達JHK的立場，如果由新聞主播讀稿，反而會顯得不尊重國民。雖然史無前例，但我認為必須由會長在鏡頭前說明。」

「我嗎！」

篠田點點頭。

「目前社會上有不少批評JHK的聲音，也有人說我們老大心態，或是很官僚。如果像這次這麼重要的事也由主播讀稿，可能會讓不少觀眾更有這種感覺。」

高村想了一下後終於點頭說：

「好吧，但要準備一份慎重而無懈可擊的稿子。」

「好，那我會在下午的緊急營運會議上通知經營委員，當然一定會要求各位經營委員徹底保守秘密。」

這時，會議室的電話響了，一名理事接起電話。

「警察來了。」

「我和篠田副會長與他們見面，請他們帶去會長室。」

那天晚上，JHK晚間七點的新聞報導中，破例進行現場直播，由會長親自面對鏡頭，朗讀了不會支付贖款的聲明。

「我是JHK的會長高村篤。」

高村說完，鞠了一躬。

「今天，不明身分的綁匪在自己的網站上宣布，如果JHK不支付三億圓贖款，就要殺害人質。我們對這種玩弄人命的行為產生強烈的憤慨，人命不可以用金錢來交換，也絕對不允許用金錢來交換生命。為了奪取贖款而綁架人質是最卑劣，而且無法原諒的犯罪行為之一，一旦支付贖款，就代表認同這種犯罪行為。日本是法治國家，我們不能成為罪犯的幫凶。」

高村說到這裡，停頓一下。

「但是，JHK內部的確有意見表示，如果可以拯救人質，是否該支付贖款，有意見認為基於人道觀點，是否該這麼做。身為一個人，對這些意見產生極大的共鳴，如果這是人道支援，我們不會有絲毫的猶豫。

然而，這並非人道支援。我們再度重申，支付贖款，就是參與犯罪行為。

JHK並非民間企業，是日本唯一的公共電視台，靠國民的收視費維持經營。收視費雖然不是稅金，但我們認為和稅金相當，也就是說，JHK的資產屬於所有的國民，如果把這些實貴資源的一部分交給罪犯，等於是對廣大國民的背信行為。

因此，我們JHK在此聲明，絕對不會答應綁匪的任何要求。」

高村再度停頓。

「重要的是，我們最關心人質的安全，同時衷心希望他們早日重獲自由。在此原則上謹告綁匪。

你們做出了錯誤的行為，人質是無辜的，希望你們回頭是岸，釋放人質，做一個堂堂正正的人。」

高村再次鞠躬，結束了以會長身分發表的聲明。

✦

蓑山在高村發表聲明結束的同時，打開了推特。

推特上已經出現了大量推文，大部分都是對JHK不支付贖款的態度表示肯定，但也有不少意見認為JHK拒絕支付贖款是「欺騙」、「糊弄」、「狡辯」。

蓑山努力揣測綁匪的真正意圖。JHK當然不可能支付贖款。JHK並非民間企業，雖然不是借用高村會長的遁詞，但如果JHK真的支付贖款，那些付收視費的國民不可能沉默。更何況即使高村會長想要付錢，他也沒有權限，JHK的理事也一樣，因此拒絕支付贖款的決定完全在意料之中。如果綁匪連這一點都搞不清楚，未免太天真了。

「難道那些綁匪很愚蠢嗎？」

他自言自語著。不，如果是笨蛋，不可能有能力做這種事，既然這樣，綁匪究竟有什麼目的？

也許——綁匪真正的目的並不是贖款，會不會是對殺人樂在其中的獵奇型犯人？也許是對於在世人的矚目下，動手殺人產生快感的瘋子。

想到這裡，蓑山不寒而慄。

✦

鈴村站在澀谷忠犬八公銅像前的路口。

即使已經過了深夜十一點，街上仍然擠滿了年輕人，熱鬧的景象讓人難以想像前一天，有人在這裡放了一顆人頭。

鈴村在腦海中想像著綁匪的行動。綁匪在早晨把松下的腦袋放在這裡，但那個時間，這一帶有許多通勤的人和年輕人來來往往。雖然乍看之下，綁匪的行為很魯莽，但放置人頭的地方剛好在監視器死角的位置，可見綁匪格外謹慎。這次的綁匪大膽且細心，而且同時具備運用、操作網路的智慧，以及如同聲明文中所說，他們還帶著殺害人質的殘暴，似乎對殺人沒有絲毫猶豫。綁匪真的是有血有肉的人嗎？

對即將在兩年後退休的鈴村而言，這起案件無疑是他刑警人生中最後的大案子，正因為如此，無論如何都必須將歹徒逮捕歸案。

他在二十二歲那一年成為刑警後，三十六年的刑警生涯中，持續追緝罪犯。雖然不是每一起案子都能夠順利偵破，但經手的殺人命案幾乎都抓到了凶手。對他來說，殺人命案和其他案件有著根本性的差異，因此遇到命案時，他都會執著地追查到底。但是，他對命案的執著並不光是因為想要抓到凶手，更希望能夠讓被害人和家屬雪恨。他無法原諒有人奪走人命，仍然逍遙法外，這種人必須為自己的罪行付出代價。他甚至認為，如果法律無法制裁這些人，自己可以代替被害人向凶手復仇。

至今為止，只有他成為刑警後第一次接手的命案無法順利逮捕到凶手，他始終無法忘記不能為被害人雪恨的懊惱，也許這份懊惱，支持著他之後的刑警人生——

鈴村從頭回顧了這起案件，眼前的案件和自己之前經手的所有案子在各方面都不一樣。使用網路的劇場型犯罪、綁架遊民，而且向和人質毫無關係的報社和電視台要求贖款——所有的一切都前所未有。

但是，殺害松下和夫這件事最令鈴村感到不解。

為什麼這個女兒被殺的人會在二十年後遭到綁架，而且最後也被人殺害？會有這樣的巧合嗎？這個世界上經常會發生福無雙至禍不單行的狀況，他之前多次遇過因難以想像的巧合發生的命案，但是，鈴村無法相信松下遇害純屬巧合。

雖然完全沒有任何根據，但刑警的直覺這麼告訴他——

第二部

五月二十三日

「JHK在節目中答覆了。」

石垣勝男說。JHK在昨晚七點的新聞之後，在九點和十一點的新聞時，都播出了高村篤會長的聲明。

「內容和我們想的一樣。」

高井田康一派輕鬆地說。

「所以，又要有一個人質沒命了。」

影山貞夫嘆著氣說。

「也就是說，我們中間有一個人要被殺了。」

大友孝光說，房間內的四個人都有些緊張。

高井田非常瞭解他們的心情。繼松下和夫之後，又將有第二個人質被殺。雖然已經做好了心理準備，但心情還是無法平靜。

「這是原本就決定好的事。」

高井田平靜地說，所有人都點著頭。

「雖然沒錯，但這次和松下先生的時候不一樣。」

石垣說，其他人都低下了頭。高井田看著他們，再次體認到，松下和夫的死讓大家的心情都很沉重。

「松下先生臨終交代，希望不會有人感到自責，你們應該都聽到了。」

石垣無聲地哭了。「別哭了。」影山雖然這麼說，但也流下眼淚。高井田看著他們，想起松下和夫臨死前的情景。

松下向所有人道別後，在大家面前服用了達到致死量的西可巴比妥，然後靜靜地沉睡，接著嚥下最後一口氣。他死得很安詳，為了減緩劇痛，他在生前就一直服用西可巴比妥。他罹患末期肝癌，餘命應該不到一個月，他的死也可以說是安樂死。

「一旦解剖我的屍體，就會知道我得了末期癌，所以要設法不讓別人知道這件事。」

他又接著說。

「可以把我的腦袋砍下來，然後丟在路上。」

只要不讓人看到內臟，就無法瞭解肝癌的嚴重程度，問題是只要檢查血液，不是就知道罹患了癌症這件事嗎？

「不可能知道已經是末期了，」松下笑著說，「而且警方發現血液中殘留的西可巴比妥，就會認定這就是死因。」

松下說對了。警方公布，松下和夫的死因是服用大量安眠藥，但並未公布藥名。

「死了之後，身首異處也沒差了。只要把屍體的其他部分放在冷凍庫保存就好。等一切解決之後，再把腦袋和身體放在一起，就可以成佛了。」

松下說完後，快活地笑了。雖然為此特地買了一個大型冷凍庫，但事到臨頭時，還是會猶豫。松下發現了高井田眼中的遲疑，激勵他說：

「你要挺住，當初不是你想出這個計畫嗎？我們都加入了你的計畫，雖然我什麼忙都幫不上，唯一能夠幫忙的，就是變成屍體。」

高井田無言以對。

「不要把事情想得這麼嚴重，反正我已經活不到一個月。上個月已經查出擴散到腹膜，醫生當時就說我只剩下一個月，至今已經過了一個月——照理說，我早就該死了。」

松下說完後再度笑了起來。那一陣子，松下幾乎都躺在床上。

「我反而很開心，因為大家看到我的屍體後會驚慌失措，然後你們的計畫會成功——我會在天上看著這一切。」

包括高井田在內的所有人都流下眼淚。

✦

高井田是在一年前認識松下的。

那時候，高井田對活著失去希望，漫無目的地走在街上，想找地方結束自己的生命。他喝了在便利商店買的威士忌，想趁著醉意跳樓，無數次走進高樓和公寓，好幾次都跨越了屋頂的欄杆，但他最後還是無法縱身跳下，甚至無法鬆開握著欄杆的手。

他輾轉住了好幾家飯店，有一天晚上，他爛醉如泥，在公園睡了一晚，之後就開始了像遊民般的生活。雖然他不時去便利商店買飯糰和麵包填肚子，但完全沒有食慾，食不知味，只是把食物咀嚼、吞下而已，有時候一整天什麼都沒吃。他感覺身體一天比一天虛弱，但覺得這樣更好。如果可以曝屍街頭，反而稱心如意。

他身上的衣服越來越髒，鬍子和頭髮都變長了。有一天，他走在蒲田車站附近的河邊時，突然眼前發黑，他立刻蹲了下來，然後就失去意識。

當他醒過來時，發現自己躺在遊民的小屋內。雖說是小屋，但只是用木板圍起一坪大的空間，高度只有一點五公尺左右。

「你是不是都沒吃東西？」

上了年紀的遊民探頭看著他的臉問道。

高井田躺在那裡，點點頭。

「我正在煮粥，你吃了之後，就會比較有精神了。」

高井田的腦袋昏昏沉沉，思考著小屋內哪裡有烹調器具。

不一會兒，那個遊民拿著裝了熱粥的大碗走了進來，粥裡還有一顆半熟的蛋。他把高井田扶起來，高井田喝著粥，覺得美味可口。他已經很久沒有感覺到食物的滋味了。

「不要吃得這麼急。」遊民說，「你空著肚子，吃太快不好，慢慢吃。」

高井田聽從他的話，放慢速度，他覺得進入胃中的粥好像傳遍了全身。遊民看著他，露出了微笑。

高井田對他的親切善良感到驚訝，但更為另一件事感動不已。因為遊民完全沒有動他放在夾克內側口袋的信封。信封內裝了將近三百萬的現金，他之前去銀行領了這筆錢，想在死前痛快花用，做自己喜歡的事，但最後幾乎沒什麼使用。心術不正的人看到自己昏倒在地，一定會先摸自己的口袋，但是眼前的遊民只是把自己扛回小屋，還煮粥給自己吃。高井田覺得這半年來，他第一次感受到人性的溫暖。那個遊民就是松下和夫。

那天晚上，高井田就睡在松下的小屋。雖然被子很髒，但他完全不在意，非但不在意，而且那天晚上是他半年來，第一次不需要喝酒助眠。

隔天，松下拿著東光新聞的報紙給他。

「這是今天的早報，我剛從車站撿回來，還熱騰騰的呢。」

高井田隨手翻著早報，在報紙上看到了「遊民」的文字。那篇出現在社會版的報導提到，東京正在持續驅逐遊民。報導中嚴厲抨擊政府棄遊民不顧，並且在結論中認為，如果無法用關愛的眼神看待遊民問題，就無法建立一個富足的社會。

高井田看了這篇報導，對充滿偽善的論調感到噁心，隨之而來的是憤怒。

他痛恨東光新聞。當初就是東光新聞大幅報導，有孩子吃了高井田餐廳的料理中毒身亡。報導之後，餐廳停止營業，而且衛生所上門檢查，從餐廳冷凍庫內的肉中檢出了O157大腸桿菌。東光新聞又針對這件事進行了後續報導，但餐廳供應的肉品都會煮熟，不可能因為大腸桿菌導致食物中毒。

高井田的那家餐廳原本是祖父開的小型西餐廳，高井田在二十年前，從父親手上繼承那家餐廳後，孤注一擲地向銀行申請了高額貸款，買下兩側的店面，大規模改裝後，變成一家大餐廳。他成功了，餐廳的生意很好，十年前開了第二家店，一年前開了第三家店後，發生了那起意外。

因食物中毒而去世的那名兒童的雙親上電視哭訴，導致高井田連續多日被電視的談話性節目說成是殺人魔。

雖然高井田表示，會徹底調查食物中毒的原因，也會很有誠意地和被害人家屬溝通，媒體仍然對高井田窮追猛打。有一天，他在凌晨才回家，大和電視台的記者把麥克風伸到他面前說：

「請發表一下你的想法。」

高井田已經整整四十八個小時沒闔眼，不禁嘀咕道：「可不可以讓我稍微睡一下？」但是攝影機的麥克風錄到了這句話。

隔天，大和電視台的所有談話性節目都播出了這段影片，對高井田群起攻訐。把他說話的聲音放大，而且還上了字幕。此舉對高井田造成了決定性的傷害，除了總店以外的兩家餐廳都不再有客人上門。

在電視第一次報導的兩個星期後，終於查明那名兒童的死因和餐廳無關。並不是大腸桿菌導致食物中毒，而是因為吃了帶有過敏原的食品導致過敏性休克。那名兒童對乳製品過敏，但祖母不小心讓他吃了加有起司的韓式煎餅。

沒想到媒體幾乎沒有報導這個新事實。當時剛好在新宿發生了隨機殺人案，導致四名被害人傷亡，所有的報紙和新聞節目全都一窩蜂地報導那起殺人案，只以很小的篇幅提到那名兒童死因的真相。對媒體而言，高井田餐廳事件已經過時了，失去報導的價值，沒有任何一家媒體為高井田和他的餐廳恢復名譽。曾經嚴厲抨擊高井田的大和電視台，只發表了寥寥數語的評論。高井田的餐廳完全失去了商譽，只剩下龐大的債務。不久之後，妻子就生病倒下，很快就離開人世。三家餐廳接連倒閉，為了償還貸款，只能將祖傳的總店連同土地一起出售，但仍然無法清償所有的債務，只好用妻子的保險金償還剩下的債務。

東光新聞的報導充滿對遊民的偽善，高井田看了報導之後，內心又想起當時的憤怒。他覺得自己不能這樣輕易死去，反正自己已經沒有任何可以失去的東西了，既然這樣，他想好好教訓東光新聞、大和電視台以及媒體，即使因此觸法也在所不惜。

那天之後，高井田就開始專心在松下的小屋內研擬計畫。他要揭露媒體人的偽善，同時要痛擊他們。他每天都在想這件事，卻遲遲想不到具體的方案。有一天，松下隨口說的一句話啟發了他：

「我們是社會上最沒有價值的人。」

高井田聽到松下的這句話，就像被雷打中般產生了靈感。可以把自己作為人質，向媒體勒索贖款。

社會上最沒有價值的、最沒用的人——要質問媒體這些人存在的意義，然後撕下媒體人偽善的面具。

那天之後，高井田開始尋找戰友。

所謂戰友，就是和自己一起成為人質的遊民。一旦執行計畫，警察一定會追查人質的行蹤。為了避免到時候追查到是自己曾經和遊民接觸，他留了鬍子，同時戴上假髮。

高井田尋找戰友的標準，就是挑選腦袋聰明和意志堅強的人。每次看到合適的對象時，就會主動上前搭訕，開始閒聊，瞭解對方的為人，只是遲遲沒有遇到符合條件的人物。那時候他才發現，有堅強意志的人不會成為遊民。

高井田並不考慮讓松下加入。一方面是因為松下已經五十九歲，更因為不希望親切善良的松下涉及犯罪行為。高井田是後來才得知，松下是其他遊民朋友口中的「松下菩薩」，但他也發現松下的臉上總是刻著深沉的悲傷，猜想松下應該曾經承受過重大的創傷，但松下從來不曾談論自己的過去。

高井田以松下的小屋為據點，去了好幾個遊民聚集的地方。戶山公園、代代木公園、新宿鐵路橋下、荒川河岸——他實際走訪許多地方後，驚訝地發現原來東京有這麼多遊民，覺得似乎看到了世界首屈一指的城市的陰暗面。

以前他一直覺得遊民和自己是生活在不同世界的不同人種，但在聊天之後，發現他們和自己並沒有什麼不同，而且有不少人曾經是普通的上班族，甚至有人曾經在知名企業工作。每個人都因為一些微不足道的不幸加上衰運，就淪落為遊民。也就是說，任何人走錯一步，就有可能成為遊民。但是高井田覺得無論從各種意義上來說，遊民都很軟弱，也許是因為這個原因，因此幾乎所有遊民都是男人。男人是軟弱的動物——

一個月後，高井田在山谷的廉價旅館街遇到了一個有趣的人。他的名字叫影山貞夫，之前是計程車司機。

影山和其他遊民不同，眼中充滿了憤怒，高井田和他相處一陣子之後，終於知道了其中的原因。影山因為非禮女生而被公司解僱，又無法順利找到新的工作，六年前成為遊民。他每天去職業介紹所找工作期間，為了付房貸，向地下錢莊借錢，結果債務就像滾雪球般膨脹，最後只好賣了房子。不僅完全沒有剩下一毛錢，而且還有尚未清償的債務。不久之後，他們的夫妻感情也出了問題，妻子帶著孩子離家出走。

「雖然我說出來你可能不相信，但我是被冤枉的。」

影山說。高井田相信他說的話。因為影山眼神中強烈的憤怒很有真實感。

「律師問我要不要和解，但我絕對沒有做那種事，所以不願意。律師對我說，一旦對方告上法庭，我的工作可能會不保，我無可奈何，只能答應和解。沒想到東光新聞報導了這件事，我至今仍然無法忘記他們當時使用的標題。『計程車司機猥褻女高中生』。事已至此，就無法和解了，只能在法庭上證明自己的清白。」

高井田大吃一驚，沒想到影山會提到東光新聞。

「雖然公司也要求我和解，但我拒絕了，堅持要在法庭上對決。沒想到在完全沒有任何證據的情況下被判有罪。我當然提出上訴，在第二審期間，我的律師發現那名女高中生在半年期間三次被人猥褻，都和對方和解了。你能想像半年內三次遭到非禮，而且三次都和解嗎？她根本就是謊稱被猥褻的慣犯。律師說，可以憑這件事打贏官司，我也這麼認為。沒想到高等法院的法官完全不採納這個證據。日本的審判根本不考慮過往情況，只看眼前的事件。無論被害人是多麼可疑的女人都一樣。」

影山很不甘心地說。

「最後判刑確定，判處我三個月有期徒刑，雖然判了緩刑，但留下了一輩子都擦不掉的污點，也被公司解僱。那是九年前的事。」

「你有沒有想過報仇？」

「當然想過，我很想向當年那個女高中生報仇。」

高井田點點頭。

「我現在仍然會不時夢到。在高等法院判決出爐後，走出法庭，來到走廊上時，看到那個女人和她的女性朋友擊掌。而我太太和孩子哭著跑向我，我也哭了。這時，我聽到了笑聲，轉頭一看，發現那個女人和她的朋友指著我大笑。」

「那個女人目前在哪裡？在做什麼？」

高井田問，影山無力地搖搖頭。

「我不知道她在哪裡，已經是九年前的事了。」

「你還記得她的名字嗎？還有她學校的名字。」

「那就委託偵探去查一下。」

「我想忘也忘不了。」

影山驚訝地看著高井田。

「別擔心，這點錢我還有。」

「你為什麼要這麼幫我？」

「這是我的興趣，」高井田說，「但如果你不感興趣，那就算了。」

影山目不轉睛地看著高井田，最後鞠躬說：「我想拜託你幫忙。」

隔週，高井田刮掉鬍子，整理頭髮，買了新的西裝，去了新宿的一家偵探事務所，要求調查那個女人的消息。

原本以為找到的可能性只有五成，沒想到偵探只花了一個星期就找到了。令人驚訝的是，那個女人大學畢業後，進入一家總公司在丸之內的商社工作。高井田對她成為一流企業的員工感到意外，但更驚訝的是她的母校竟然是一所錄取分數很高的私立名門大學，偵探也查到了她目前獨自生活的公寓。

高井田付了調查費，正準備離開時，偵探坐在沙發上說：

「偵探有保密義務，但如果發生了警察介入調查的案子，就不在此限了。」

「什麼意思？」

「沒什麼意思，就是保密程度也會按照價格，有不同的等級。」

「我按照事先的約定，付了該付的錢，無法再付更多錢。」

「那我就無法保證你之後會不會惹上麻煩。」

高井田嘆了一口氣說：「好吧。」

偵探浮起笑容。

高井田從口袋裡拿出裝了錢的信封，放在桌子上。偵探拿起信封，看裡面有多少錢。高井田抓起大理石菸灰缸，打向偵探的下巴。聽到骨頭斷裂的沉悶聲音後，偵探倒在沙發上。他抓著半昏迷的偵探胸口，用力搖晃，把偵探搖醒了。偵探無力張開的嘴流著血。

「你給我聽清楚了，」高井田說，「如果你敢對任何人亂說話，我會要你的命。」

偵探的臉因恐懼而扭曲，連續點了好幾次頭。他可能想說「好、好」，但下巴碎了，所以聽起來像在說「嗷、嗷」。高井田覺得還不夠，必須讓這個死蟑螂好好體會什麼叫恐懼。

高井田抓起偵探的右手放在桌上，然後拿起菸灰缸砸下去。聽到好幾根手指骨頭斷裂的同時，偵探發出慘叫聲。

高井田把信封和菸灰缸放進西裝口袋，丟下還在哭喊的偵探，離開偵探事務所。

他從小到大，第一次動手打人，他發現自己內心隱藏著殘暴而驚訝不已，同時覺得自己跨越界限，已經無法回頭了。

他當初用假名委託偵探事務所調查，警方不可能輕易查到自己。他認為那個偵探不可能報警，但也沒有把握。如果偵探去報警，自己的運氣也許就到此為止了。

來到馬路上時，他突然感到心情愉快，很自然地笑了，發出笑聲。這時他才發現，自己一年沒笑了。

高井田把女人目前的情況告訴影山，影山氣得發抖。

「她毀了我的人生，自己竟然去讀了一流大學，而且還在大企業上班。」

「你要報仇嗎？」

「當然要。雖然不知道她只是想賺零用錢，還是覺得好玩做出那種事，但她摧毀了別人的人生，當然必須付出代價。」

影山和高井田有用不完的時間，接下來的兩個月，他們監視了那個女人，掌握了她的作息。女人住在離四谷三丁目車站走路五分鐘的公寓，她有男朋友，週末幾乎和男朋友在一起，但星期三都會加班，在深夜獨自回家。

某個星期三，他們綁架了深夜回家的她。方法很簡單，高井田的廂型車停在她住家附近的路旁，當她經過廂型車旁時，打開滑門，把她拉上車。車子掛上了偽造的車牌。

他們之前在空地上用假人練習了多次，只花了幾秒鐘就搞定了。把女人拉上車的同時，用刀子抵住她，對她說：「如果妳敢叫，就要了妳的命。」女人立刻安靜下來。把手帕塞進她的嘴巴，然後用毛巾綁住她的臉，再用膠帶綑住了她的雙手和雙腳。接著，他們開車來到一個事先找好的停車場，就開始做事。

他們搶走女人的手機。她的手機是指紋解鎖，只需把她的手指按在手機上，就輕鬆打開了她的手機。看了她手機後，發現裡面有一些私密照和影片，還有和男友以外的男人上床的內容。

高井田看了之後，暗自鬆口氣。原本計畫要幫她拍裸照，現在不必做這種事了。高井田把這些照片和影片傳給了女人手機通訊錄上的所有人。

結束之後，再用車子把女人載回公寓附近。

高井田一字一句地告訴那個女人：

「今天晚上的事，要是妳去報警，我們最多吃半年牢飯，但是到時候一輩子都不會放過妳，而且下次就沒有這麼簡單了，妳會後悔一輩子。如果妳聽懂了，就點頭。」

女人被毛巾蒙著臉，但拚命點著頭。

「如果妳不報警，我們就會忘記妳所有的事。」

女人又再次用力點頭。

高井田把女人放下車後，開著車揚長而去。

「終於了卻一樁心事，消除了九年來的怨氣。」

影山心情愉快地說。

「你不會良心不安嗎？」

「完全不會。」影山明確地回答，「我應該不是唯一被她摧毀人生的人。」

「這種程度的復仇就可以了嗎？」

影山聽了高井田的問題，思考後答道：

「可以了，我並不想再做什麼了，而且很慶幸不需要動手把那個女人剝光。」

高井田點點頭。

「那個女人應該暫時沒臉見任何人了。」影山說，「她沒辦法去公司上班，男友也會和她分手。她一定會思考自己為什麼會遇到這種事，也許會想到自己九年前陷害的男人。」

「到時候該怎麼辦？」

「沒關係，」影山很乾脆地說，「到時候我就認命被抓，反正會被判處緩刑，不過就算去坐牢，我也無所謂。」

高井田暗中打算，如果那個女人去報警，警方循線找到影山，今後的計畫就會中止，但他猜想那個女人不會報警。

「整件事都結束了嗎？」

高井田問，影山想了想，最後開口：

「老實說——還沒有。」

「你還有其他想復仇的對象嗎？」

影山點了點頭。

「是誰？」

「東光新聞。」

高井田就在等他這句話。

當天晚上，高井田把自己的計畫告訴影山，影山聽完之後說：「算我一個。」

✦

影山向高井田引薦了一個人。那個人名叫石垣勝男，很少有像石垣這麼年輕的遊民。一問年紀，才知道他四十四歲。高井田起初很納悶，為什麼這麼年輕就成為遊民，在聽了他的說明後，終於清楚了他的狀況。

石垣從研究所畢業那一年剛好遇到就業冰河期，他無法進入理想中的公司，無奈之下，只能去人力派遣公司登記。

「我在研究所讀的是電腦，便成為系統工程師。原本以為約聘的工作只是找到正職前暫時的權宜之計，」石垣說，「但是在日本，好公司幾乎都只錄用大學剛畢業的新鮮人，於是我到將近三十歲，都一直在做約聘工作。」

高井田點點頭。

「快三十歲時，我終於發現苗頭不對，我認為無論如何，都必須成為正式員工，任何公司都無妨。於是我寄履歷表到所有徵求有工作經驗員工的公司，幾乎所有的求職信都石沉大海。難得有面試的機會，也因為我當約聘員工多年，無法成為資歷而被刷下來。當約聘員工時，都是做一成不變的工作，而且短則半年，最長也不過兩年，約聘就結束了。非但不能累積資歷，也無法建立人脈。」

石垣說完，自嘲地笑了。

「約聘的方式只是讓企業賺更多錢，只有需要人力的時候才錄用，不需要時就一腳踢開，完全不需要負擔勞工的勞健保、社會保險和其他津貼，簡直太輕鬆了。約聘規定放寬，根本是獨厚企業，對勞工完全沒有任何好處。有廉價的約聘員工在，就可以控制正式員工的薪水支出，對企業有百益而無一害。我認為目前的通貨緊縮就是約聘制度造成的。」

高井田和影山點著頭。

「那些約聘的企業起初會說一些好聽的話，說什麼優秀的約聘員工有機會成為正式員工。聽到這種話，不是就會賣命工作嗎？但完全沒有一家公司願意僱我成為正式員工。不知不覺就三十多歲了，我以為這輩子都只能當約聘員工了，結果發現連約聘工作機會也越來越少。願意接受約聘員工的公司也希望找年輕人，很少有公司願意接受年近四十的人。電腦的世界持續發展，年輕的時候，我曾經是很受歡迎的系統工程師，但將近四十歲時，就很少接到這種工作。我的工作機會越來越少，我認為這樣下去不行，所以卯足全力找工作，最後終於進入一家傳播公司。」

「傳播公司？是藝人的經紀公司嗎？」

「不，是製作電視節目的娛樂傳播公司，他們剛好要找一個懂電腦技術的人。公司很小，只有八名員工，但我很高興終於能夠成為正式員工。社長很有人情味，親自指導我工作，同事人都很好，我有生以來，第一次知道原來職場可以這麼開心。雖然薪水不高，但在那裡工作的三年簡直是夢幻的生活。但是——有一次，我們公司拍攝的影片有造假的問題，報紙上報導了這件事，成為很大的問題。」

高井田心想，怎麼又是報紙？

「那段影片的確造假，但那是電視台製作人要求我們這麼做，沒想到事發之後，電視台方面翻臉不認帳，說什麼不記得曾經說過這種話，然後單方面取消合作。那個節目是我們公司的重要節目，還特地貸款好幾千萬圓購買新的器材，增加了員工的人數。光是失去這個節目，就是公司的重大損失，結果報紙報導之後，其他電視台的節目紛紛和我們中止合約，最後公司倒閉，社長上吊自殺。社長真的是好人，我一輩子都無法忘記當時的悲傷和衝擊。」

高井田默然不語地聽著他說話。

「我又重新去人力派遣公司登記，但四十幾歲的人幾乎沒有工作機會，最多只有單日的派遣工作，像是搭設活動會場，或是為道路工程指揮交通之類，我也曾經當過看板人，就是身體前後都掛著看板站在馬路上。雖然可能有人認為，根本不需要人去做這種事，但如果在路旁放一個人偶，就會違反道路交通法，引起很多問題，而且移動人偶很麻煩。如果是看板人，只要一聲令下，就可以走來走去，根本是超好用的機器人。」

石垣露出自虐的笑容，但高井田笑不出來。

「前年，我媽去世，我為她舉辦了葬禮，但說實話，我暗自鬆了一口氣。我媽生病多年，我一直寄錢回家，支付我媽的住院費和治療費。我爸在我高中時就去世了，我媽一個人辛苦把我養大，讓我讀完大學，我很希望能夠回報我媽。但是回過神時，才發現自己四十四歲仍然孤家寡人，沒錢又沒工作，忍不住納悶，為什麼會這麼落魄？」

高井田聽著石垣的故事，覺得眼前這個男人也是社會的邊緣人。

「去年，我租屋處的房東說要把房子拆掉造大樓，給我一點點搬遷費就把我趕走了，但是四十多歲，沒有穩定工作的男人想要租房子，根本很難找到。因為房東都不願意租，我只能住在網咖，之後身上的錢越來越少，有一次，我在公園的長椅上睡覺，覺得這個方法不錯。只要睡在公園的長椅上，一晚就可以省下一千多圓。」

高井田聽完石垣的身世後問：

「你最痛恨誰？」

「嗯，是誰呢？是推出派遣這種無聊制度的政府嗎？」

「如果你的人生可以重來，你希望可以回到什麼時候？」

石垣想了一下後說：

「無論回到什麼時候，我相信都無法重來，有太多我無能為力的事了，我沒有選擇的餘地，但是——」

他停頓了一下。

「我在傳播公司的那段時間是人生最快樂的時光，同時也是最悲傷的回憶。如果當時電視台願意出手相助，社長就不會死，我現在應該也還能努力工作。」

「你不想為你的社長報仇嗎？」

「報仇？」石垣笑了，「如果在江戶時代，應該會為主君報仇。」

「石垣，」高井田注視著他的眼睛，「我並不是在開玩笑，而是在問你，你是否真心想報仇？」

影山在一旁嚴肅地點著頭，石垣看著他們的神色，收起笑容，然後回答：

「我當然想報仇，不光是為社長報仇，還想為我的人生報仇。」

認識石垣的幾天後，高井田在多摩川的河岸看到好幾個遊民聚在一起。走過去一看，原來有一個男人在和三個男人下將棋，其他幾個遊民在圍觀。將棋的棋盤只是在夾板上畫了線的簡易棋盤，棋子一看就知道是便宜貨。高井田小時候曾經迷過將棋，於是好奇地看著他們，發現一對三的那個男人棋藝高超。

「他真厲害啊。」

高井田問身旁也在圍觀的人，對方笑著說：「他可是老師啊。」被稱為「老師」的男人年紀五十出頭，一頭白髮，看起來與眾不同，別具一格。

勝負很快分曉，三盤棋都是被稱為「老師」的男人獲勝。那個男人又重新排好棋子，恢復剛才下那三盤棋時最初的狀態，指出對方導致情勢不利的壞棋，說明該如何下比較好。看來似乎是指導性的對戰。結束之後，那幾個輸棋的人分別交了一百圓給「老師」。

那些男人解散之後，「老師」走向附近的長椅，然後整個人躺了下來。

高井田走過去向他打招呼。

「你的將棋下得真好。」

男人微微睜開眼睛，看著高井田說：

「如果想和我下棋，一盤一百圓。」

「請多指教。」

男人坐了起來，從放在旁邊的背包中拿出棋盤和棋子。

「你的程度如何？」

「年輕時升到初段。」

「那就除去飛車。」

高井田大吃一驚。下將棋時，較強的棋手為了讓較弱的棋手有機會獲勝，有時候會讓子，既然對方除去飛車這個棋子，就代表彼此的實力相差五段，男人有六段的實力。六段是可以成為全縣的代表選手、參加全國比賽的等級，難以想像遊民中有這樣的高手。

但是實際下棋後，他立刻知道男人的實力貨真價實。他只有在剛開始時稍有優勢，中間之後就勢均力敵，將近尾聲時被對方步步緊逼，最後幾乎一敗塗地，兩個人之間的實力差異絕對不止五段。

「要不要下感想棋？」

男人抬起頭。高井田鞠躬說：「拜託你。」

男人把棋子排好後，指出高井田的壞棋，並詳細說明該如何下棋。指導結束後，高井田交給他一百圓，他隨手放進口袋。

「你的棋藝太強了。」

男人聽了高井田的稱讚後回答說：「沒什麼大不了。」

「你這麼厲害，要是去參加比賽，應該會有不錯的成績。」

「即使去參加業餘賽，也沒錢可賺。」

「你怎麼會變成遊民？」

男人聽了高井田的問題，露出了自嘲的笑容。

「我以前在大阪是博戲師。」

「就是用將棋賭博對嗎？」

「博戲很有意思，下注越大越有趣。」

「有什麼樂趣？」

「一旦輸了，就只有死路一條時，就無法帶著平常心下棋。這種時候，就變成超越將棋技術的心理戰。雖然解讀對方的棋路很重要，但更重要的是讀懂對方的心理。」

高井田重新打量著眼前這個有點年紀的男人。雖然他乾瘦萎靡，但眼神格外銳利。

「結果我在一場很大的賭局中失手，向黑道借的錢還不出來，只能逃來這裡，就在不知不覺中變成了流浪漢。」

男人說完，呵呵一笑。

這時，高井田發現男人只用左手收拾棋子，然後想起剛才下棋時，男人的右手都無力地垂在那裡。

「你的右手受了傷嗎？」

「這個嗎？」男人看著自己的右手說，「關節壞了，手臂沒辦法彎起來。」

「是因為受傷嗎？」

「之前遇到獵殺遊民的人，結果骨頭斷了。」

「啊？」

「我之前一直住在相模河的河岸，獨自睡在沒有其他人的地方，結果遭到攻擊，於是就轉移陣地，來到大城市。」

男人說得一派輕鬆。

「經常會遇到有人獵殺遊民嗎？」

「經常遇到，不學好的小鬼越來越多了。」

「這樣啊。」

「但是在大城市也不能大意，」男人說，「上次有人躺在小巷子，肚子突然被人踹了一腳，結果肝臟破裂。經常會聽到這種事，只要沒有鬧出人命，新聞就不會報導，你也要小心。」

高井田重新認識到露宿街頭的危險性。雖然偶爾會在新聞中看到襲擊遊民的事件，現在回想起來，內容的確都是發生了死亡意外。也就是說，可以認為沒有導致死亡的傷害案數量比見報的多了數十倍。

「所以你遇到攻擊那一次，並沒有成為新聞嗎？」

「那一次新聞有報導，因為另外一個遊民朋友死了，對方有十個人左右，我只是受了傷，但下山──那個遊民姓下山，他的運氣比較差。」

男人懊惱地說。

「其實在那之前，我也曾經多次遭到攻擊。有時候被丟石頭，或是帳篷被破壞，我因為這樣去找警察好幾次，但警察說只是有人惡作劇，根本不當一回事。我們在無奈之下，只能自衛，沒想到那天的幾個小鬼帶著金屬球棒和鐵棍來攻擊我們。」

「有沒有抓到這些人？」

「抓到了，畢竟鬧出人命，警察只好出面。那些人都是高中生，更令人驚訝的是，罪名竟然是傷害致死和傷害而已。我認為是殺人和殺人未遂，但警方有不同的看法，只有主謀的高中生得去少年輔育院，其他人不是不起訴，就是緩起訴，無罪釋放。」

高井田聽了目瞪口呆。奪走一條人命，竟然只有這麼輕的處罰？但思考之後，就覺得並不意外。這個社會對少年犯罪很寬容，認為少年有教化更生的可能性，和成人犯罪相比，往往會得到寬大處理。更何況被害人是無依無靠的遊民，在社會上被認為是沒有價值的存在，相較之下，未來充滿希望的少年更重要，這種肉眼無法看見的衡量標準發揮了作用，但是高井田不禁懷疑，會集體攻擊年邁遊民的少年，真的有教化更生的可能嗎？

「警察只是覺得，雖然是狗，但也不希望看到狗被打死。」

男人說完後笑了，但他的眼睛沒有笑，反而可以從他的眼神中，看到他努力克制內心的痛楚。

「沒有人把我們遊民當人看待，」男人落寞地說，「我們也許是這個世界上最大的累贅。」

那天晚上，高井田在蒲田的網咖查詢男人提到的那起案子。襲擊遊民的案件比他想像中更多，他花了一番工夫調查，最後才找到相關內容。

襲擊案在六年前發生，住在神奈川縣厚木市的八名私立高中學生，在深夜襲擊了睡在相模川河岸的兩名遊民，導致其中一人死亡，一人身受重傷。死亡的遊民叫下山敏夫，受重傷的遊民叫大友孝光。

網路上有很多譴責的留言，大部分網友對那幾名少年殘忍的犯行和過輕的處罰感到憤怒，同時提供了各種消息，所有少年的姓名、住址和照片都在網路上公開。許多在社會上有威望的文化界人士和學者，都譴責網友的這種公布個資的行為「很卑劣」，但高井田對這種譴責產生疑問。

真正卑劣的，不是那些殺害遊民的少年嗎？在網路上公開真實姓名和照片的行為，或許乍看之下像是網路霸凌，但這是基於網友正當的憤怒。如果這個世界上有所謂的「正義」，那些網友的憤怒才是「正義」。

高井田也察覺到如今司法對罪犯越來越手下留情，隨著那些標榜人權的人積極活動，罪犯的人權持續擴大，卻同時無視被害者和遊民這些弱勢族群的人權。

高井田注意到網路上的其中一則消息。據說其中一名加害少年的父親是常日新聞的高層，「5ch」更有好幾則留言肯定了這個消息，只是無法確定真偽，無法成為決定性的證據。但是，「尻谷」這個罕見的姓氏，以及那名少年的推特簡介中提到「父親在報社工作」，讓高井田認為這個消息的可信度很高。

隔天，高井田再度前往河岸，尋找大友。

「大友先生。」

高井田叫了一聲，男人轉頭看過來。

「你怎麼知道我的名字？」

「我上網查了一下。」

大友露出一絲詫異，但隨即明白了。

「雖然我不太會用網路，但當時報紙報導過這件事。這是我這輩子第一次上報，八成也是最後一次。不，如果下次被殺，到時候也會上報。」

大友說完笑了。

「大友先生，」高井田對他說，「你想不想用其他方式上報？」

✦

「午安。」

高井田相隔兩週，又來到松下和夫的小屋，但沒有聽到回應。

他向小屋內張望，發現松下在小屋內睡覺，但這個時間睡覺有點太早了。

「松下先生。」

高井田叫了一聲，松下仍然沒有回答。他走進小屋，輕輕拍拍松下的肩膀，松下微微睜開眼睛。

「原來是你啊。」

「你怎麼了？怎麼這麼早就睡覺了？」

「身體很累——沒辦法起床。」

松下的臉色很差。

「有哪裡不舒服嗎？」

「全身都不舒服。」

「去看一下醫生。」

松下落寞一笑，搖了搖頭說：

「我沒錢。」

隔天，高井田就帶著松下去蒲田的網咖洗澡，去男性服裝量販店買了西裝和長褲，讓松下換上之後，帶他去了川崎市區的醫院。高井田把自己的健保卡交給松田，要求他自稱是高井田康。雖然冒用他人健保卡是犯罪，但他們根本不在意。

高井田在候診室等待，松下終於看完診走過來。

「醫生說什麼？」

「醫生說是癌症。」

松下淡淡地說。

「癌症？什麼癌？」

「聽說是肝癌，但是做了什麼掃描之後，發現已經轉移到很多地方。」

高井田說不出話，松下笑著對他說：「你打起精神，沒什麼大不了。」

那天，高井田帶著松下去了家庭餐廳，松下點了漢堡排套餐。

「好久沒有在這種地方吃飯了。」

松下開心地說。

「多久了？」

「嗯，在我女兒小時候，曾經帶她一起來。」

這是松下第一次提起自己的身世。

「這麼說，你曾經有過一個女兒。」

高井田說，松下突然陷入沉默。高井田覺得自己問了不該問的問題，沒再問下去。松下默默地低頭吃了片刻，突然嘀咕說：

「我女兒以前很喜歡吃漢堡排。」

松下的淚水在眼眶中打轉。高井田低頭吃著咖哩，假裝沒有看到。

那天晚上，松下在河岸的小屋中對高井田說：

「醫生說我最多只剩下半年的壽命。」

「——這樣啊。」

「其實我自己也猜到了。我這一陣子覺得非常疲累，以前從來沒有這樣過，所以我知道自己差不多了。」

高井田認為松下必須住院治療。

「喔喔，高井田先生，你是不是打算讓我住院？」

松下看著高井田驚訝的樣子，笑著說：

「這是白費力氣，即使去住院，我的病也治不好。這個身體我已經用了六十年，我比醫生更清楚自己的身體狀況。」

「但是，松下先生——」

高井田還沒說完，松下就用強烈的語氣打斷他：

「這件事就到此為止了，我告訴你還剩下半年的生命，並不是想住院，而是希望你做好心理準備。如果我突然離開，你不是會很難過嗎？」

松下說到這裡，露出了微笑。

「松下先生——」

「不要再說感傷的話，我們要笑著過日子。」

「好。」高井田回答。

「對了，高井田先生，」松下突然嚴肅地問，「你最近好像在忙一些事，如果不介意，可不可以告訴我？如果是秘密，我就不會勉強你告訴我。」

「你已經知道了？」

「不，我什麼都不知道。」松下笑著搖了搖手，「只知道你找了好幾個遊民，好像打算做什麼。」

「這樣啊。」

「我之前就覺得，你不可能就這樣一輩子當遊民，你和其他人不一樣，我猜你打算重整旗鼓。」

高井田覺得即使告訴松下也沒有關係。他遲疑了一下，決定說出自己的計畫。

在高井田說明時，松下完全沒有插嘴。松下聽完之後，仍然低頭沉默不語片刻，最後小聲地說：

「那就用我的身體。」

「啊？」高井田反問。

「我是說，用我的身體。」

「什麼意思？」

「你這個計畫的弱點，就是別人會覺得不真實。」

松下一針見血，高井田發出低吟。沒錯，這的確是這個計畫最大的弱點。通常為了贖款進行綁架，家屬很快就會發現家人被綁架，這是綁架案成立的最佳證明，但是即使綁架了和報社、電視台毫無關係的遊民，要讓大家相信這是真實綁架案的可能性也很低，這也是高井田最煩惱的問題。

「當企業不願意支付贖款，就真的殺害人質，讓他們看到屍體。如此一來，無論企業還是社會大眾，都會知道真的發生了綁架案。」

「你該不會是想……」

松下默默點了點頭。他看起來不像是開玩笑。

「你的計畫很有趣，光是能夠撕下報社和電視台偽善的假面具，就讓人感到痛快。如果我的身體能夠發揮一點作用，那就正如我願。」

「我不能這麼做。」

「必須這麼做！」

松下瞪著高井田，用嚴厲的語氣說。他的臉上完全沒有「松下菩薩」的影子。

「高田先生，你聽我說，我至今為止的人生過得渾渾噩噩，以前為了家人而活，但如今已經沒有家人了。我的人生只剩下半年，如果就這樣結束生命，未免太可悲了，至少讓我在死的時候能夠發揮一點作用。」

高井田不知道該說什麼。

「我並不是要求你殺了我，我想在半年之後，癌細胞已經擴散到全身，不僅已經無法動彈，可能會因為疼痛和折磨很想死，所以，到時候讓我吃藥安樂死。」

松下說完，用力握住高井田的手。

「高井田先生，請你答應我最後的要求！」

「松下先生——」

高井田知道自己的淚水奪眶而出。

三天之後，高井田請影山貞夫、石垣勝男、大友孝光和松下和夫一起來到多摩川河岸。

確認周圍完全沒有人之後，高井田向其他人說明了即將執行的「綁架」計畫和作戰概要。那是在高井田構思的基礎上，影山、石垣和大友補充意見後決定的方案。

石垣提出可以使用網路，在網站上進行的主意。石垣說，只要經由幾個國外的伺服器，就無法輕易查到IP位址，而且無法馬上封鎖網站。石垣的這個提議奠定了「劇場型」的架構。

大友的意見最令其他人驚訝。他說這個計畫「將成為心理戰」，只要巧妙操作輿論，在心理上誘導報社和電視台，就可以獲得成功。大友年輕時曾經為了成為職業將棋棋士刻苦鑽研，再加上之後曾經當過博戲師，一度靠麻將過日子。高井田認為他提出的方案很像是將棋中的「解讀」和麻將中的「策略」。

沒有人提出異議，相反地，大家都情緒高漲。反正即使失敗，他們也不會失去任何東西，但高井田在最後說明松下的決心時，所有人都說不出話。

「你們不必擔心我。」松下心情愉快地說，「我活不久了，反正快死了，如果能夠對你們有一點幫助，我反而很高興，我唯一擔心的就是不知道能不能活到計畫執行的那一天。」

「松下先生——」

影山叫了一聲，但無法繼續。

「影山先生，還有大家，你們都不用再說什麼了，」松下說，「這麼多年來，我都像行屍走肉，但現在不一樣了，我感受到生命的意義。我並不是打腫臉充胖子，這是肺腑之言。」

石垣哭著鞠躬說：「對不起。」所有人都紛紛向松下道謝，然後和他握手。松下默默點了好幾次頭。

高井田向所有人傳達了事先必須完成的準備工作。

首先要在多處留下自己被他人綁架的證據。因為案件一旦曝光，警方和媒體都會追查成為人質的遊民足跡，如果到時候打聽到多個關於綁架的傳聞和目擊證詞，就可以增加可信度。於是他們決定所有人都分頭生活，對其他遊民說「有人找我去做可以賺大錢的工作」。

同時，他們還策劃了聯手綁架遊民未遂計畫，就是在晚上襲擊正在睡覺的遊民，用布袋套住他們的頭，假裝打算把他們帶走。遊民一旦掙扎，就丟下對方逃走。高井田猜想如果是一般民眾，警方一定會展開調查，但即使遊民衝進警局去報警，警方也不會有所行動。警察一定認為是遊民之間的糾紛而不予理會，但如果都內和川崎等多處發生這種情況，警方和媒體就會認為綁匪的確使用了這種方式綁架遊民。

高井田租用了東京都內一棟住商大樓內的房間作為「監禁場所」，那棟大樓內有好幾家做非法生意的公司行號和地下色情按摩店，還有好幾個黑道分子入住，也有賣非法DVD的地方。大廳雖然裝了舊式監視器，但經常有住戶以外的男人出入，根本是萬中選一的大樓。

高井田指定了離開目前居住的地方，前往「監禁場所」的日子。所有人並不需要在同一天前往，重要的是，必須在那一天突然消失，生活用品全留在原地，簡直就像煙一樣消失不見。沒錯，就像是被人綁架。

高井田向所有人發出指示後就解散了。

✦

松下和夫離開醫院後，全身極度疲憊，便在蒲田車站附近公園的長椅上坐了下來。

松下借用了高井田的健保卡，每週一次去醫院接受化療。每次去醫院之前，都會先去附近車站的廁所換衣服，離開醫院後，又再去廁所換回遊民的髒衣服，以免在醫院引人注意。

醫生建議他住院，但他拒絕了。即使住院，也無法救他一命。醫生說，照目前的情況，撐不過三個月，但他覺得只要有三個月就足夠了。雖然每次接受化療，全身都很疲憊，但為了讓高井田的計畫成功，他告訴自己必須咬牙活下去。

眼前有一名年幼的女童正在和母親一起玩耍，女童的年紀可能剛上或將要上小學。

他突然想起二十年前死去的女兒美佳子。他對美佳子疼愛不已，簡直就是含在嘴裡怕化了，捧在手上怕摔了。松下當時在東京都的一家證券公司當業務員，工作雖然不輕鬆，但想到是為家人努力工作，就絲毫不以為苦，每天都深刻體會到，原來這就是幸福。

那時候，我是為女兒和太太而活。如今失去了一切，才充分體會到為別人而活是多麼幸福的生活方式。

某個星期天中午過後，美佳子說要去住在同一個社區的彩莉家玩，獨自出了家門。原本太太要和她一起去，但剛好太太的朋友打電話來，女兒央求著「我想馬上去」，於是太太就說：「那妳自己先去」，讓女兒帶著剛烤好的餅乾作為伴手禮先出門了。美佳子用開朗的聲音大聲說：「媽媽，妳要快點來。」然後就出門了。這是美佳子生前的最後一眼。

松下感到胸口發悶。並不是因為癌症的關係，每次想到美佳子，都會有這種感覺，即使過了二十年，仍然沒有改善。他至今仍然清楚記得太太又帶了一些餅乾去彩莉家後，臉色發白地回到家的情景。

「美佳子沒有去彩莉家——」

那時候，松下還沒有意識到事態的嚴重性，以為美佳子可能在社區的公園或是哪裡玩。他立刻和妻子一起在社區內尋找，彩莉的父母也一起找人。附近的鄰居聽說之後，一起加入尋找的行列，但完全不見女兒的身影。

一個星期後，才終於找到美佳子。她已經死了，躺在距離社區一公里左右的廢棄屋內。有中學生想去那棟廢棄屋內偷偷抽菸，結果發現了屍體。美佳子全身赤裸，聽刑警說，有遭到性侵的痕跡。

松下無法接受現實，覺得不可能發生這種事，全都是謊言，這一定是惡夢，這種事不可能發生在自己身上，不可能發生在美佳子身上，但在不久之後，終於意識到這是現實後，覺得自己的身體沉入了無底的泥沼。

松下責怪太太：「為什麼不掛斷電話和美佳子一起去？」太太痛哭失聲，一整天都在哭泣，晚上好不容易睡著了，又突然發出尖叫。

凶手沒有抓到。警察調查了住在附近的幾個變態，找到了幾個看起來像嫌犯的人，但那幾個人當天都有不在場證明，案情陷入膠著。松下在一年後，和太太離了婚。關於美佳子的事，他無法原諒太太。

離婚一年之後，他得知了太太自殺的消息。當他知道時，覺得是自己殺了太太。太太應該比任何人更加自責，自己非但無法理解她的痛苦，反而在她的傷口上撒鹽。松下覺得自己內心分崩離析，隔天起不再去上班。

美佳子走出家門時，松下在看電視上的賽馬實況轉播。因為他買了馬票。如果沒有買馬票，應該會陪美佳子一起去，如果當時那麼做，現在可能仍然和太太、美佳子一起生活。美佳子應該已經進入職場，不知道會不會交了男朋友，不知道她會帶什麼樣的男朋友回家——

他痛恨奪走了這一切的凶手，凶手還在這個世界上的某個角落，此時此刻，就在這個瞬間，也許凶手仍然逍遙法外。

松下從胸前口袋拿出一張破爛的紙。那是他在二十年前買的馬票，就是美佳子失蹤那天的馬票，而且是大爆冷門、賠率超過一百倍的萬馬券。那天之後，他一直把這張馬票帶在身上。他當然沒有拿去換錢，他總覺得一旦去換了錢，就永遠找不到殺害美佳子的凶手。他知道這種想法很迷信，完全沒有任何根據，但如果失去了精神依靠，他就無法活下去。

難道在我死之前，都無法知道誰是凶手嗎？自己的人生很空虛，真的不知道到底是為什麼而活，沒想到最後的最後，遇到了有趣的事。那就是高井田，他的計畫太令人愉快了，他要挑戰這個世界上的「偽善」，如果自己的死亡能夠對他的計畫有幫助，那就太好了。

「這張紙是什麼？」這時，有一個人問他。

有一個頭髮凌亂，一身髒衣服的男人不知道什麼時候坐在他身旁。松下看過這個人，一個星期前開始，經常在這附近出沒。八成是遊民，但松下不知道他的名字。

「你是問這個嗎？」松下回答，「算是我的護身符。」

「哼哼。」男人用鼻子冷笑。

「這種護身符有效嗎？」

松下沒有回答。

「我告訴你，這個世界上沒有神，也沒有菩薩，即使求神拜佛，神佛也不會來救你。」

松下點點頭。這句話沒錯。松下當時拚命祈禱，只希望美佳子能夠平安歸來，但是，神明沒有聽到他的祈禱。得知美佳子遇害後，他又祈禱凶手能夠落網，但這個心願也沒有實現。

「但是，神明也很公平，」男人說，「即使幹盡壞事，也不會遭到懲罰。」

「但如果做壞事，良心會不安。」

長髮男人不屑地笑了。

「我完全不會，我做了很多壞事，良心完全沒有不安，神明也睜一隻眼，閉一隻眼。」

松下看著男人的臉，他一頭長髮，滿臉鬍子，看不清他的五官，但長相的確很醜惡。

「我可不這麼認為。」松下說，「做壞事的人一定會受到報應。」

松下也是對自己說這句話。自己目前深受癌症的折磨，就是因為二十年前傷害了太太——

「你真是太傻太天真了。」

男人說完後哈哈大笑，松下看到他缺了好幾顆牙齒。

「我以前曾經殺過人，差不多就是那個年紀的女孩。」

男人指著在遠處沙坑玩耍的女童。

「差不多是二十年前的事了，但我到今天還沒有被抓。」

松下發現自己心跳加速。

「你不要隨便亂說話。」

「我可沒有亂說話。」

「那是在哪裡？」

「我記得是橫濱，那是我剛出獄的兩天後，剛好經過一棟公寓時，遇見了那個女孩。」

松下感到心臟很不舒服，忍不住用右手按著胸口。

「那個女孩手上拿著香噴噴的餅乾，我說感覺她的餅乾很好吃，她就說可以送我一塊。我對她說，要帶她去看可愛的小貓作為感謝，她就跟我走了。」

「你在胡說八道。」

「我才沒有胡說八道。」

松下閉上了眼睛。他想起美佳子那天出門的身影。

「那你倒是說說，那個女孩穿了什麼衣服？」

「誰會記得她的衣服？」那個遊民大笑，「但我記得她的內褲，上面有鬱金香的標誌。」

松下差一點叫出聲音，但拚命忍住了。那朵鬱金香是太太特地為美佳子印上去的。

「怎麼了？你聽了不舒服嗎？」

男人繼續笑著，似乎覺得很有趣。

「這種事聽了的確會不舒服，那我就不說了。」

男人嘿嘿笑著，從長椅上站起來。

松下看著他的背影，握緊手上的萬馬券，然後在內心低喃。

神啊，太感謝了——

五月二十四日

「相信各位已經知道，今天早上八點，綁架網站又發表了新的聲明。」

警視廳搜查一課的管理官甲賀說，京橋分局搜查總部的所有人都點點頭。二階堂把列印的資料發給大家。

「我們看了JHK播出的內容。

不得不說，實在太令人遺憾了。

我們真的不想奪走人質的生命，三億圓就可以救一條生命。

JHK的資產聽說有三千億，而且一萬名職員的平均年收入是一千四百萬圓，只要向每個員工收三萬圓，就可以拯救一條生命。

敬請JHK的各位再次認真思考。

期限是今天晚上十二點。」

「各位怎麼看這份聲明？」

京橋分局刑事課長大久保問。

「這是至今為止最長的文章，綁匪是不是被逼入絕境，在做垂死掙扎？」

來自警視廳的本田說。

「也可能只是讓人以為他們被逼入了絕境。」

京橋分局二階堂股長說，來自警視廳的幾名刑警聽了之後，露出一絲不悅。二階堂繼續說道：

「綁匪已經殺害了一名人質，殺第二個人質的門檻會比較低。」

「所以說，只要JHK沒有表明願意支付贖款，就會有第二名犧牲者。」

二階堂手下的安藤點著頭說。

「逮捕綁匪固然重要，」大久保說，「但避免新的犧牲者出現更重要，無論如何都必須阻止這件事。」

所有偵查員聽了大久保的話，神色都十分嚴肅。

「綁匪很可能就在首都圈內，之前說過，包括綁匪和人質在內，總共有十個人左右，需要很大的空間，套房和兩房一廳的房子不可能容納那麼多人，連睡覺都有問題。要求東京都內各分局派偵查員支援，進一步強化查訪工作。」

「不要求JHK拖延時間嗎？」

來自警視廳的另一名刑警問。

「我們已經提出這樣的要求，JHK方面說，目前並沒有這樣的打算，但我們會繼續提出要求，只要稍微拖延一點時間，就對我們更有利，可以延長人質的生命。」

✦

「今天也要在節目中談論這個話題嗎？」

『兩點的房間』上午的企劃會議中，編劇統籌野口問吹石。

「怎麼可能不談論？目前沒有任何事比這個案子更熱門，而且綁匪又發表了新的聲明。」

「要從哪一個角度切入？」

「這就是最難的地方。你們也知道，綁匪也向我們勒贖，所以高層指示，不要太刺激綁匪。」

「但是譴責綁匪是理所當然的事，否則無法激發觀眾的共鳴。」

編劇井場說。

「是啊，綁匪已經殺了一名人質，而且其他電視台都徹底譴責綁匪。」

另一名編劇大林說。

「不，雖然有很多觀眾譴責綁匪，但譴責JHK的人也不少。」

總監真鍋插嘴說。

「真的嗎？」吹石問。

野口回答說：

「社群網站上批評JHK的意見增加了不少。簡單地說，就是民眾認為既然JHK有三千億的保留盈餘，付一點贖款並沒多大影響。我認為大部分人並非基於人道的觀點，而是原本就對JHK感到不滿，才會發表這種留言。」

「不，我認為有不少人真心認為該付贖款。」真鍋說，「聽說常日新聞有不少訂戶退訂了。」

「推特上也有不少人揚言要拒付JHK的收視費。」

吹石嘆了一口氣。

「吹石先生，你在擔心什麼？」

真鍋問。

「當然是『三十六小時電視』啊。」

所有人都恍然大悟。野口喃喃：「對喔——」

「雖然三個月後才播出，但下個月就會開始打廣告。各位也知道，那是我們公司最重要的節目。」

所有人都沉默不語。『三十六小時電視』是大和電視台最大型的招牌節目，也是已經有超過二十年歷史的當紅節目，會邀請所有知名藝人上節目，收視率碾壓其他電視台。節目的基本概念是公益，節目的口號是「愛可以改變世界」，但有人批評這個節目是假借公益之名的「偽善節目」。這種批評並非沒有道理，因為大和電視台在播放這個節目的一天半時間內，可以輕鬆賺取超過三十億的廣告費，對大和電視台來說，那一天無疑是一年之中最重要的日子。

「你擔心如果綁架網站指名勒索我們電視台，『三十六小時電視』可能會受到抨擊嗎？」

真鍋問。吹石點了點頭。

「『愛可以改變世界』的口號的確可能成為抨擊的焦點。」井場說，「可能有人會說，在改變世界之前，先去救遊民——」

「在節目中，要用什麼態度討論這個話題呢？」

野口再次問吹石。

「就好像新聞節目一樣淡淡地陳述事實，主持人和來賓都絕對不能說人質很可憐之類的話。」

「瞭解。」

「JHK仍然拒絕支付贖款。」

石垣嚴肅地說。

「這也是意料之中，JHK不是民間企業，會長只是裝飾品，理事沒有任何權限，當然不可能答應支付贖款。」

影山冷淡地說。石垣聽了之後，輕聲笑了笑：「但會長還煞有介事地在電視上說明不付贖款的理由。」

「一切都在大友的意料之中。」

高井田說。其他三個人都點著頭。

「那就動手吧。」

高井田說。影山、石垣和大友都浮現了緊張的神色。之前松下的死，是他根據自己的意志自殺，但這次必須動手殺人。殺人的確無法保持平靜。

「我來殺原口，你們不需要動手。」

高井田說，最年輕的石垣明顯地鬆了一口氣。

高井田走進開放式廚房兼餐廳旁邊的房間，其他三個人跟在他身後。

那個房間的窗戶上貼了隔音板，室內漆黑一片，而且四周的牆壁、天花板、地板——除了天花板的電燈和牆上的開關部分以外——全都貼了隔音泡棉。高井田打開燈，看到一個男人被綁住雙手雙腳倒在地上。

✦

高井田從松下口中得知這件事時，就決定要為了松下「處死」那個男人，同時決定在「綁架案」計畫中利用那個男人的死。他把自己的想法告訴松下，松下點頭說好。

高井田決定在執行「綁架案」計畫之前綁架那個男人，為此就必須監視那個男人。因為有些遊民會突然不知去向，於是就派影山去監視。影山假裝偶然接近那個男人，和他混熟了。那個男人之所以願意和影山親近，是因為他們認識的第一天，影山就很大方地請客。男人似乎認為只要和影山混在一起，就可以不愁吃喝，於是就跟著影山。影山就在那個男人旁邊搭起帳篷，暫時住在那裡。

這段期間，高井田和其他人著手進行計畫的準備工作。他為廂型車準備了幾個假車牌，也買齊了其他必需用品。他買了好幾台電腦和王八機，還準備服裝。之前是計程車司機的影山很清楚N系統設置的地點，他們確認了沒有設置N系統的道路，徹底調查過沿途監視器的位置。

石垣架設好宣告犯案的網站，經由多個伺服器後，最後架設在C國的伺服器上。石垣說，如此一來，比較不容易查到，而且即便真的查到，要求網路平台提供使用者資料或是關閉網站，都會需要耗費很長時間。石垣還同時在其他國家的伺服器上架設好幾個備用網站，以便在網站被關閉後能夠馬上復活。相關費用都使用高井田的信用卡支付，但即使警方查到，他已經打算說是綁匪盜用了他的信用卡。

時序進入五月，高井田等人綁架了殺害松下女兒的男人。

那一天，影山說「有一個好康的工作」，把男人帶了出來。影山在之前就暗示他，自己做非法工作賺了不少錢，也實際在那個男人面前拿出鈔票。男人好幾次都拜託他，希望可以加入，但影山一直顧左右而言他。所以當影山那天說要為男人介紹這個賺大錢的機會，男人不疑有他，喜孜孜地跟著影山走。

影山在路上走進一家便利商店，要求男人去廁所換上事先準備好的衣服，就把他帶到他們躲藏的住商大樓。男人一走進門，高井田等人就撲上去，轉眼之間就把他五花大綁，讓他完全無法動彈，然後把他關進了開放式廚房兼餐廳旁的房間，那裡已經事先在窗戶、牆壁和地板都用隔音材料做好隔音措施。

高井田和其他人當著松下的面，訊問男人：

「我們有事要問你，就是關於你在二十年前殺害的女孩，你要老實交代所有知道的事。」

「你們是誰？」男人說，「我認識很厲害的黑道大哥，如果你們不馬上放了我，我會要你們好看。」

「我並沒有問你這些事，你只要回答我的問題就好。」

——一個小時後，男人交代了他記憶所及的殺害松下女兒那一天所有的行動，那時候，他的手指都被折斷，陰莖也被割下。無論男人再怎麼慘叫，隔音室的聲音都不會傳出去。

男人說明松下女兒當天的樣子、公寓的位置關係、犯案地點和棄屍地點——這些都是只有凶手才會知道的事。男人說他名叫原口清，有殺害女童的前科，被判了十五年有期徒刑。石垣上網確認了這件事。

原口在九州熊本監獄服刑十三年，獲得假釋的兩天後，就殺了松下的女兒。警察之所以沒有查到原口，是因為他遠從熊本來到橫濱犯案後，當天又回了熊本，而且警方也沒有想到他在出獄的兩天後，就在橫濱殺人。高井田和其他人確認了在眼前無法動彈，只能扭動身體的男人的確確就是變態殺人凶手。

原口滿臉眼淚和鼻涕，哀求著說：「我錯了，饒我一命。」

「不行。」高井田回答。

「求求你們，你們把我交給警察，我會老實交代，讓我接受司法審判。」

「你不需要審判。」

「你們要我做什麼都行，我會改邪歸正。」

「來不及了。」

原口大喊大叫，大友用金屬球棒抵住他的喉嚨，他用力咳嗽起來。當他咳完之後，高井田警告他：

「你再敢大叫，就會打爛你的喉嚨。」

原口可能無法發出聲音，用力點著頭。

「你給我聽清楚，」高井田說，「我們不會馬上殺你，我們會讓你有充分的時間反省自己的所作所為，讓你充分後悔。」

在綁架原口的一個星期後，高井田等人經由多個境外的伺服器，發布了網站。已經沒有退路了。

高井田在公布人質的姓名時，讓原口用了假名。一旦公布原口清的名字，警方和媒體會公布他的犯罪前科，也許民眾就會認為「既然是殺人犯，那麼被綁匪殺害，也是無可奈何的事」。這是最令人擔心的狀況，為了避免別人從他的長相得知他的身分，於是剃掉了他的眉毛，把他的眼睛往上拉，再用膠帶貼在眼尾，然後再用遮瑕膏掩飾。由於要拍攝照片和影片，所以完全沒有毆打到他的臉。在為原口徹底變臉，讓他在當遊民時認得他的人也完全無法認出他後，才讓他出現在鏡頭前。

原本打算讓原口成為第一個被殺的人質，但在動手之前，松下提出「讓我成為第一個」。松下那時候已經幾乎站不起來了。

「雖然只有萬分之一的可能，但如果殺了原口，可能會從他的DNA查出他的真實身分。」

松下發出痛苦的聲音說。雖然不知道警方是否有原口的DNA資料，但如果保存了他的毛髮等證據，就會查出他的身分。

「而且，」松下喘著氣說，「我撐不了多久，沒有自信還能夠撐一個星期。我太痛苦了，想早一點解脫。」

高井田和其他人接受了松下的要求。

松下說，他要自己服藥。石垣和大友抱著他坐起來，松下對其他人說道：「我是自殺。」然後用顫抖的手把大量藥劑一點一點放進嘴裡，高井田餵他喝了水。

松下花了超過二十分鐘，終於吃完藥，心滿意足地點點頭。當他再度躺下後，用虛弱的聲音說：

「接下來的事，就拜託你們了。」

「沒問題，」高井田回答，「你不必擔心之後的事，我會讓原口那個人渣充分體會恐懼之後再要他的命。」

松下的嘴角浮現笑容，接著，他用很慢的速度斷斷續續地說：

「這二十年來，我活得很痛苦、痛不欲生，但在最後的最後，總算有了回報。我很幸福，謝謝、你們。請你們、不要自責，拜託你們。」

說完，他閉上眼睛。

「請你們、加油。」

這就是松下死前說的最後一句話。四個大男人都忍不住放聲大哭。

那天晚上，他們按照松下的遺言，在浴室把他分屍了。

「屍體就是屍體，已經沒有生命了，不必在意。」

但是除了腦袋以外，他們不想丟棄松下屍體的其他部分，於是就把頭部以外的其他部位都放進事先準備的大型冷凍庫內保存。

四個人用接力的方式運送松下的頭。他們準備了好幾個袋子，在監視器的死角位置，或是擠滿人的電車內交接。一旦交給下一人後，就馬上換衣服，然後去下一個地方接手。他們戴了口罩和帽子遮住臉部，避免被監視器拍到。

殺害人質後，激起了輿論對「綁架網站」的強烈憎惡，但也有不少人冷眼看待不願支付贖款的常日新聞。一切都在高井田他們的意料之中。

他們原本就不打算向常日新聞領取贖款。常日新聞不願支付贖款，導致人質被殺，輿論開始譴責常日新聞，才是他們真正的目的。果然不出所料，常日新聞的訂戶開始退訂，根據網路上的消息，退訂的訂戶數已經超過百分之一。但是，他們真正的目標是東光新聞，東光新聞看到常日新聞退訂的數字後，又會如何接招？東光新聞的訂戶數是常日新聞的兩倍以上，如果退訂率相同，損失的金額必然會超過常日新聞的兩倍。

同樣地，對JHK的勒索也只是虛晃一招，他們真正的目標是大和電視台。如果因為JHK拒絕支付贖款，導致許多觀眾拒付收視費，大和電視台的高層會怎麼想？

大和電視台最紅的節目是『三十六小時電視』，光是那一天，贊助廠商的廣告費就超過三十億。如果大和電視台拒絕支付贖款，導致人質在『三十六小時電視』播出之前被殺，節目不可能不受到影響。觀眾會猛烈抨擊電視台的偽善，也可能有廠商取消廣告，甚至可能有藝人不上節目。

只不過他們無法預料東光新聞與大和電視台會如何回應，無論模擬再多次，都不會有絕對的結果，他們只能為了提升成功的機率而行動。

至今為止，一切都按照計畫進行。自從在推特上宣布行動計畫之後，立刻有人上鉤，在推特上大肆宣傳綁架網站。那個自稱是「柯南．福爾摩斯」的人成為最初發現「綁架網站」的人而小有名氣，之後得意忘形，發了很多推文。雖然這個人的出現在意料之外，但高井田決定利用他作為宣傳工具。他按照柯南．福爾摩斯推文的內容更新「綁架網站」的內容，讓柯南．福爾摩斯更出名。柯南．福爾摩斯果然一下子爆紅，「綁架網站」因此打響了知名度。

電視台的報導發揮了推波助瀾的作用。如果是全國聯播的節目，即使收視率只有百分之一，也有將近一百萬人收看。『兩點的房間』是平均收視率將近百分之十的當紅節目，也就是說，每次播出，就有將近一千萬人知曉這起綁架案。高井田切身體會到電視的威力有多麼可怕，當初就是因為電視一次一次播放他說「可不可以讓我稍微睡一下」的影像，讓他的餐廳一下子倒閉。

這次他反向利用電視的威力，他分文不花，就透過網路讓更多民眾知道了「綁架網站」的存在。這次的犯罪必須把全國民眾都捲入才有辦法成立，必須煽動民眾的情緒，才能夠把被稱為是社會公器的報社和電視台逼入絕境。

高井田完全不認為輿論會支持自己，他知道不管再怎麼狡辯，都不可能有人支持冷酷殺害人質的綁匪，但是他認為只要有百分之十，不，只要有百分之五的人發現報社和電視台的偽善，譴責他們，他的計畫就能夠成功。

✦

他們把原口的身體裝進睡袋，只讓他的腦袋露出來。睡袋用塑膠布緊緊包起來，但就算隔著睡袋和塑膠布，仍然可以聞到他的屎尿味。高井田他們割掉原口的陰莖後，為了避免他出血過多死亡，把傷口縫合，作為應急處置，只不過無法完全止住血，但他們根本不在意。

高井田蹲在地上叫著男人：

「原口。」

男人睜開眼睛看著高井田。

「我們現在要處決你。」

男人因恐懼而瞪大雙眼。

「我相信你知道原因。」

男人拚命搖頭，被毛巾綁住的嘴裡發出模糊的聲音，不知道他在說什麼。

高井田拿下綁在原口臉上的毛巾，也把塞在他嘴裡的襪子拿出來。

「求求你們，救救我，請你們送我去醫院，我下面好痛。」

原口哀求著。

「我可以饒你一命。」

影山和其他人聽到高井田這麼說都大吃一驚，原口臉上露出一絲喜悅。

「但是，有一個條件，」高井田說，「你必須在獲釋後去向警方自首。只要你答應，就可以放了你。」

「喂喂喂！」影山高聲叫了起來，大友制止了他。

「我會去自首，我向你們保證。」

「你在三十三年前，因為殺害女童，被判處十五年有期徒刑，二十年前獲得假釋，又立刻殺了松下先生的女兒，但就只有這樣而已嗎？」

原口看著高井田的臉。

「我不認為你只犯了這兩起案子，我希望你向警方交代所有的犯罪行為，有些可能已經過了追訴期，但希望你全都告訴警察，如果你可以保證，我就放了你。」

「我沒有犯其他案子。」

「這樣啊。」高井田說完，用事先準備好的繩子繞在原口的脖子上。「我已經知道你這個人不值得相信，那麼馬上動手處決你。」

「等一下。」原口大叫，高井田不理會他，繼續用繩子繞在他脖子上，然後雙手一拉。

「等一下，我說，我說！」

高井田不理會他，繼續用力拉繩子，原口用嘶啞的聲音說：「我還犯了其他案子。」高井田抓著繩子的雙手才終於不再用力。

原口對著高井田遞到他面前的錄音筆，坦承在犯下第一起記錄在案的女童命案前，在他十七歲的時候，就曾經在足立區殺害另一名女童，當時警方完全沒有懷疑到他身上，他成功地逍遙法外。

石垣在其他房間上網搜尋，確認的確曾經發生過這樣的案件。

「高井田先生，我終於知道你為什麼說要救他一命了。」

石垣關上電腦時說。影山和大友也都點著頭。

「你一開始就沒打算放過原口，只是為了激勵自己動手處死那個人渣。」

「這也是原因之一，」高井田說，「我確信他一定還犯過其他案子。雖然之前就決定要殺了他為松下先生報仇，但也想為其他被害人家屬報仇，家屬找到和沒找到兇手，對他們來說意義完全不一樣。」

三個人都點著頭。

「並不是只有松下先生被原口這個傢伙害慘了，他至今為止的人生，不知道害過多少人。」

影山聽了大友的話，向高井田提出：「我幫你一起處死他。」

「不，不用了，這是我想出來的計畫，雖然原本的計畫中並沒有要處死原口這個部分，但我答應松下先生，會為他報仇。你們不要做殺人這種事，一旦殺了人，一輩子都會承擔沉重的包袱，我來承受就夠了。」

那天晚上，高井田用繩子勒死了哭著求饒的原口。

五月二十五日

黎明時分的五點左右，新宿車站附近的派出所接到民眾報警，說鐵路橋下有一顆人頭。人頭裝在黑色塑膠袋內，被住在那附近的遊民發現。京橋分局立刻接獲消息，二階堂和安藤一起前往新宿。

將近九點，在上午的偵查會議即將開始前，他們回到了京橋分局。

「被害人的臉孔很像綁架網站上的人質之一田中修，再加上綁架網站曾經預告要殺害人質，以及和遺棄松下和夫屍體的方法相似，因此目前認為很可能是田中修。」

參加偵查會議的刑警聽了報告之後都大吃一驚。之前一直認為，田中修是整起案件的關鍵人物，甚至有人認為田中可能是主謀之一。

「正式的驗屍報告尚未出爐，但聽鑑識人員說，死因應該是絞殺，死亡超過八個小時。人頭裝在黑色塑膠袋內，遊民是在黎明五點左右發現。目前正在調查周圍的監視器，但現場剛好位在死角的位置。」

「綁匪顯然很清楚監視器的位置。」

「另外，被害人的眉毛有剃過的痕跡。如果被害人真的是田中修，就證實了山下之前的推理。」

二階堂說完後，安藤又補充說明：

「田中修的嘴唇比綁匪公開的影片中更薄，在拍攝影片時，很可能用什麼方法讓被害人的嘴唇腫起來，而且被害人的臉看起來比影片中瘦了些。」

「也就是說，他本人的嘴唇比影片中更薄，也有眉毛，而且更瘦嗎？」

管理官甲賀似乎瞭解了狀況，安藤繼續說：

「從剃眉毛的痕跡來看，他原本應該算是濃眉，而且我個人認為，被害人的眼睛雖然閉了起來，但並不是像影片中那樣的鳳眼，眼尾反而有點下垂。」

「原來眼睛也動了手腳，」甲賀點點頭，「難怪公布照片後，並沒有收到任何有用的情資。」

「通常人質沒有理由自己變裝，應該是綁匪替他變裝，問題在於有什麼目的？」

刑事課長大久保問眾人。

「綁匪可能擔心被害人的身分被人發現，如果直接上鏡頭，認識被害人的人就會認出來，警方和媒體就會查出身分，綁匪試圖阻止這件事——」

二階堂說出自己的想法。

「如果是這樣，就代表綁匪事先知道被害人的身分，那就代表可能不是隨機綁架。」

大久保摸著下巴說：

「所以被害人很可能並不是遊民。」

玉岡激動地說道：

「包括這個可能性在內，馬上確認被害人的身分。田中修應該是假名，拍下被害人睜開眼睛的照片，然後以此為根據，修正從影片中截取的照片，再重新公布，請民眾提供目擊消息。同時要多加一點頭髮，看起來像遊民一頭亂髮的樣子，山下，有辦法完成嗎？」

「沒問題。」山下語氣堅定地回答。

「也許這件事可以成為突破口。」

甲賀抱著雙臂說，大久保聽了之後，看著所有人說：

「從被害人遇害的時間來看，綁匪在東京都內的可能性相當高。之前也曾經說過，綁匪集團應該有多名成員，包括人質在內，總共有十個人左右一起生活，需要相當大的居住空間，可以排除套房和兩房一廳的小房子。從這個角度來看，獨棟住宅最有可能，當然也不能完全排除公寓的可能性。無論如何，那個地點都應該有很多人經常出入，很可能已經引起了左鄰右舍的疑心，在查訪時要特別注意這件事。」

✦

那天早上，「綁架網站」發表了犯罪聲明。

「雖非所願，但我們奪走了第二名人質的生命。

我們不想再殺人質了。

但是，我們不會再向常日新聞和JHK要求贖款，人質因他們拒付贖款而喪生，現在拿到贖款也沒有用，失去的生命無法復活。」

在「綁架網站」發表這則聲明的上午八點，各家電視台都以「獨家新聞」的方式報導了這件事。許多評論員都在上午的談話性節目中表達了對綁匪的憤怒，他們親手殺害人質，卻完全沒有罪惡感，把責任歸咎於常日新聞和JHK的態度，遭到所有人的痛批。網友也幾乎都譴責綁匪，但也有不少留言似乎對這起事件樂在其中。

「最擔心的狀況還是發生了。」

這一天，JHK的緊急理事會上，副會長篠田正輝一開口就這麼說。

「雖然人質失去了寶貴的生命，但JHK並沒有責任。JHK當然不會公開表達這樣的見解，但我要告訴各位，我們沒必要對此產生罪惡感。」

多位理事點著頭，會長高村篤開了口。

「不需要特別說明也知道，綁匪必須負起所有的責任和罪責，JHK是單方面的受害者，同時，至今沒有將綁匪逮捕歸案的警方必須負起一部分責任。如果警方更加優秀，就可以預防第二名人質被殺。」

「沒錯，說得太有道理了。」一名理事說，「真的很想問警方，他們到底在幹什麼？警視廳難道在睡午覺嗎？」

「綁匪應該躲藏在東京都，只要挨家挨戶清查，就可以找到可疑的人物。」

另一名理事說。

「搞不好我們公司的收費員還比他們知道更多線索。」

有人開玩笑說，好幾個人都笑了起來。因為綁匪在聲明中提到，「我們不會再向JHK要求贖款」，所以他們才有心情開玩笑。

「雖然不知道可以在何種程度上相信綁匪說的話，但至少我們解脫了，只是也許使用解脫這個說法不太恰當。」

篠田說，大部分理事都顯得鬆了一口氣。篠田繼續說道：

「重點是JHK接下來發表聲明的內容。雖然人質的死亡和JHK無關，但很難大剌剌地說出來。畢竟有一部分民眾並不這麼認為，但我們也不可能在聲明中表示我們要承擔一部分責任，在擬聲明稿時必須格外謹慎。」

聲明稿由公關部門負責，掌管公關部門的理事池山一臉緊張地點頭。

「我可以報告一件事嗎？」

負責收視契約部門的理事竹山舉起手。

「但並不是好消息，今天早上開始，接到了不少拒繳收視費的電話。」

高村毫不掩飾臉上的不悅。

「有多少通電話？」

「七點到八點有三十二通，八點到九點一百六十八通，九點到十點三百二十一通，這些是接起電話的數字。」

高村立刻在腦袋中盤算起來。JHK的收視戶總共有四千兩百萬戶，以此為基礎計算，抗議電話大約是百分之零點零零一。雖然這樣的數字可以忽略，但事態並沒有這麼簡單。直接打電話到電視台抗議的人原本就屬於特殊的人，大部分人並不會這麼做，這代表在這些打電話來的人背後，有更多拒付收視費的人。

「竹山，」篠田說，「你認為實際的解約率有多少？」

「現階段還說不準，要到下個月，才能夠知道具體的數字，但解約手續很麻煩，有人認為實際這麼做的人可能並不多，但是——」

「但是什麼？」

「但是下個月之後，新簽約的戶數可能會稍微減少。」

高村嘆了一口氣，他可以想像收費員上門請民眾和JHK簽約收視，民眾會用「我不想付收視費給眼睜睜看著人質被殺的電視台」這種話把收費員趕走的情況。

「其中或許有搞錯憤怒的對象，把氣出在JHK頭上的人，但大部分人只是利用這次的事件，作為不付收視費的藉口。」

「完全有這種可能。」

高村再次在腦海中迅速計算。假設收視戶減少百分之一，就會減少七十億圓營收。七十億圓！他忍不住在心裡嘆氣，即使只有百分之零點一，營收也會減少七億圓，這個數字太驚人了。

「會長，綁匪已經宣布，不會再向JHK要求贖款，如果他們說話算話，是否可以認為這件事落幕了——」

「你在說什麼傻話！」高村加重語氣，「麻煩才剛開始。」

✦

「你有沒有看綁架網站的聲明文？」

大和電視台的製作部長橋本皺著眉頭問吹石。

「有。」

「既然不會再向常日新聞和JHK要求贖款，那下一個不是我們，就是東光新聞。」

吹石點點頭。

「『三十六小時電視』在三個月後就要播出了，目前全國聯播的電視台正在拍攝外景，下個月就會開始宣傳節目，如果綁匪在那個節骨眼要求贖款怎麼辦？雖然我們不會付這種錢，問題是觀眾會怎麼想？」

「可能有觀眾會覺得我們電視台很冷漠。」

「就是啊。」橋本用手上的原子筆指著吹石，「一般民眾很容易受影響，覺得電視台這麼有錢，為什麼對不幸的遊民見死不救？很多人都不用邏輯思考問題。」

「言之有理。」吹石在說話的同時，覺得『三十六小時電視』不就是靠這些容易受影響的民眾才能夠成功嗎？但他當然沒有說出口。

「基於這個理由，從今天開始，我們要對綁架網站展開防衛戰。」

「防衛戰？」

「沒錯，這是戰爭。我們要用新聞報導和談論性節目，讓觀眾認清楚他們極其殘忍和卑劣，要強調綁匪是社會公敵，是民眾的敵人，他們才是在利用這個社會上最弱勢的遊民。」

「我明白了。」

「同時，要利用節目呼籲民眾提供綁匪的情資。警方認為，綁匪那夥人應該躲藏在東京都內，至少有好幾名成員，包括倖存的四名人質在內，有將近十個人。如果他們都在同一個地方，附近的民眾可能會發現，要在節目中呼籲民眾提供線報。」

「這個方法可能有效，光是在首都圈內，就有將近三百萬人看我們的節目，而且觀眾中有很多家庭主婦。家庭主婦和上班族不同，對住家周圍的情況很敏感，千萬不能小看家庭主婦的偵查能力，『5 ch』也有鬼女板。」

「那是什麼？」

「就是已婚女性聚集的討論板，已婚女性的簡稱和『鬼女』相同，就使用了鬼女這兩個漢字，有些家庭主婦可以肉搜出新聞人物的姓名和住址，還有人查出在YouTube上傳犯罪影片的年輕人。雖然名為鬼女板，但我猜想也有很多男人出沒。」

「也就是說，這個世界上有很多好奇心旺盛的閒人。」

「要不要提供懸賞金給提供有助於逮捕綁架有利情資的人？」

「這個主意太有趣了，」橋本笑著說，「只是從來沒有聽過電視台提供獎金這種事，不知道法遵方面有沒有問題。」

「雖然可能會有倫理方面的問題，但我認為並不違反廣電法。這種私人的懸賞金，通常都是由被害人或是家屬提供，但大和電視台這次是被勒索贖款的被害人，我想沒有問題。」

「嗯。」橋本低吟。

「這起案件中，已經有兩個人被殺，而且既然已經把綁匪定位成『社會公敵』和『民眾的敵人』，為了維護社會治安，就算電視台提供獎金，也不會受到指責，反而可以強調電視是社會的公器。」

橋本又想了一下說：「這件事必須諮詢一下節目考查部的意見，如果考查部許可，之後還是必須經過社長的同意。」

✦

警察廳刑事局長佐伯正臣在電視上看著國會質詢的實況轉播，頻頻咂嘴。

那天下午的預算委員會上，在野黨議員質詢了這次的綁架案，站在質詢台上的是曾經當過藝人的女議員，被稱為「國會的擬鱷龜」。

她像往常一樣，用歇斯底里的聲音嚷嚷著，說這是首相沒有督促警界高層鎖緊螺絲的責任，即使周圍響起一陣喝倒采的聲音，她仍然不以為意，說至今仍然沒有關閉成為這種劇場型犯罪舞台的「綁架網站」，是日本政府的怠慢，同時砲轟閣員竟然對影響治安的犯罪袖手旁觀。議員在質詢中數度提到「寶貴的生命」，但完全看不出來她真的擔心人質的安危。

明眼人一眼就可以看出她只是利用這次的案件抨擊政府，完全感受不到她對在第一線努力辦案的警察有絲毫的尊敬。在國會殿堂內，把警察說成是無能之輩令人怒不可遏，但更令人感到憤怒的是，她竟然要求警察廳廳長去國會回答她的質詢。看到領導全國三十萬名警察的警察廳廳長被曾經是二流寫真模特兒的議員痛罵，實在讓人看不下去。佐伯是警視監，是警界的第三號人物。

女議員質詢廳長，為什麼不關閉對社會治安造成威脅的網站，廳長向她說明網路環境的複雜性，但女議員無法理解，或是根本不想瞭解，反覆多次問相同的問題，最後說是警察的官僚體質有問題，終於結束質詢。

佐伯不悅地關上電視時，櫃檯打來電話，說東光新聞的社長來了。東光新聞昨天預約了今天的會面，佐伯請櫃檯帶來刑事局長室。

不一會兒，東光新聞的社長和副社長就跟著女警走進來。

「兩位好，我是佐伯。」

「我是岩井。」

「我是安田。」

兩人打完招呼後，一起坐在沙發上。佐伯在他們對面坐下來。

「這次拜訪不是為了別的，正是為了綁架網站。」

佐伯點點頭，昨天就已經知道他們來訪的目的。

「破案有希望嗎？」

岩井單刀直入地問。

「目前正在偵辦。」

「能夠抓到綁匪嗎？」
「警方正在為這個目標努力。」
岩井不滿地點了點頭。
「綁匪下次勒索的對象，不是我們，就是大和電視台。」
「是。」
「雖然我們自己說，聽起來像在自吹自擂，但東光新聞創立超過一個世紀，是一份日本人引以為傲的高品質報紙。」
佐伯內心覺得，哪有人往自己臉上貼金，但還是點頭同意。
「如果綁匪直接向我們報社勒索贖款，將會對社會造成極大的影響，無論如何都必須避免這種情況發生。」
「這已經成為一起社會案件。」
岩井聽了佐伯的回答，有些不悅。
「不用說，我們報社不可能支付贖款，但有些民眾似乎對這樣的決定有意見，然而，假設我們支付贖款，就會被更多人指責。」
「我明白。」
「事實上，的確有一部分民眾指責拒絕支付贖款的常日新聞和JHK。」
「我也聽說了。」
「簡直豈有此理，常日新聞和JHK只是用合情合理的方式處理這個問題，雖然只有少部分人不滿，但為什麼要因此受到指責？人質和企業毫無關係，如果因為企業不支付贖款，導致人質被殺，企業形象受損，這個社會根本就無法運作了。」

佐伯開始有點不耐煩。他沒有時間聽這種冠冕堂皇的話。岩井繼續說道：

「我們並不認為這只是單純的綁架，而是動搖社會基礎的重大案件，正因為如此，我們認為必須投入最大人數的偵查員，早日將綁匪逮捕歸案。」

「警察廳當然十分重視，」佐伯回答，「誠如你所說，這並非單純的綁架，已經發展為連續殺人案。今天，警視廳總部已經決定要加派一百名警力投入，同時要求東京都內的各分局全力支援，從今天開始，要展開地毯式搜索。」

「聽你這麼說，我們也放心了，但這樣就夠了嗎？」

佐伯懷疑自己聽錯了。

「我剛才說了，無論如何都必須破案。我很肯定警視廳加派一百名警力的決定，但這樣能夠稱為警界傾全力偵辦嗎？」

「恕我反駁，」佐伯說，「我們正在全力偵辦此案，那種認為警方沒有盡全力的說法，對那些在第一線努力的偵查員很不公平。」

「那我想請教局長，目前已經有關於綁匪的線索了嗎？我聽手下的記者說，目前警方根本毫無頭緒。」

「偵查方面，有些事不方便對外公開。」

「我們擔心的是綁匪直接向東光新聞勒索贖款，導致第三名人質遇害，無論如何都必須避免有更多被害人，這才是我們擔心的事。」

佐伯內心覺得這番話太偽善了。你們根本不是擔心人質的死，而是訂戶減少。只不過他當然不會說出內心的想法。

這時，始終沉默不語的副社長安田開口：

「雖然我們不樂見這種情況發生，但如果讓綁匪繼續囂張下去，無法阻止他們進一步犯案，我們可能不得不寫一些警界的負面報導。」

「負面報導？」

「我們一直在追高考組的官員空降的問題，之前我們報導了其他公家機構在這方面的問題，但一直避開報導警界官員的問題。」

佐伯聞言怒火中燒。並不是只有警界有空降的問題，難道他們以為自己不知道，每年從東光新聞退休的老傢伙，都跑去全國知名大學當了教授嗎？而且也不是只有東光新聞這麼做，私立大學的教授職位根本都是大型報社和電視台退休族空降的指定席。

但他還是把這些想法吞下。和報社作對有百害而無一利，只要他們動一動手指，對自己的仕途造成重大打擊易如反掌。至少自己將會無緣繼續高升，當上警察廳廳長和警視總監。不，不光是自己一個人的問題，也關係到下屬的人生。

「岩井社長、安田副社長，我們也很希望可以派更多偵查員偵辦這件案子，但兩位也知道，社會上每天都在發生重大刑案，上個月光是在東京，就發生了十一起被判定為謀殺的案子，昨天又發生了兩起，請兩位理解，目前加派一百名警力已經是我們盡了最大的努力。」

安田看到警視監低頭拜託，沒有再多說什麼。

「總之，希望警方能夠全力偵辦，我們會盡最大努力聲援你們。」岩井說。

✦

「不知道這起案件最後會以什麼方式落幕？」

《週刊文砲》的主編林原問總編桑野。

「我之前也想過這個問題，」桑野回答說，「我不認為大和電視台和東光新聞會乖乖付贖款，如此一來，就會出現第三、第四名人質被殺害的狀況。」

「如果綁匪繼續殺人，就沒有可以勒索贖款的對象了，難道他們還要找新的企業勒索嗎？」

「嗯。」桑野低聲回應。

「搞不好最後落幕的方式是人質全部都被殺光。」

「綁匪會不會一開始的目的就不是為了贖款？」

「什麼意思？」

「可能只是為了造成社會轟動，或是以殺人為樂——」

「怎麼可能有這種事？」桑野雖然這麼回答，但又覺得不能排除這種可能性。這起案件充滿不解之謎。

如今，綁架案已經成為全國民眾關心的焦點，報紙連續多日都以各種方式報導，成為有線電視談論性節目的熱門話題。除了《週刊文砲》以外，還有多家雜誌都進行特輯報導。

網路當然成為最激烈的戰場，「5 ch」有好幾個討論串，理所當然是社群網站上最熱烈討論的話題。推特上，這起事件始終在熱門話題排行榜上名列前茅。網路上的大部分留言都是對綁匪感到憤慨，但也有不少留言顯示大家樂在其中，甚至有人聲援綁匪，感覺整個日本都被捲入了這次的劇場型犯罪。

桑野覺得《週刊文砲》也是。

「總編。」

聽到林原的叫聲，桑野回過神。

「下週的內容，要從什麼角度切入綁架案？」

「要不要做一個特輯，報導東光新聞至今為止，寫了多少文情並茂的偽善報導？把他們過去報導說，人命關天，比任何事更重要的內容全都列出來。」

「這是在挖他們的瘡疤嗎？」

「不，要說是嘲諷。」

「那大和電視台呢？要不要也針對『三十六小時電視』呢？」

「很好。」桑野笑著說，「我之前就想做這件事，那就把大和電視台靠那一天到底賺了多少錢，把實際的金額公諸於世。喊出什麼『愛可以改變世界』這種騙人的口號，真正的勾當是靠這個節目大撈特撈，要好好揭露他們的偽善，他們有那麼多錢，竟然對遊民見死不救。」

「好主意。」

「對不對？」

桑野在說話時，覺得這麼做或許等於暗中幫了綁匪一把，但隨即認為無所謂。只要雜誌能夠賣得好，其他事根本無所謂。

「但如果綁匪勒索我們，我們會怎麼做？」

「一毛錢都不會付。」

兩個人大笑起來。

五月二十六日

這天早上，「綁架網站」終於指名大和電視台，發出了勒索贖款的聲明。

「敬告大和電視台：

我們要求八億圓贖款贖回人質，無須立刻答覆，請在一週後答覆。」

這次的內容和之前針對常日新聞和JHK的聲明文完全不同，最大的差異，就是期限從原本的三天延長到一個星期。之前是不由分說地表示，一旦對方拒絕，就會殺害人質，完全沒有討論的餘地，但這次完全沒有這種態度，而且內容似乎暗示，可能會視對方的回答，繼續延長期限。

另一個不同之處，就是聲明文很簡短，尤其和上一次的聲明相比，顯得更加簡短。這種簡短到底顯示綁匪很篤定，還是他們開始著急？心理學家和社會學家表達了不同的意見，網路上也有各種不同的解釋。

大部分刑警都認為綁匪改變策略。起初採取強硬的路線，但因為兩次都遭到徹底拒絕，於是認為之前的方法行不通，決定改變方法。

「六名人質中，綁匪已經殺害了其中兩名，如果繼續殺害人質，該怎麼說——他們再威脅要殺人就沒什麼效果了，可能是因為這樣而改變做法。」

大部分刑警都同意二階堂的意見，只有鈴村歪著頭。

「鈴村哥，你有什麼看法？」大久保問。

「雖然這麼說，有人聽了可能會不舒服，」鈴村說，「第一次殺人，已經發揮了充分的效果，除了對原本以為是胡鬧的社會大眾造成了重大的衝擊，讓人知道的確發生了綁架案。以棒球來說，第一次殺人就像是投向打者臉部的獵頭球，也就是終極的威脅。」

「很有道理。」大久保表示同意，「第一顆人頭的確很震撼，整個輿論的氣氛也一下子改變了。與其說是獵頭球，實際上可能是死球，好像在說，下一次也會打你的頭。只不過如此一來，就無法解釋第二次殺人的目的，既然第一次殺人已經達到威脅的效果，第二次殺人就沒有意義。不知道你們的看法如何？」

「也許綁匪一開始就沒打算從JHK手上拿到贖款——」

鈴村說。所有人聽了都大吃一驚。

「你的意思是，綁匪是為了殺第二名人質才威脅JHK嗎？」

大久保問。

「或許在偵查中必須考慮到這種可能性。」

這時，山下由香里走了進來。

「我根據新宿分局送來的人頭照片，修正了田中修的臉。」

山下把列印出來的紙發給大家。

「喔，和原來完全不一樣。」

「對啊，根本看不出是同一個人。」

修正的照片中，原本沒有的眉毛變成濃眉，厚唇變薄，鳳眼變成了下垂的眼睛，又短又稀疏的頭髮變成遊民常見的蓬頭亂髮。

「如果這才是人質真正的長相，看了人質的影片，並不會發現是同一個人。」

二階堂說。

這時，大久保發現鈴村目不轉睛地看著照片。

「鈴村哥，你該不會看過這張臉？」

「不是。」鈴村輕輕搖頭。

大久保點了點頭，大聲對所有人說：

「公開照片，重新尋找目擊證人，同時把照片送去報社和電視台。」

✦

常日新聞的副社長尻谷英雄正在看報紙，秘書來敲門。

「請進。」

秘書飯岡惠打開門，恭敬地鞠躬。

「有什麼事？」

尻谷在問話的同時，緩緩打量秘書的身材。所有董事都有女秘書，飯岡在所有秘書中最漂亮，她遲早會成為社長的秘書。

「社長有請。」

飯岡說話的聲音很清脆。

「社長嗎？現在？」

「社長說，請您馬上過去。」

尻谷以為又是退訂的事。聽營業部門的報告，代理商的退訂率已經攀升到將近百分之二。雖然會造成營收大幅減少，但社長必須負起經營責任。尻谷很慶幸「綁架網站」案發生在自己接任社長之前。

「我馬上去。」

尻谷把看到一半的報紙攤在桌上起身。準備走出辦公室時問飯岡：「今天要不要一起吃午餐？」飯岡愣了一下，立刻回答說：「我很樂意。」尻谷覺得她原本應該和其他秘書約好一起吃午餐，但他根本不在意。

「社長，有什麼事嗎？」

尻谷一走進社長室，就輕鬆地問垣內榮次郎。

「喔，是尻谷啊。」

尻谷聽到垣內直接叫他的姓氏，稍稍皺起了眉頭。因為垣內之前都叫他「尻谷副社長」。尻谷在沙發上坐下。

「我認為事先知會你一下比較好。」

垣內在尻谷的對面坐下後說。

「什麼事？」

「在下個月股東也會出席的董事會上，將解除你的職務。」

尻谷一時說不出話。

「我相信你已經知道，有三萬四千戶訂戶解約，將近訂戶的百分之一點七，短短十天內就有這麼多訂戶解約，事態很嚴重。」

「但這是因為——」

「股東能夠理解我們不支付贖款的決定，問題在於採取的方式太強硬了。不由分說地嚴辭拒絕，難怪會讓民眾認為我們輕視人質的生命。」

「但這不是包括社長在內的所有董事的意見嗎？」

「我記得當時曾經說，不需要急著答覆，也有其他董事表達了相同的意見，有錄音可以證明。」

錄音？當時的董事會議是以不記錄在議事錄上的前提下進行，難道是有哪一個董事偷偷錄了音？

「據說大濱先生聽了錄音後大發雷霆。」

大濱善次郎是常日新聞創辦人的後代，也是大股東。他向來不干涉報社的經營，不會對編輯方針有任何意見，但在董事人選方面，擁有絕對的權力。

「請讓我向大濱先生說明。」

「沒辦法。」垣內冷冷地說，「你之前也因為兒子的事引發了問題，照理說，當時你很難升上董事，但大濱先生說，兒子的事和你無關，決定讓你升上董事，而且還去向檢察廳打了招呼，最後讓你兒子獲得不起訴處分。」

尻谷低下了頭。

「你竟然讓恩人顏面掃地。」

尻谷覺得自己被算計了，但現在還有可能挽回。只要見到大濱先生，向他辯解，尻谷有自信可以說服他。

垣內繼續說道：

「而且關於人質的問題，目前還查到新的消息。社會部的記者在調查後發現，這次被綁架的其中一名人質，就是你兒子以前襲擊的遊民。」

尻谷感覺到背上冒著冷汗。垣內笑了笑說：

「看來你也已經知道了，你該不會希望人質被殺？」

「不可能，怎麼可能有這種想法？」

尻谷辯解道，他的聲音沙啞。

「難道你完全不知情？」

「不，之後從週刊的報導中，得知其中一位就是當時的被害人。」

「如果是這樣，就代表你甚至不記得因為你兒子而身受重傷者的名字。在身為報社的董事之前，是否該思考如何做人？」

垣內的話讓尻谷無力地垂下肩膀。

◆

大和電視台董事長大森亮一從董事口中得知，綁匪指名向自家電視台勒索贖款一事，不禁深深嘆氣。擔心的事終究還是發生了。

為什麼偏偏在『三十六小時電視』即將開始為節目宣傳的一個月前發生這種事？真希望可以更早發生。

大和電視台是民營電視台，和JHK不同，並不是靠向觀眾收取收視費維持經營。如果不是太嚴重的批評，只要鞠躬道歉就可以解決問題，觀眾轉身就忘了。就算對大和電視台感到不滿，也無法不看喜歡的綜藝節目、連續劇和動畫，雖然會有堅持原則的頑固分子，但和觀眾總人數相比，幾乎可以忽略不計。

電視台最擔心的就是贊助商，無論如何都必須避免在『三十六小時電視』播出前出問題。觀眾即使有意見，還是會看節目。對電視台不滿和想看的節目是兩碼子事。

但是贊助商就不一樣了，他們最擔心觀眾的抗議，尤其最近在意網路上的評論幾乎已經到了神經質的程度。一旦節目在社群網站上收到負評，就會透過廣告代理商來向節目抗議。這種心情並不是無法理解。畢竟在黃金時段的節目中，播放數次十五秒的廣告，就必須支付數億圓的廣告費，想到廣告效果會受到負面影響，當然會發幾句牢騷。

廣告具有「光環效應」的神奇效果。當紅的藝人或是偶像把商品拿在手上，觀眾就覺得那件商品很出色。相反地，形象不好的藝人和商品一起出現在畫面上，就會破壞商品的形象。因此當藝人發生醜聞，就會立刻停播廣告，節目也一樣，一旦發現造假或是不法情事，贊助廠商就會像潮水退潮般撤掉廣告。

『三十六小時電視』不僅是大和電視台招牌節目，而且歷年來都很受歡迎，很多廠商都願意提供贊助，但是如果因為不支付贖款拯救遊民的性命，節目的主題「愛可以改變世界」被懷疑只是偽善，贊助廠商的反應可想而知。

也許在『三十六小時電視』播出期間，網路上出現排山倒海的批評浪潮。雖然炎上效果可能反而創下高收視率，但節目本身可能變成火球，絕對會重傷節目。如今，電視的收視率逐年下降，電視的廣告費持續下滑，但網路廣告連年增加，如果網路對電視台的評價下滑，就會造成沉重打擊。目前，大和電視台位居民營電視台之首，但如果對這次的綁架案應對不當，可能會危及自己目前的地位——

大森帶著沉重的心情前往參加董事會議。

✦

京橋分局刑事課長大久保起初以為自己聽錯了。

「真的嗎？」

他再度確認，進藤局長點點頭。

「我一開始也很驚訝，總部的偵查員增加一倍，而且是在一口氣增加一百名人手的隔天。」

「這代表總部認真對待這起案件了嗎？」

「聽說——」進藤局長小聲地說，「昨天廳長接到官邸的電話，聽說是官房副長官親自打的電話。」

「也就是說，政府高層也很焦急。」

大久保想起昨天在電視上看到國會質詢實況轉播的畫面。

「聽說東光新聞去向官邸哀求。」

大久保覺得很有可能，同時也覺得東光新聞很勢利。平時標榜反權力，有時候甚至激烈痛批政權，但自己遇到麻煩，就要求官邸下令增加辦案的警力。

進藤察覺了大久保內心的憤慨，輕輕拍拍他的肩膀說：

「官邸也認為賣人情給東光不會吃虧，而且——」進藤露齒一笑，「對我們來說，加派警力是求之不得的事。只要用這些警力展開地毯式搜索，綁匪一定可以落網。」

「那倒是。」

「只不過這麼一來，無論如何都要逮捕綁匪。」

✦

「被害人似乎是以前住在蒲田的遊民。」

安藤查訪結束，回到搜查總部後，向二階堂報告。

山下修正的田中修照片公布之後，很快接獲了線報，東京都內有兩個地方的志工說「曾經看過這個人」。於是立刻派了兩組刑警前往這兩個地方，安藤前往支援川崎市一帶遊民的團體。

「兩名志工看了修正後的照片，都說是名叫中村修的遊民。我又問了蒲田一帶的幾個遊民，其中有三個人記得他，他們都說那個遊民自稱是中村。」

「中村修嗎——修這個名字一樣，但中村聽起來也像是假的姓氏，先去查一下資料庫中有沒有這個人的資料。」

山下聽了二階堂的指示，立刻走向電腦。

「中村從去年十二月左右開始在那裡落腳，他獨來獨往，似乎不喜歡和別人打交道，和周圍遊民的關係很差，甚至有遊民說，中村這個人有點可怕。也有一名志工說了同樣的話。」

「可怕的人嗎？」

「你說什麼？」原本正在用手機通電話的搜查一課刑警突然大叫一聲，「好，我馬上確認。」這名刑警掛上電話後，立刻對室內所有人說：「可能查到被害人的身分了。」

「是誰？」大久保問。

「剛才是埼玉縣警的刑警打電話給我，說很像以前因殺害女童而遭到逮捕的原口。」

「啊！」一名刑警叫道。他是來自警視廳的資深刑警。

「對，他就是原口清。我就覺得好像在哪裡見過這張臉。我記得那起案子，是三十多年前發生的。」

「立刻照會總部。」

管理官甲賀大聲說道。

總部很快送來了原口清的資料。三十三年前，原口在埼玉縣上尾市殺害女童，並在同年遭到逮捕。隨著資料一起送來的照片比山下修正後的照片年輕，但五官很像。

「血型一致，耳朵的形狀相同，幾乎可以斷定是同一人。如果還保留了三十三年前的毛髮，可以進行DNA鑑定。」

「我來查一下。」

「雖然還要進行最後的確認，但可以說，被害人是原口清的可能性極高。」

甲賀充滿期待地說。

「雖然目前還無法瞭解是否有助於逮捕綁匪，但的確是重要的線索。綁匪集團很可能知道原口的真實身分。因為綁匪對原口的臉動了手腳，讓別人認不出是他。問題在於綁匪怎麼會知道原口，以及為什麼要隱瞞他的身分。」

來自總部的一名刑警舉起手。

「第一名被害人松下和夫的女兒在多年前被殺，會不會和原口的事有什麼關聯？」

室內頓時一片譁然。

「對了，我記得《週刊文砲》上有相關報導，據說他女兒當時讀小學二年級。」玉岡說。

「我們有相關紀錄。」二階堂說，「我這次特地確認過，印象特別深刻。我記得是二十年前的案子，案情膠著，始終沒有查到嫌犯。」

「松下女兒的命案在原口獲得假釋的兩天後發生。」安藤看著資料說。

「不要貿然下結論，」大久保制止道，「目前還沒有任何證據顯示松下女兒的案子和原口有任何關聯。」

「原口在熊本監獄服刑，也許是因為距離太遠，沒有被列入偵查對象，或是並沒有足以逮捕他的嫌疑。」

「安藤和三田，你們去向當時偵辦這起案件的刑警確認一下細節。」

「是。」安藤和三田回答後，立刻衝了出去。

「最初被殺的人質，在多年前，女兒被害，第二個遭到殺害的人質過去曾經因殺害女童而被判刑——真的可以認為這只是巧合嗎？」

大久保好像在問自己。

「無論怎麼想，都感到不自然。」

二階堂也支持大久保的疑問。

「嗯，」大久保回答，「如果不是巧合，到底有什麼關係呢？也許這就是追查綁匪的關鍵。」

「是不是報仇？」

玉岡舉手問。

「報仇？」

「松下可能因為某個機緣，得知原口殺了自己的女兒，於是就綁架原口作為人質，然後殺了他。」

「你到底有沒有腦袋？」

二階堂很受不了地說。

「松下自己也是人質，而且松下比他更早被殺，這可不是什麼詭計。更何況松下是遊民，怎麼會知道原口就是殺害自己女兒的凶手？警方當初在偵辦那起案子時，根本沒有懷疑到原口頭上。我之前就想對你說，你在表達意見之前，要先動動腦筋。」

室內所有人都笑了，只有鈴村沒有。

「對了，課長，」二階堂說，「如果確定是原口清，這件事要什麼時候對外公布？」

大久保抱著手臂說：

「雖然並不是不能公開的事，但也不需要特別開記者會公布，而且如果有人奚落，直到現在才終於查明他的身分，也會讓人很生氣。」

幾名刑警聞言紛紛苦笑。的確是前一刻才知道原口這個名字。

「二階堂，」大久保說，「你不是和東光新聞的記者很熟嗎？」

「也沒有很熟，但偶爾會交換情資。」

「好，那就把消息透露給那名記者，說京橋分局很久之前就在查原口的前科。」

✦

『兩點的房間』在今天的節目中，自始至終都猛烈抨擊綁匪。節目來賓的評論員都紛紛譴責綁匪的卑劣行為，同時整理了以前以勒索贖款為目的的綁架案特輯，強調以人命作為擋箭牌的犯罪令人深惡痛絕。

在特集中，花了最長時間介紹一九七七年發生的達卡機場案。激進團體劫持了日本航空472班機，向日本政府勒索六百萬美元（以當時的匯率相當大約十六億圓），同時要求釋放獄中罪大惡極的罪犯。當時，福田赳夫首相表達「人命的重量比地球更重」的談話，以超越法律的應變措施，接受了綁匪的要求。

主持人櫻桃本村一臉嚴肅：

「日本政府當時的做法遭到全世界的譴責，以世界的常識來說，怎麼可以讓綁匪拿走鉅款逃之夭夭？」

「是啊，」曾經當過檢察官的律師倉持讓二是今天的來賓之一，「這種類型的犯罪一旦有成功的例子，就會再度發生相同的犯罪。從這個角度來說，福田首相在達卡事件中，做出了完全錯誤的判斷。事實上，那起事件之後，國外針對日本人下手的案件增加了。必須用絕不妥協的態度面對綁匪，這是世界各地的常識。」

「是啊。」

另一名來賓，作家八田尚義大聲地說：

「『人命的重量比地球更重』這種話是小說家的修飾，只是用來頌揚生命重要性的比喻，如果人命真的比地球重，問題就大了。每次發生交通事故，不只是車子撞壞，地球也會毀滅。」

好幾個人都笑了。

「倉持律師，是不是可以這麼認為？」本村問，「發生綁架案時，人質性命固然重要，但拒絕綁匪的要求更重要。」

「那當然啊。」八田插嘴說，倉持沒有理會他，回答本村的問題：

「我必須重申。一旦接受綁匪的要求，就等於讓罪犯有了可以用這種方式賺錢的成功經驗，發生第二、第三起案件的可能性會大增。讓所有人知道，以贖款為目的的綁架划不來，讓犯罪防患於未然是很重要的。」

「會不會太露骨了？」

吹石看著螢幕問。

「不，我不這麼認為。」編劇井場看著筆電說，「網路上有很多支持我們節目的留言。」

「沒有批評嗎？」

「是有幾則，有人說，大和電視台不想支付贖款，拚命在節目中找理由為自己開脫。」

「這個世界上，的確有些人特別敏銳。」吹石苦笑著說。

「但只有少數人。」

「如果不是這樣，就太傷腦筋。如果大部分人都敏銳地察覺到電視台的意圖，電視這個行業早就完蛋了。」

吹石說完，笑了起來。

「對了，提供懸賞金的事怎麼樣？」井場問。

「考查部說不行。雖然法律上沒有問題，但電視台提供懸賞金可能會引起反彈。」

「太可惜了，如果可以提供三百萬左右的懸賞金，節目就熱鬧了。」

「就是啊。」吹石不悅地說，「收視率也會很好看，上面那些人都腦筋不清楚，根本不懂電視。」

✦

晚上十點多，東光新聞社會部主編齋藤的手機響了。他一看手機螢幕，發現是記者三矢陽子打來的。

「我拿到了驚人的大獨家。」

齋藤一接起電話，就聽到電話中傳來興奮的聲音。

「是綁架案的獨家嗎？」

「是的，我剛才和京橋分局的刑警一起喝酒，他告訴我一件驚人的事。在新宿發現的那顆人頭，那個叫田中修的人本名叫原口清，有殺人的前科。」

「真的嗎？」

「聽說幾乎可以確定。」

「有沒有查證？」

「我問了其他刑警，對方沒有否認。如果有殺人的前科，就應該有照片。原口就是原野的原，口紅的口，清就是三點水旁加一個青字。」

「好，我來調查原口清的事，如果消息確實，那就刊登在早報上。」

「麻煩你了。」

「京橋分局什麼時候查到這條線索的？」

「好像是在他被殺之前。」

「為什麼沒有對外公布？」

「當時還無法確定。」

「好，那我會把版面空下來，妳馬上回來。」

三矢回到報社，齋藤主編立刻走過來說：

「原口清的案子發生在一九××年，當時我們報社報導過這起案件，我已經準備好案情相關的詳細資料。」

「謝謝。」

「只是我很好奇一件事。」

「什麼事？」

「最初被殺的松下和夫，他的女兒在二十年前被人殺害，那起命案至今仍然沒有偵破。」

「好像是，」三矢說，「我認為不像是純屬巧合。」

「如果是巧合，的確巧得令人有點發毛。」

「原口有沒有可能殺了松下的女兒？聽說性犯罪者再犯的機率很高。」

「但不要提這件事，也不能暗示，否則就淪為三流週刊雜誌的報導了。我們和那些不入流的週刊雜誌不同，只要淡淡地陳述事實。」

「好。」

三矢坐在自己的座位上，打開筆電。

五月二十七日

「高井田先生，你看一下這個。」

石垣拿出東光新聞的早報。頭版中出現「查明遊民綁架案被害人之一的身分」的標題。報導中提到，田中修的本名叫原口清，還提到他曾經有前科，但並未提及前科的罪名。

「這是東光新聞的獨家報導，沒想到他們竟然可以查到這件事。」石垣佩服地說。

「應該是警方透露的消息。」高井田輕描淡寫，「只是比我想像中更早。」

「報導中並沒有提到殺害女童的事，也沒有提到松下先生的案子。」

「但我相信警方應該針對兩者的關聯展開調查。」

影山和其他人聽了高井田的話，都有些不安。執行計畫至今，一切都很順利，第一次出現意料之外的狀況。

「不必擔心。」高井田說，「警方會查到原口的真實身分在我們意料之中，幸運的是，松下先生比原口先死，如果警方從復仇的角度推理，反而會一頭霧水。」

「的確有道理。」石垣說，「想要復仇的人卻先遭到殺害，根本是不可能的事，他們可能會認為只是偶然的巧合。」

影山和大友也都點著頭。

「另外，」高井田說，「既然他們已經知道被殺的人是原口，我們可以將計就計。」

「怎麼將計就計？」石垣問。

「有沒有什麼方法在『5 ch』留言，但不會被追蹤到IP位址？」

「小事一樁。」

✦

「事情的發展越來越驚人了。」

『兩點的房間』上午的企劃會議上，編劇統籌野口對吹石說。吹石回答說：「就是啊。」

「完全沒想到被害人竟然有犯罪前科，簡直亂成一團了。」節目總監真鍋笑道。

「東光新聞今天報導了這件事，」編劇井場說，「被害人曾經殺害女童，我在網路上查了一下，簡直太殘忍了。」

「『5 ch』上寫得超詳細，」真鍋說，「詳細得簡直就像是法律界的人士寫的。」

「被害人這麼十惡不赦嗎？」

「這個畜生簡直就是魔鬼。」真鍋咬牙切齒地說，「我女兒年紀也很小，絕對無法原諒這種犯罪。雖然也許不該這麼說，但至少原口清這個人被殺真的是罪有應得。」

「我也看了『5 ch』上彙整的資料，據說原口除了被逮捕的那起案子以外，可能還犯了其他案子。」

「是嗎？」吹石問。

「嗯嗯，只是沒有被起訴。如果這件事屬實，這個畜生就真的是魔鬼。」

「所以這代表綁匪揮起了正義的鐵鎚，」編劇大林笑著說，「吹石先生，今天就做這個主題吧。」

「不能對『5 ch』的消息照單全收。」

「不，雖然消息來源是『5 ch』，但只要現在去查開庭紀錄，就可以證實消息的真偽。」

「來不及吧？」

「只是確認而已，現在去的話，在節目開始之前絕對來得及，我會在那之前寫好劇本。」

吹石在腦袋中盤算著。如果在節目中播出原口清如真鍋所說，是像魔鬼般的罪犯，不知道觀眾看了之後會有何感想？大部分人會認為這種人死有餘辜，心情上可能會對殺了他的綁匪產生微妙的變化。這是不是不太妙？製作部長之前曾經下達指示，要煽動觀眾對綁匪的憎惡，不能讓民眾覺得綁匪殺害的原口本來就是罪大惡極的壞蛋，所以可以免責。

「原口的事是東光新聞的獨家新聞，」吹石說，「但目前還沒有完全證實。雖然原口似乎的確殺害過女童，但警方還沒有公布，被殺的人質就是原口本人。」

「但是東光新聞又不是東都體育報，會報導假新聞嗎？」

「電視的影響力很大，現階段必須謹慎行事。無論怎麼說，我們電視台是當事人。」

吹石的語氣很強烈，大林只能閉嘴。

✦

「對方拒絕採訪。」

《週刊文砲》的記者森田向總編桑野報告。

「他們希望別打擾他們平靜的生活。」

「是啊，已經過了三十多年，殺害女兒的兇手被發現遭到殺害，只剩下一顆腦袋，即使想要問他們的感想，他們應該也不想再說什麼。」

「是啊，夫妻兩人都已經六十多歲了，和我父母的年紀差不多，我實在無法緊追不捨。雖然讓他們回想起當時的悲傷有點可憐，但他們看到殺害女兒的兇手被殺，或許鬆了一口氣。」

「他們會不會和這次的案子有關？」

「不可能。」森田有點生氣地回答，「我向左鄰右舍打聽了一下，那位父親從原本的公司退休之後，就進了一家保全公司，每天都去上班，母親也幾乎每天在附近的超市打工。」

「你不要生氣，」桑野說，「我不是懷疑他們，但週刊記者的工作，就是要懷疑所有的事，只要有絲毫的可能性，就不能放過。」

森田默默點點頭。

「對了，自從原口的名字出現之後，網路上頓時變得很熱鬧。」

「嗯嗯，短短一天之內，當時的案件詳細情況就全都公布了，再次體會到網路鄉民的驚人實力。」

「更有趣的是，風向開始變了。」

「風向——嗎？」

「網路上有不少人稱讚綁匪幹得好。」

「但他們是殺人凶手啊。」

「大眾的心理會因為微小的契機發生變化。」

「沒錯。」森田深有感觸地說。

「除此之外，還有一些批判警方的聲音，網路上也有不少嚴厲的意見。」

「那當然啊。發生這種劇場型犯罪，被綁匪耍得團團轉，而且還導致兩名人質不幸喪命，至今仍然沒有破案的希望，被國會的擬鱷龜罵無能也是活該。」

桑野苦笑著。

「森田，你剛才說是劇場型犯罪，如果是這樣，綁匪就是沒有站在舞台上的導演。他們完全沒有現身，形勢對他們壓倒性有利，不能怪警察的行動都很被動。」

「那這麼說的話，綁匪能夠躲過警方的追緝嗎？」

桑野想了一下後說：

「以金錢為目的的綁架案中，綁匪的最終目的是為了拿到錢，而不是為了綁架或殺人，最後還是要拿錢。也就是說，最後必須在舞台上現身。那時候才是關鍵。」

五月二十八日

這天早上，「綁架網站」發表了新的聲明。

「敬告東光新聞：

我們要求七億圓贖款，答覆期限是三天。」

玉岡一走進搜查總部，就立刻對前輩安藤說：

「今天的聲明更簡單了，簡直就像是電報。」

「至少比只說『拿錢來』好多了。」

聽到他們對話的其他刑警紛紛笑了。

當所有人都到齊後，偵查會議開始了。

「綁匪今天發表了新的聲明，但在此之前，先請各位報告之前查訪的進展。」

管理官甲賀說完後，刑警紛紛報告了前一天查訪的情況。目前並沒有發現重要的線索，只是分別報告各自查訪了哪些地區。

「這些是目前已經查訪過的地區，雖然向周圍的民眾打聽有沒有哪一棟公寓或是獨棟的房子有可疑的男人出入，目前並未掌握任何像樣的情資。當然，考慮到可能是組織性犯罪，因此也搜索了倉庫等地方。」

安藤說完後，把一張差不多報紙大小的地圖攤在桌子上，已經查訪過的地區都塗上紅色，但還不到二十三區的十分之一。

「還有很長一段路要走。」

「目前已經請求神奈川縣警、千葉縣警和埼玉縣警提供協助，但還沒有收到任何有意義的情資。」

乍看之下，偵查工作似乎毫無進展，但包括二階堂在內的所有刑警都很清楚，事實並非如此。綁匪應該躲在首都圈，只要逐一清查這些區域，遲早會找到綁匪。偵查工作向來如此，幾乎都必須經過腳踏實地的偵查，根據掌握到的些微線索，最後循線逮捕到凶手，現實生活無法像偵探小說那樣，基於名偵探的推理，馬上就找到凶手。也不時會發生在路上發現可疑人物後上前盤查，結果逮到了通緝犯的情況。這次包括人質在內，有十個左右的大男人在一起生活超過一個月，無論再怎麼小心謹慎，都很難完全不引起周遭鄰居的注意。目前有超過四百名刑警在街上行動，也許之前曾經有人和綁匪擦身而過。

「接下來是綁匪今天的聲明文，各位對這麼簡短的文章有什麼看法？」

聽完查訪報告後，大久保徵求其他刑警的意見。

來自總部搜查一課的石山舉手。

「該怎麼說，我覺得綁匪好像有點自暴自棄。他們給了大和電視台一個星期的時間，在兩天後，今天所發表的聲明卻只有三天的時間，缺乏一貫性，或者說有點隨便。」

「綁匪可能在精神上也疲勞了。」

搜查一課的另一名刑警同意石山的意見。

「如果是這樣，情況反而更加危險，」二階堂說，「在過去的綁架案中，曾經發生過因為綁匪面對長期戰撐不下去，又不知道該如何處置人質，最後一殺了之的情況。對綁匪來說，一直把人質留在身邊絕對會增加風險。」

「那麼，目前其他人質還活著嗎？」

玉岡的話讓室內陷入一片寂靜。

「雖然綁匪最初上傳了人質的影片，但已經有超過十天沒有提到其他人質是否安全這件事。」

大久保點著頭說，二階堂接著說：

「即使綁架的是小孩，留在身邊也有不少危險，更何況持續監禁四個大男人，絕對不是一件輕鬆的事。」

「是啊，如果我是綁匪，早就幹掉他們了。」

玉岡說出口之後，可能發現自己失言了，慌忙搖著手說：「我當然是開玩笑。」

來自總部的刑警發言說：

「雖然不太願意想像這種狀況，但假設綁匪已經殺害了其他人質，可能已經離開之前躲藏的地方分頭行動。」

室內氣氛變得凝重。如果綁匪分頭行動，查訪的對象目標就會非常模糊。因為獨自一人在都市生活很正常，並不會讓人起疑。

「綁匪還沒有殺害人質。」

鈴村第一次開口說話，所有人都看著他。

「到目前為止，綁匪的行動都很小心謹慎，做好充分的準備，我相信殺害兩名人質也在他們的計畫之中，不可能現在不知道該如何處理人質，就把他們殺光。」

「嗯，」大久保說，「雖然偵查過程中，不能排除任何可能性，但目前就按照之前的方針，持續查訪有多人生活在一起的對象。」

✦

今天的東光新聞董事會上，一開始氣氛就很沉重。

會議的主題是該如何答覆「綁架網站」。今天早上，收到三封綁架網站寄給社長的信，上面寫有密碼，應該是為了避免信件遺失而採取的保險措施。三封信上蓋著不同郵局的郵戳。

所有董事之前都表達了拒付贖款的態度，但目前狀況出現重大改變，所以今天臨時召開緊急會議。大阪的董事也以視訊的方式出席會議。

這些董事為透過獨特管道得知常日新聞訂戶數的變化感到傷透腦筋。資料顯示，在第一名人質被殺的一個星期內，就有將近百分之二的訂戶退訂，如果東光新聞用和常日新聞相同的態度處理這次的問題，東光新聞很可能必須面對相同的結果。

這些董事都知道百分之二這個數字多麼驚人。上個月底的訂戶數為約三百八十七萬戶，百分之二就是約七萬七千戶，營業額會減少超過三十五億。而且訂戶減少百分之二，當然會對廣告費用產生影響，總計損失的金額絕非僅僅三十五億而已。

社長岩井保雄正在思考這件事。常日新聞在網站上嚴辭拒絕綁匪的要求，雖然有很多讀者贊同他們的態度，但也有不少讀者認為大報社的做法太冷酷無情，甚至有人認為報社只是冠冕堂皇地說什麼不能苟同這種犯罪行為，但實質上是對遊民見死不救，網路上不時出現相同的意見。如果綁匪勒索的對象是廠商或是商社等企業，民眾或許有不同的看法，但報社平時自認是「社會的木鐸」，高喊社會正義，人權和生命的寶貴至高無上，因此民眾才會質疑報社的偽善。

「相信各位已經知道，綁架網站發表聲明，直接向我們報社要求贖款，答覆的期限只有三天。我想針對這個問題，請教各位的意見。」

岩井看著各位董事說道。

但是，沒有人開口說話。岩井很清楚，這些董事都認為，如果發言不當，被人抓住把柄，之後被追究責任就得不償失了。東光新聞的董事都聽說了常日新聞的副社長尻谷將在近日下台一事，而且也聽說了尻谷之前獨排眾議，不理會社長和其他董事認為必須謹慎的看法，堅持要用強硬態度拒絕綁匪。

岩井前一天想確認大老闆森安耀司的意見，於是聯絡森安，但森安出國去旅行了，沒聯絡上。問了森安家人他投宿的飯店，發了傳真去飯店，但在會議開始之前，都沒有收到回覆。事到如今，只能由董事會議決定該如何應對。如果這個決定日後導致森安動怒，一切就完了。最糟糕的情況，就是自己社長之位不保。到時候就去某所大學當教授度過餘生，反正自己有足夠的存款，這輩子都不必為生活發愁。唯一的擔憂，就是目前在社會部當副部長的兒子健司，一旦父親被解除職務，他恐怕升遷無望了。

「有沒有人想要表達意見？」

岩井問。所有董事都不敢看他。

「安田，你認為該怎麼處理？」

岩井問副社長安田常正。

「這件事真的非常傷腦筋，」安田一本正經地回答，「以人命作為擋箭牌勒索贖款的犯罪，是最令人深惡痛絕的事，為了維護社會的治安和正義，當然不能支付贖款，但是同時，人質的生命非常重要，我認為必須謹慎討論之後再決定。」

岩井不禁在內心嘆氣。又不是在寫本報的社論，未免太模稜兩可，但他並沒有把想法說出口。

「橋爪，你有什麼看法？」

岩井又問常務董事橋爪。

「嗯，不付贖款或許是理所當然，但牽涉到金錢是否可以買到人命這個倫理的問題，考慮到報社的社會功能，必須顧及普羅大眾的想法，還有和警方之間的合作，也不能說火速下結論算是智舉——我也不完全這麼認為。」

這傢伙到底在說什麼？簡直就像政治人物在答辯。

「能不能說得簡單明瞭些？」

「呃——我認為必須謹慎決定回覆綁匪的時機。」

岩井心想，誰都沒說要急著答覆啊，但還是回答說：「原來如此。」

這時，櫃檯通知，京橋分局的刑警來訪。一看手錶，剛好是事先約定的時間。岩井請櫃檯讓他們進來。

不一會兒，兩名刑警走了進來。

「我是京橋分局的二階堂。」

「我是三田。」

岩井對京橋分局只派普通的刑警來這裡，感到有點不高興。他覺得應該是局長親自來拜訪東光新聞的社長，至少也必須是刑事課長以上。

「我們正在開會討論，要如何對付綁匪。」

副社長安田說。

「請問你們的結論如何？」

二階堂問。

「雖然拒絕支付贖款的態度沒有改變，但正在討論是否該回覆，以及如果要回覆，又要寫什麼內容。」

「綁匪寄來了回覆用的密碼，對嗎？」

「對，寄來三封信，內容都一樣。」

岩井拿出信紙。

「這當然是影本，實物保管在其他地方，以便提供給警方。」

「謝謝你們的細心。」

「對了，刑警先生，」安田不安地問，「我們該如何答覆比較好？」

「關於這件事，」二階堂說，「在你們答覆之前，是否可以問綁匪，目前人質是否安全？」

「人質的安全嗎？」

「是的，綁匪已經很久沒有上傳人質的影片，無法確認人質目前是否平安無事。」

「那倒是，」安田說，「綁匪無法保證人質的安全，當然不能要求支付贖款。」

二階堂點點頭。

「警方認為人質可能已經死了嗎？」

岩井問。

「我們並沒有這麼判斷，但是人質的安全是最優先的事項，至關重要。」

「瞭解了，如果我們決定回覆綁匪，就會詢問這件事。除此以外，還有其他要對綁匪說的話嗎？」

「請你們問綁匪，為什麼向東光新聞勒索贖款，以及贖款金額的根據是什麼。」

「這的確很令人好奇，但即使問了，綁匪會回答嗎？他們的回答會成為線索嗎？」

「我們希望盡可能掌握更多的情況，任何情況都無妨，或許可以從綁匪說的話中，掌握某些線索。」

這個建議是鈴村提出的，大久保立刻採納。因為和綁匪交涉的過程中，有可能瞭解他們的思考方式，而且主動發問可以改變一直以來都是由綁匪主導的局勢。

「刑警先生，謝謝你寶貴的建議，」岩井說，「我們會參考。」

二階堂和三田離開後，岩井對其他董事說：「我們要回覆綁匪，雖然不打算支付贖款，但站在報社的立場，當然必須瞭解人質是否安全。」

董事中沒有人表示反對，決定由撰述委員思考如何回覆後，會議就結束了。

岩井回到社長室，突然感到渾身疲憊。他重重地靠在椅背上，什麼事都不想做。

但是，他的腦袋很清楚。真的能夠如警方所說，在和綁匪交涉的過程中，發現有效的線索嗎？如果只是為了拖延時間，應該會有一定的效果。聽說警方目前展開了大規模的地毯式搜索，之前去向官邸請願奏效，警力立刻增加一倍。如果拖延時間可以破案，當然皆大歡喜，但萬一無法將綁匪逮捕歸案，而且談判造成反效果怎麼辦？

他對警方這種地毯式搜索的有效性產生懷疑。「固力果森永案」發生時，他是剛進新聞業的菜鳥記者，當時警方投入數萬名警力展開地毯式搜索，最後還是無法抓到綁匪。

日本的警察的確很優秀，破案率也很高，但那是針對簡單粗暴的罪犯，和臨時起意罪犯的破案率，對於像這次狡猾而又充滿計畫性的歹徒，是否能夠破案？岩井認為目前的形勢對綁匪壓倒性有利。如果無法逮捕綁匪，人質被殺——就會像常日新聞和JHK時那樣——會對公司造成極大的傷害，自己當然無法全身而退。

這時，秘書用對講機通知他：「社長，有送給您的郵件。」他要求秘書：「送進來。」秘書很快拿著裝在透明資料夾內的信封走進來。

「這是剛才寄到的，寄件人的名字有點奇怪，所以我馬上拿過來了。」

岩井隔著透明資料夾看著信封，收件人欄內寫著東光新聞岩井保雄社長，快捷寄來的郵件上寫著「親啟」兩個字，翻到背面，寄件人欄內寫著「松下和夫」的名字。岩井覺得好像在哪裡看過這個名字，但一時想不起來。

「我不認識這個人。」

「有可能是惡作劇——但這是綁架網站上人質的名字。」

岩井又看了一次那個名字。沒錯，就是那個最初被殺的男人。

他慌忙想從資料夾中拿出信封，秘書阻止了他。

「會留下指紋。」

秘書說完，遞上白色手套和剪刀。岩井在感謝秘書的細心和機靈的同時，恢復了鎮定。

「謝謝，妳可以先出去了。」

「那我先出去了。」秘書說完，離開社長室。

岩井確認門關上後，戴上手套，拿出信封。人質的名字應該只是幌子。他用剪刀剪開信封，小心謹慎地拿出信紙。

看了信件的內容後，他臉色大變。

信紙上印了以下的文字：

『岩井保雄社長：

我們想和你進行秘密交易。

我們認為這個交易將會對雙方都帶來莫大的利益。
反過來說，除非你答應交易，否則貴報社將無法避免地受到傷害。
如果你做好交易的準備，請寄電子郵件至信封內的網址。』

岩井一時以為綁匪聽到了他剛才和刑警之間的對話，但立刻想到這封信是昨天寄出，以時間的先後順序，根本不可能發生這種狀況。即便如此，他仍然難以平靜。

寫了網址的紙上，在「僅供參考」這行字的下方，寫著回信給綁架網站時使用的密碼。只有綁匪知道密碼，這證明目前手上的信，就是綁匪寄出的。

岩井重新看了一次信的內容。這次他逐一確認了每個字。

他隱約瞭解綁匪的意圖，他們所說的「交易」，應該是指贖款的事，同時暗示是不同於在綁架網站上談判的暗中交易。綁匪在信中提到「對雙方都有利」，簡直是自說自話，這種交易只會為綁匪帶來莫大的利益，自己怎麼可能輕易答應？

岩井知道自己該怎麼做，那就是立刻把這封信交給警方，把一切都交由偵查機關處理。但另一個自己阻止他這麼做，理由就是信中寫的「除非你答應交易，否則貴報社將無法避免地受到傷害」這句話。他覺得這句話就像毒汁般滲進全身。如果把信交給警方，綁匪就不會再提出私下交易，至於會造成怎樣的結果——常日新聞不是已經證明了嗎？

他覺得這封信也許是拯救公司和自己的機會，只不過這個機會很渺茫，但一旦把信交給警方，就連這個渺茫的機會也將永遠消失，這樣真的好嗎？

岩井仔細思考很久，仍然無法做出結論。最後，他按了秘書室的對講機，要求「請副社長來一下」。

✦

「這種住商大樓最可疑。」

玉岡抬頭看著一棟七層樓的老舊大樓說。

「是嗎？」

伊東真由美佩服地說。伊東是今年春天剛被分配到京橋分局的巡查，兩天前開始和玉岡搭檔四處查訪，進行地毯式搜索，今天他們都穿著便服。

「這一帶有很多這種可疑的大樓，有黑道分子，牛郎也會住在這種地方，還有賣非法DVD的店。很少有規矩人會出入這種地方，而且正常的家庭不會住在這裡，這裡的住戶很少和鄰居打交道。」

「玉岡先生，你知道得真詳細。」

「畢竟我當刑警已經很多年了。」

「那我們走吧。」

伊東快步走向住宿大樓的入口，玉岡懶洋洋地跟在她身後。這是伊東第一次辦案，能夠理解她很激動，但這種查訪不可能發現什麼線索，而且以他的直覺，他認為綁匪根本不在東京都內。

雖然目前偵查的重點放在東京都內，但他認為綁匪很可能潛伏在埼玉或是千葉一帶。並不能完全排除在東京都內的可能，但至少不會在都心，畢竟離發現人頭的澀谷和新宿太近了。雖然很多罪犯腦袋都不靈光，但再怎麼笨，也不可能把人頭丟在自己藏身處附近，因此目前的查訪只是走遍缺乏可能性的地方。只要用這種方式逐一排除這些地方，綁匪就可能躲藏在其他地方。他能夠理解從這個角度來說，查訪的重要性，但認為這種工作交給派出所的巡查去做就行了。

玉岡走進大樓時，在電梯廳確認了監視器的位置。那是很老舊的監視器，很懷疑是否能夠正常發揮功能。這種破舊建築物內所設置的監視器往往只是裝裝樣子。

這時，一個長髮男人走進電梯廳。男人個子很高，穿著皮夾克，年紀看起來五十歲左右。玉岡看著男人，男人突然拿出手機，說著「喂、喂」，轉身背對著玉岡。玉岡感覺對方很不自然，打算等男人打完電話後上前盤問。這時，伊東叫著他：「學長，電梯來了。」算了，沒關係。玉岡走進了電梯。

電梯門關上後，伊東說：「剛才那個人好臭。」

玉岡大吃一驚，「妳也這麼覺得嗎？」

「嗯，我從小鼻子就特別靈，經常被說是狗鼻子，這部電梯也很臭——」

伊東在說話的同時捏著鼻子。玉岡內心苦笑著，想起剛才那個男人身上發出了像垃圾的臭味。

「要去二樓嗎？還是先去七樓？」伊東問。

「嗯，那就從上面查下來吧。」

「好。」

接著，他們逐一查訪了每一戶。和伊東搭檔很方便，首先由她按門鈴，這時，玉岡就會站在稍遠處。這是因為對講機的鏡頭只會照到她一個人，住戶開門的可能性大增。如果兩個男人突然上門按門鈴，很多人都會假裝不在家。像是賣非法DVD的店家最害怕警察，看到兩個男人上門，絕對不會開門，所以要買這種DVD時，絕對要一個人去。

只不過如果綁匪躲藏在裡面，即便是一個女人上門，也不可能開門。查訪的目的就是向這裡的住戶打聽，周圍有沒有可疑人物。

石垣的手機響起的同時，螢幕上顯示的名字是「寬巳」。

「喂，我是盛榮。」

「——石垣嗎？」

高井田在電話中的聲音聽起來有點緊張。

「對。」

「我剛才在電梯廳看到一對男女，感覺很不尋常。」

「八成是查訪的刑警，剛才有年輕女人來按門鈴。」

「你們應該沒開門吧？」

「當然啊，」石垣回答，「我隔著貓眼觀察，發現她也去按了隔壁的門鈴，但同樣沒有人出來應門。住在這種住商大樓的人，白天不可能在家，更何況就算在家，遇到陌生人來按門鈴，也不可能會開門。高井田先生，你人在哪裡？」

「在離大樓不遠處的咖啡店休息。」

「你在電梯廳時，沒有被他們盤問嗎？」

「那個男刑警看了我一眼，電梯剛好來了，他們就搭了電梯。如果過來盤問我，那就麻煩了。」

高井田在回答的同時冒著冷汗，覺得剛才也許真的是千鈞一髮。如果在馬路上，他有自信可以掩飾，但如果在大樓的電梯廳被警方盤問，事情就沒這麼簡單了。只要對方問他來這裡幹什麼，他就找不到適當的理由敷衍。因為他不能說住在這裡，即使說來找朋友，如果對方問要找幾號室的誰，他也無法回答。而且兩名刑警在盤問時，其中一人可能會發現自己的長髮是假髮。他再次感謝電梯來得正是時候。

自己的運氣還沒用完。

「但是那個傢伙因為電梯來了就放棄盤問，真是太失職了。」

聽到石垣這麼說，高井田想笑，但實在笑不出來。

✦

五個男人聚集在東光新聞的社長室內。除了社長岩井保雄、副社長安田常正以外，還有專務木島和常務橋爪和立花。東京總社的八名董事中，這四個人是岩井的心腹，當初就是岩井提拔他們當上董事，所以報社內稱這四個人為「四人幫」，這四個人對建立目前被揶揄為「岩井王國」

的現行體制發揮了很大的功能。

岩井把綁匪寄來的信交給他們後，這四個人正輪流看著信，最後一個人看完之後，把信交還給岩井。

「也就是說，這是──」副社長安田開口，「綁匪想要私下交易？」

「我想應該就是這樣。」岩井說。

「但是，如果警方知道我們偷偷和綁匪交易，後果不堪設想。」

常務橋爪難掩慌亂地說。

「我當然知道。」

「既然這樣，為什麼找我們來這裡？必須馬上把信交給警方。」

「你以為我是傻瓜嗎？」

其他四個人立刻繃緊了臉。岩井只有在極度生氣時，才會說這句話。

「還是你們以為我收到信，六神無主，才找你們過來嗎？」

岩井帶著怒氣問道，四個人都悶不吭聲。

「你們還不瞭解事態的嚴重性。」

岩井收起怒氣說。

「你們聽好了，站在公司的立場，絕對不可能付贖款，你們應該也知道這件事。因為一旦付錢，就會砸了報社的招牌，會在東光超過百年的歷史上留下很大的污點。那如果我們不付贖款，導致人質被殺，會有什麼後果？到時候可能會有很多讀者離我們而去。」

四個人都默默點著頭。目前訂戶數逐年減少，經營已經陷入困境，如果像常日新聞那樣，一下子減少百分之二的訂戶，就會成為攸關生死的問題。這種說法一點都不誇張，而且到時候勢必追究董事的責任。

岩井說：

「如果我們報社也發生和常日相同的狀況，我的地位可能不保。大阪還有不少反岩井派的董事，他們當然會追究我的責任，到時候，不知道大老闆會出什麼招。」

岩井停頓一下，瞪著四名下屬。

「到時候——你們也沒有未來可言了。」

四個男人緊張地看著岩井。

「所以，必須在考慮到這些問題的基礎上，思考什麼是最好的方法。」

✦

車子駛入位在大手町的高讀新聞地下停車場，在門廊前停下後，司機走下車，打開了車門。大和電視台董事長大森亮一走下車，已經有一名看起來像是秘書的女人等候在那裡。

「大森董事長，歡迎蒞臨。」

身材苗條的年輕女人恭敬地鞠躬。

「我是伊澤社長的秘書藤田公子。」

「辛苦了。」

大森走進大門。

「不好意思，臨時請您過來一趟，辛苦您了。」

「沒事沒事。」大森嘴上這麼說著，卻無法克制內心的緊張。

高讀新聞的社長是高讀集團的首腦。雖然上面還有會長，但因為會長已屆高齡，由社長伊澤掌握實質經營權。大森身為大和電視台的董事長，也是集團內的監察人，但在集團內，和伊澤之間的實力落差仍然很大。

伊澤突然和秘書聯絡，說有事要和大森討論，希望和他見一面，但並沒有告訴秘書是什麼事。大森取消了電視台的內部會議，立刻趕來高讀新聞。

他來這裡的車上思考著伊澤找自己的理由，猜想和綁架案有關。

大和電視台是高讀集團的核心，是高讀新聞的創辦人，也是大老闆在七十年前創立的公司，之後，大和電視台幾乎每天實況轉播大老闆旗下的棒球隊的比賽，高讀新聞的發行量也因此獲得飛躍性的成長。之前是緊追在兩大報社之後的第三大報社，一口氣超越了原本位居業界之冠的東光新聞，創下了全日本銷售量最高的紀錄，大和電視台無疑是高讀新聞的最大促銷媒體。

雖然大和電視台的經營收入超過高讀新聞，但在集團內，高讀新聞的實力呈壓倒性優勢。大森雖然是在大和電視台工作多年後接任董事長一職，但過去多年以來，都是由高讀新聞的人空降擔任大和電視台的董事長。

不知道為什麼，這次的綁架案中，綁匪並沒有把高讀新聞列入勒索的名單中。大部分人都認為，把銷售量佔業界首位的報社排除在外很奇怪，所以大和電視台才會出現在勒索名單上。大森也認為這種看法指出重點，換句話說，大和電視台是高讀新聞的代罪羔羊。

大森來到董事辦公室的樓層後走出電梯，這裡的地板和牆壁都和其他樓層不同，裝潢高雅，使用大量木材，簡直就像走進一流餐廳。

秘書帶著大森來到社長室。社長室有三個房間，除了辦公室和會客室以外，後方還有一間休息室。大森被帶到會客室。

伊澤很快就走了進來。

「大森董事長，你好。」

伊澤笑容歡快。他向來不苟言笑，反而只有發生問題時，才會露出這種表情。

「不好意思，讓你在為那件事忙得焦頭爛額的時候，還特別安排時間過來。」

伊澤用彬彬有禮的語氣對年長的大森說話，大森回答說：「千萬別這麼說。」

「實在是有緊急情況，才急著請你來一趟。」

大森點著頭，心想我當然知道。

「不瞞你說，」伊澤切入了正題，笑容已經消失無蹤。「我也收到了。」

即使伊澤沒有明說，大森也知道他收到了什麼。根據談話的脈絡，顯然是收到了綁匪的聯絡，問題是「綁架網站」並沒有向高讀新聞勒索贖款。所以——

「綁匪該不會直接寄信或是電子郵件給社長？」

伊澤點點頭，拿出信件的影本。大森看了內容。

『高讀新聞社長　伊澤正威先生：

我們就是向高讀集團旗下的大和電視台要求贖款的人。大和電視台應該不會支付贖款，不僅如此，他們還利用自家的節目帶風向，抹黑我們，我們認為這也許是高讀新聞的指示。

於是，我們決定向高讀新聞要求贖款，如果貴報社不支付十億圓，四名人質就會送命，同時，我們還會揭露大和電視台利用自家節目帶風向的真相，目前我們正在剪輯相關的影片。』

大森在看信的同時，覺得臉頰發燙。大和電視台的確在節目中帶風向，貶低綁匪，看到節目播出時，他也覺得操作痕跡過於明顯，但以為大部分民眾應該不會察覺，只不過剪輯之後，很多人可能就會發現這種露骨的操作方式。在綁架網站剛出現時，節目並沒有一面倒地「痛批綁匪」，但在綁匪向大和電視台勒索後，『兩點的房間』和大和電視台的所有節目都開始指責綁匪的凶殘暴虐。

「我們並沒有帶風向。」

大森說，但伊澤搖搖頭。

「不，我看的時候，有些部分也讓我有這種感覺。在綁匪點名大和電視台後，簡直就像在做宣傳活動。綁匪的確凶殘暴虐，但問題在於突然改變風向未免太明顯了。」

「那是因為綁匪殺了兩個人，從某種意義上來說，節目改變風向是順理成章。」

「大森董事長，」伊澤再度一笑，笑得大森心裡發毛。「我已經知道你向製作局長下達指示。」

大森一時說不出話。

「我並沒有在責怪你，反而認為非常巧妙地運用電視這個媒體，激發民眾對綁匪的憎惡，營造出不支付贖款是理所當然的氣氛是值得讚賞的行為。」

大森從胸前口袋拿出手帕，擦著額頭的汗水。

「只可惜這個方法並沒有奏效，我們請民調公司調查了這一個星期以來輿論的變化，結果發現民眾對綁匪的憎惡的確增加了，但對報社和電視台的厭惡感也大幅增加。你採取的策略或許成功地激發民眾對綁匪的憎惡，但並沒有讓更多人認為不必支付贖款。也就是說，完全無法對那些重視人命的人產生任何影響，反而激起一部分人的反感。」

大森垂頭喪氣。他已經不在意贖款或是大和電視台的事，滿腦子都想著自己可能職位不保。

「還有第二頁。」

伊澤說完，把第二張影本交給他。大森用顫抖的手接了過來。

『伊澤先生，我們有一個提議，
這是對我們與大和電視台雙方都最有利的事。
我們可以在社會大眾和警方不知情的情況下交付贖款，
整起案件會以我們放棄犯案，釋放人質的方式落幕。表面上，大和電視台並沒有支付贖款，目前這些人質也會平安獲釋。

如果你認為可以接受這個提議，我們就不會向高讀新聞要求贖款。

請寄郵件至隨信所附的郵件信箱。』

「這封信百分之九十九點九是綁匪寄來的，」伊澤說，「信中還附了一張照片，照片上的人質拿著我們報社昨天的報紙。只有綁匪有辦法拍下那張照片——也就是說，這封信就是綁匪寫的。」

大森不知該說什麼。

大森默然不語，在瞭解伊澤的真心想法之前，輕率發言很危險。

「大森董事長，請你先寫信聯絡他們。」

伊澤說完，把寫了郵件信箱的影本交給他。

「我並不是要求你和他們暗中交易，而是想瞭解綁匪的意圖，才能思考之後的對策。」

「是。」大森回答。

「回信時不要用公司的電腦，一定要準備其他的電腦。」

不需要伊澤提醒，大森本來就打算這麼做。萬一警方調查電腦時，發現他們在暗中和綁匪交涉，後果不堪設想。

「目前只有你和我知道這件事，希望你不要告訴別人。」

「那當然。」

雖然大森這麼回答，但認為伊澤說沒有告訴其他人這件事是說謊。伊澤不可能一個人決定這麼重大的事，大森猜想伊澤應該獲得了會長的許可，只不過他並沒有失去冷靜，不可能把這句話說出口。

「另外，還有兩件事，」伊澤說，「首先，要忘了我們在這裡說的話；另一件事，就是今後完全絕口不提。」

王八蛋！大森在心裡罵道，但默默鞠躬，走出了社長室。

大森回到電視台後，立刻找來心腹的副董事長澤村，把和伊澤談話的內容告訴了他。

「他是指示我們暗中談判嗎？」

「不，他並沒有直接說，只是要我聯絡，瞭解綁匪的意圖，而且以後絕不再提起此事。」

「也就是說，要以大和電視台自行和綁匪暗中談判的方式進行嗎？」

「就是這樣。」

「那該怎麼辦？」

大森重重地嘆氣。

「為了大和電視台和高讀集團，這也是不得已的事。」

澤村顯得很緊張。

「當初是我把你從子公司調回總公司，讓你當上董事，我很信任你。」

「我不會忘記董事長的提拔之恩。」

「既然要暗中談判，當然需要錢，而且是不能公開的錢。」
大森探頭看著澤村的臉。
「近藤常董是董事中可以信任的人。」
大森點點頭，近藤是大森、澤村派系的人，大森原本也打算找他一起來這裡。
「製作局長和營業局長都是近藤的人，如果要籌措不能公開的錢，無論如何都需要這兩個人的協助。」
大森雖然知道那兩個人，但並不是很瞭解他們的性格。
「那兩個人口風緊嗎？」
「他們能夠升到目前的職位，當然飽經世故，而且這兩個人也是儲備董事。」
既然澤村如此掛保證，應該沒有問題，但大森還是認為必須實際見面後才能做出最後的決定。

✦

這天晚上，「綁架網站」上出現了東光新聞的回覆。
「致綁架網站站長：
既然你們向本報要求贖款，那我們就有資格詢問人質是否安全。

我們想確認目前是否所有人質都平安無事。

東光新聞」

「高田先生，完全被你猜中了。」

石垣低吟一聲。

「不，這是大友的看法。」高井田說，「我只是執行者，但他們的回信內容完全在意料之中。」

影山佩服地說：「不愧是以前當過博戲師的人。」

「我認為這封回信應該是警方下了指導棋，」大友說，「在這種情況下，大報社怎麼可能關心遊民的安全？應該說，他們現在還無暇顧及這件事。」

「他們問這個問題的意圖是什麼？」高井田問。

「一方面的確想知道人質的安危，但真正的目的，是希望讓我們多說話，從中掌握線索，還有就是拖延時間。因為在我們一來一往談判期間，可以為偵查爭取到更多時間。」

「他們好像已經展開了地毯式搜索，曾經來過這裡。」石垣說。

高井田點著頭，想起了今天有驚無險的場面。

「今天的查訪，應該已經走遍這一帶了，暫時可以放心。」

「那可以比之前更自由地外出了嗎？」

「不，接下來才是重頭戲，不好意思，暫時還不能外出。」

另外三個人點著頭。

「但這房間已經很臭了。」

石垣皺起眉頭。

「我的鼻子已經失靈了，根本聞不到臭味。」

大友說完，哈哈一笑。

高井田和其他人已經有一個月沒沖澡，更別說泡澡了，連內衣褲也沒有換，四個人身上都發出惡臭。外出時，只更換上衣和長褲，然後用除臭劑噴滿全身。

「再撐一下，繼續忍耐一陣子。」高井田說。

「臭味還可以忍受，只是這裡快忍不下去了。」石垣按著自己的肚子。

他們四個人在這一個月幾乎沒吃什麼東西，體力也快到極限。

「對不起。」

高井田鞠躬道歉。

「我倒是沒問題，只是很擔心影山。」

影山前一陣子長了濕疹，一直都沒好。

「別擔心我，等一切都結束，就去吃最高級的牛排和頂級蔬菜，把自己吃到撐為止。」影山笑著說。

「如果你們真的撐不下去，要記得告訴我。」

高井田說，其他三個人都點著頭。

「好，那明天早上就久違地來拍紀念照，回應東光新聞的要求。」

高井田說道。其他三個人都笑了起來。

五月二十九日

這天早上，石垣把給東光新聞的回信和人質的照片上傳到「綁架網站」上。

「敬告東光新聞：

所有人質都平安，健康狀態沒有問題。只要你們支付贖款，所有人質都可以平安回家。

我們不想繼續殺害人質，相信東光新聞也一樣。」

在拍照片時，高井田和其他人手上都拿著東光新聞今天的早報，證明所有人質都還活著。照片一上傳，網站的在線人數就以驚人的速度增加，累計總人數已經超過兩億人次，即使有人重複多次進入這個網站，這樣的人數仍然相當驚人。

石垣打開推特。綁架網站的話題幾乎每天都在熱門話題排行榜上名列前茅，在臉書和其他社群網站上，綁架網站同樣是熱門焦點。唯一令人擔心的是「5 ch」上的「推理綁匪躲藏地點討論串」，那些素人偵探把首都圈內可疑的公寓和透天厝照片，連同住址一起傳到網路上。雖然到目前為止，他們落腳的住商大樓完全沒有出現在討論串上，但如果有人拍了這棟房子的照片，然後又有人好奇地來圍觀，問題就大了。

電腦突然響起輕微的電子提示音，石垣打開網站。

「來了！」

高井田和其他人聽到他的叫聲，都紛紛聚集過來。

「是東光新聞私下寄來的電子郵件。」

石垣打開了之前告訴東光新聞的免費電子郵件信箱。

「希望說明交易的具體內容。」

「郵件的內容很公事化。」

高井田說完，抱起了雙臂。

「對方使用的是什麼郵件信箱？」

「是免費的電子郵件信箱，應該是避免留下交涉的證據。」

石垣回答說。

「沒有寄件人的名字。」影山驚訝地說。

「他們可能並沒有把這件事告訴警方。」大友說。

「為什麼這麼認為？」影山問。

「如果東光新聞通知了警方，這就是警方主導的陷阱郵件，但如果是這樣，我認為郵件的文章不會這麼公事化，而且警方為了搞清楚我們的狀況，就會問一大堆問題，郵件會寫得很長。這封郵件既沒有提到我們的名字，也沒有寫寄件人的名字，就是因為一旦這封郵件在某種情況下曝光，他們也可以推托狡辯。郵件的內容不是完全沒有提到人質或是贖款嗎？」

另外三個人欽佩地點著頭。

「這只是我的猜測，並不是絕對，千萬不能大意。」

「那要怎麼回覆呢？」

石垣問高井田。

「叫他們準備四億現金。」

影山問：「東光不是七億嗎？」

「暗盤交易必須給點折扣。」高井田露齒一笑，「原本以為要付七億，結果聽到只要四億，不是會覺得很划算嗎？」

石垣默默地按照高井田的指示，在電腦上輸入回覆的內容。

「再補充一句，十分鐘以內回覆是否同意。」大友好像臨時想到般補充說。

「十分鐘會不會太短了？」影山問。

「這是試探，如果他們在十分鐘之內回答說沒問題，背後可能有警察。」

「原來是這樣。」石垣聽了大友的回答，佩服地說。

高井田重新看了一次石垣輸入的內容後說：「OK。」石垣按下傳送鍵。

「不知道他們會怎麼回應。」

高井田說。石垣告訴他：「我剛才在寫回信時，收到了大和電視台的電子郵件。」

「致綁架網站：

信已收到，在回答是否同意交涉之前，請先告知你們希望的金額。

大和電視台」

「他們寫得很客氣，而且也寫了寄件人和收件人的名字。」影山一臉沉思的表情問：「大友，你怎麼看？」

「說不準，但是他們寫上我們的名字，可能有點失去冷靜。」

石垣問：「要怎麼回覆？」高井田想了一下後說：

「要他們準備五億圓，然後再要求他們在十分鐘以內答覆是否有可能做到。」

「也給了他們三億的折扣。」

石垣笑著在電腦上輸入高井田指示的內容。

「以現實來說，我們提出的金額是兩家公司能夠在檯面下勉強籌到的錢，」高井田說，「他們不可能去銀行提領上億的現金，一旦這麼做，銀行應該會馬上報警。」

「的確是這樣，最近去銀行領一百萬左右的錢，就會被懷疑是否遭到詐騙，然後會通知警察，如果是上億的現金，那就更加不得了。」

「大和電視台和東光新聞不可能被詐騙，但目前全日本都知道這兩家公司被勒索贖款，一旦去提領現金，銀行當然會懷疑，雖然對方是重要的客戶，對銀行來說，遵守法規更加重要。」

「如果是這樣，他們要怎麼籌現金？」

影山問。高井田回答說：

「東光新聞旗下有好幾家公司，其中還有房仲公司。大和電視台的背後有高讀集團，而且如果有需要，可以向廣告代理公司或是娛樂傳播公司周轉。大型娛樂傳播公司隨時拿出一億圓現金並不困難，而且這種傳播公司通常都是由老闆自己經營，在金錢方面很靈活。既然是承包節目的電視台開口，他們當然願意出借這種程度的款項。」

影山和其他人都欽佩贊同地點著頭。

「不知道他們會怎麼回覆。」

高井田看著電腦螢幕嘀咕著。

✦

東光新聞社長岩井發現綁匪立刻回信，大吃一驚。他完全沒想到，綁匪竟然會這麼快回覆。副社長等四名董事都在社長室內。

「四億圓嗎？」

副社長安田看著電腦螢幕，說出了金額。岩井看到這個金額的瞬間，內心鬆了一口氣。要籌措七億圓現金並非易事，但四億圓或許有辦法。其他四個人雖然沒有說出口，但從他們的表情，看得出他們也有同感。

岩井還沒有決定要支付贖款，也沒有徵求其他董事的同意。雖然寫了電子郵件，要求綁匪說明交易的具體內容，但只是想探聽綁匪的條件，因為他認為完全排斥暗盤交易交付贖款這個選項並非智舉。

「對方要求在十分鐘以內回覆。」

正在操作電腦的常務董事橋爪說。

「電子郵件是什麼時候收到的？」

「十一點十七分，還剩下八分鐘，不，只剩下七分鐘了。」

「這只是假設——我們有辦法籌到四億現金嗎？」

岩井問其他四個人，另外四個人互看著。

「雖然覺得並非不可能，但無法斷言。」專務木島滿面愁容地說，「如果不怕公司的其他人知道，籌到這筆錢應該沒問題，但如果要在所有人不知情的情況下籌錢，恐怕就會有困難。」

「不是才四億而已嗎？」

「如果有充分的時間，這個金額應該沒問題。」

「只剩下不到五分鐘了。」

橋爪著急地叫了。

「你回信叫他們等一下，說一個小時後答覆。」

橋爪聽了岩井的話，點點頭，立刻在鍵盤上打字。

「不，等一下，」岩井說，「重新寫，就說希望給我方緩衝的時間，三個小時後，一定會答覆。」

橋爪動作生硬地修改內容。

「只剩下一分鐘了，我要寄嘍？」

「寄吧。」

橋爪點擊了傳送鍵。

✦

「來了。」石垣在說話的同時，點開電子郵件信箱。「是大和電視台寄來的。」

「真神速啊，五分鐘就回信了。」

影山說。他似乎感到很意外。

「應可籌到現金，但目前尚無法保證，會妥善處理。」

影山看著高井田問：「你怎麼看？」

高井田沒有馬上回答。

「很難說，但這次的電子郵件沒有寫寄件人和收件人，可能是急急忙忙寫的回覆。」

「明明還有五分鐘。」

「可能他們覺得必須趕快回覆。」

「東光新聞也回覆了。」

石垣轉過頭對其他人說。

「他們要求等三個小時嗎？」影山探頭看著電腦，「感覺很有真實感。」

高井田抱著手臂注視著電腦螢幕，然後閉上眼睛，想像東光新聞社長岩井保雄的樣子。他應該會和被稱為「四人幫」的心腹董事一起在社長室，然後問那幾名董事，是否有辦法準備現金。董事雖然慌忙開始計算，但無法在十分鐘內保證可以籌到錢——如果是這樣，就有可能回覆這樣的內容。

接著，他又思考如果身旁有警察，會有什麼樣的對話。刑警為了讓他們能夠持續和綁匪談判，應該會要求他們回答「有辦法籌到錢」。

高井田把自己的想法告訴其他人，大友笑著說：

「下將棋的時候，『一廂情願』最容易出問題，也就是自認為對方的下一步會這麼走，但是——我也認為高井田先生的想法八九不離十。」

所有人都露出鬆了一口氣的表情。

「所以這代表東光新聞有意願進行暗盤交易？」

石垣問。

「不，目前還無法瞭解這麼多，但既然對方寄來這種電子郵件，就代表他們已經在不知不覺中，被這種想法套住了。如果他們決定拒絕，就不會寄這種郵件。」

影山佩服地點著頭。

「至於大和電視台方面，」高井田說，「從郵件的內容來看，他們急得像熱鍋上的螞蟻。高讀新聞伊澤的施壓，應該對大森造成很大的壓力，電子郵件中最後那句『會妥善處理』，充分體現了他們的著急。這是因為不寫這句話也完全沒有問題，他們之所以加上這句話，就是試圖向綁匪展現誠意。這不是警察會想到的話。」

「你的分析很精闢。」

大友點著頭說。

「令人在意的是——」石垣說，「兩封電子郵件幾乎同時收到，你們不覺得這有點毛毛的嗎？」

「我剛才也這麼想，」影山表示同意，「這是否代表兩家公司在相同的地方寄回覆的郵件？」

「所以警察和他們在一起嗎？」

「不可能，」高井田斷言，「如果他們在相同的地方，而且背後由警察下指導棋，就不會同時寄電子郵件。」

另外三個人點著頭。

「這個世界上，經常會發生一些奇怪的巧合，這其實更真實，或者說發生一些奇怪的巧合時，反而更加自然。」

「我大致能夠體會你說的意思，小鋼珠的Fever機台也絕對有偏差。轉五千次會中一次的機台，中的時候會連續中，不中的時候轉兩萬次都中不了。」

影山聽了石垣的話笑著說：「你不要和小鋼珠混為一談。」但似乎理解了這種狀況。

「如果他們在同一個地方，就不會同時回信。」高井田說。

「要怎麼回覆？」石垣問。

「不必回覆東光新聞，等待他們的後續消息。大和電視台方面，你就按照我接下來說的內容回覆。內容有點長。」

「你說吧。」

「——五天之內備妥現金，同時向綁架網站留言回覆：『我們願意不計一切代價拯救人質生命，但無法支付贖款。除此之外，只要是我們力所能及的事，我們都會努力做到。』這是為了躲避警方和世人目光的幌子談判——就這樣寫。」

石垣在電腦上輸入高井田說的內容。

高井田確認後說：「寄出吧。」

✦

「總算籌到三億圓了。」

東光新聞副社長安田向社長岩井報告。

這一個小時內，他們命令下屬調查可以籌措多少現金，當然這些下屬都是值得信任的人，絕對不會對外透露這件事。那些下屬沒有問理由，分別報告了目前可以動用的現金，總計金額超過三億圓。

「還缺一億。」岩井說完之後又補充說，「如果是這樣，只要再加上我們的個人資產，應該可以補足缺少的部分。」

另外四個人聽到這句話後都有些緊張，但沒有人提出不同意見。畢竟以他們的財力，每個人都有辦法自由運用數千萬的現金。

「你們不要這麼沒出息，」岩井很受不了地說，「雖然說我們拿錢出來，但也只是暫時的。如果真的不行，到時候以社長的名義，發包一個虛構的項目，就可以弄回這筆錢。更何況這只是一種假設，目前還沒有決定真的要付贖款。」

四個人默默點點頭。

「那可以回信了嗎？」

橋爪問，岩井點頭同意。

✦

「東光回覆了，內容是『已備妥所要求金額，靜待下一步指示』。」

石垣語帶興奮地說。

「三個小時內，就籌措到四億圓，簡直太厲害了。」

「東光新聞的社長當然有能力在檯面下籌措這筆錢，沒什麼好大驚小怪。」

高井田輕描淡寫地說。

「雖然還不知道他們是否真的打算交易，但的確已經動搖了。不要讓他們有時間考慮，乘勝追擊，就有成功的希望。」

另外三人都很緊張。

「先回信給他們。石垣，你來寫電子郵件。準備好了嗎？我要說了——明天將指定交易地點和時間——」

石垣神色緊張地輸入了高井田說的內容，高井田又繼續說：

「——除了這裡的交易以外，要繼續在綁架網站回覆留言，在留言時，要堅持東光新聞的立場——就這樣。」

石垣輸入完畢後問：

「剛才對大和電視台做出詳細的指示，東光新聞就讓他們自行處理嗎？」

「東光新聞回覆網站的內容有警察在背後下指導棋，最好的證明，就是他們問了人質是否安全，如果我們指示東光新聞該怎麼做，東光不僅會感到為難，直覺敏銳的刑警可能會察覺不對勁。」

「原來是這樣。」

「所以就把對外公開的網站上交涉的主導權交給警察，只要警方認為自己掌握主導權，就會放鬆警惕。」

「高井田先生，你的分析真是太厲害了。」

「不，基本上都是大友先生的分析。」

高井田轉頭看向後方說。

「我只是扮演參謀的角色，都是高井田先生做決定。」大友說，「我的解讀並非絕對，這是機率問題，畢竟我們是在和人打交道，對方有時候會採取出乎我們預料的方法。」

三個人紛紛點頭表示同意。

✦

下午，京橋分局的三名刑警來到東光新聞東京總社。表面上是由警方指導東光新聞和綁匪談判，因此刑警每天都會來報社，但今天由實質指揮這起綁架案辦案的警部帶領下屬前來。

岩井帶他們來到會客室。

「今天來拜訪貴報社，是想請你們幫忙一件事。」

名叫大久保的警部自我介紹後，立刻切入正題。

「請問東光新聞的早報版面會有不同的情況嗎？」

「因為配送的關係，所以有早印版和晚印版，有什麼問題嗎？」

「綁架網站今天早上公布的人質照片中，人質拿著貴報社的早報。」

「對。」

「在第一次的影片中，牆壁上也貼了貴社的報紙。」

「你這麼一說，好像的確是這樣。怎麼了？難道綁匪是我們報紙的訂戶嗎？如果是這樣，或許可以在訂戶名冊中找到綁匪的名字。」

「當然不能完全排除這種可能性，但我認為他們不會冒這樣的危險，只是首都圈的訂戶名冊的確可以成為線索，等一下請提供給我們參考。」

岩井點點頭。

「我想請教的是，所有早報的排版都一樣嗎？」

「首都圈版、關西版和其他地方版全都不一樣。」

「不，我想瞭解的是首都圈版的情況。」

「基本上排版都相同，但有時候會略微不同。」

「略微不同是指？」

「首都圈的範圍很大，並不是同時一起配送，印刷完成後就會分批送出去配送，但最先送出去的和最晚送出去的報紙在時間上有相當的差異，最早的早報在晚上十點左右就已經印刷完成了。」

「這麼早嗎？」二階堂問，「那最晚的是幾點？」

「最晚在深夜一點左右。」

「所以排版會不一樣嗎？」

「晚印版有時候會增加早印版來不及改的報導，這種時候，版面就會不一樣。」
大久保用力點點頭。
「這件事有什麼問題嗎？」岩井問。
「我們比較了東光新聞今天早報的幾個不同版本，發現頭版都一樣。」
「這樣啊，但是有時候不同版本的頭版內容不一樣，還有標題或是照片的排版方式也會不同。」
岩井發現大久保的眼神發亮。
「岩井社長，警方想請你幫一個忙。」大久保說
「幫什麼忙？」
「是否可以讓明天不同版本的早報頭版排版有微妙的差異？」
岩井立刻明白大久保的意圖。
「只要綁匪上傳人質和我們的報紙合影的照片，就可以知道是哪一個版本，也就知道綁匪在哪個區域買了報紙。」
「就是這樣。」
「一旦掌握他們躲藏的區域，就可以成為重要的線索。」
「我們認為是這樣。」
「我明白了，我會指示編輯主任，要求他安排明天早報所有版本的版面有微妙的變化。」
「謝謝。」

大久保鞠躬道謝後，抬頭看著岩井說：

「但是，如此一來就必須讓綁匪明天也把早報的照片上傳到網站上。」

✦

這天傍晚，石垣把大和電視台和東光新聞的回覆同時上傳到網站上。

大和電視台的回覆內容和高井田指示的內容幾乎相同。

「致綁架網站：

我們願意不計一切代價拯救人質生命。

但是，基於社會的立場，以及法律上的問題，我們無法支付贖款。

除此之外，只要是我們力所能及的事，我們都會努力做到。

大和電視台」

東光新聞的回信如下：

「今天看到了人質的照片，但不是影片，無法完全確認人質是否安全，希望可以上傳人質的影片，想聽到人質說話的聲音，要聽到四名人質的聲音。在確認人質的安全後，才能討論後續事宜。

東光新聞」

「東光新聞還真煩啊，難道對照片感到不滿，還要上傳影片嗎？」

石垣苦笑著說。

「不，煩人的是警察，東光新聞只是按照警察的指示回信，高井田先生，我的分析對不對？」

影山問。

「你說對了，」高井田回答，「但正如石垣所說，的確有點煩人。警方知道今天早上的照片並不是合成照片，大友，你怎麼看？」

大友想了一下說：「可能想拖延時間。」

「到了現在這個階段，還想拖延時間嗎？」影山不解地問。

「下將棋時，當時間緊迫時會遇到這種情況，通常都是垂死掙扎，只不過——」

「只不過什麼？」高井田問。

「有時候可能成為圈套，如果認為對方是因為時間緊迫，迫不得已走那一步棋而大意，對方就會攻其不備。」

高井田和其他人都沉默不語。

「你們不覺得他們對聲音這件事很執著嗎？他們一再說要聽我們的聲音。」

石垣提出了疑問。

「聲音嗎？」高井田喃喃嘀咕，「其中有什麼陷阱嗎？」

「反正無法成為什麼重要的線索，就讓他們聽聽我們的聲音。」

影山說。

「好，就這麼辦。石垣，明天一大早，你去準備東光新聞的早報。」

「瞭解。」

✦

岩井按照警方的指示，寄了郵件給「綁架網站」後，指示編輯主任丸岡，明天首都圈早報的不同版的版面都要略微不同。

如果這個策略成功，順利逮捕綁匪，就可以解決所有的問題。即使到時候和綁匪進行暗盤交易的事曝光，也可以辯稱只是假裝要和綁匪交易。因此他默默祈禱綁匪能夠落入早報的圈套。但他又覺得綁匪不可能輕易上當。這些綁匪都很狡猾、聰明，又富有執行力，似乎比警察厲害多了。

岩井再次想起了「固力果森永案」。當時他剛好在大阪的社會部，採訪過那起案件。他當時還是菜鳥記者，無法深入瞭解警方內部的狀況，只知道當時的偵查陣仗很驚人，總共投入了一百三十萬名偵查員。因為攸關警方的威信，在警方的戮力偵辦下，掌握了大量證據，所有人都認為「怪人二十一面相」必定會落網，但是——警方最後沒有逮到綁匪，至今仍然不知綁匪的真面目，真相石沉大海。雖然好幾次只差一點就能夠逮捕綁匪，但不知道是否幸運女神站在綁匪一方，他們就像煙霧般消失了。

不，那真的是運氣嗎？會不會看起來是綁匪走好運，但其實綁匪在所有方面都比警察棋高一著？岩井覺得這次的案子也會有相同的結局。雖然這種想法很對不起警方，但他有一種預感，覺得警方無法抓到綁匪。果真如此的話，就需要檯面下的交易——

這時，副社長安田打電話來。

「我剛才拿到了《週刊文砲》的早印版。」

「有什麼傷腦筋的報導嗎？」

「我馬上拿過去。」

安田立刻拿著一本週刊雜誌走進社長室。

「就是這本。」

安田翻開雜誌，放在岩井面前。

他看到上面印著『東光新聞向來聲稱生命比任何事更重要』的標題，報導中介紹東光新聞至今為止所刊登的人道方面的報導，除了當時的標題以外，還附上解說，每一篇報導的標題都歌頌生命的重要性，充滿人道主義，《週刊文砲》特地整理出這些內容做了特輯，嘲諷不願支付贖款的東光新聞。

「王八蛋！」

岩井說完，把週刊雜誌用力甩在桌上。

「這是明天上市嗎？」

「對。」

「當然會在我們的早報上刊登廣告吧？」

「是的。」

「能不能取消他們的廣告？」

「這可能沒──我們已經簽了約。」

岩井咂著嘴。

「那就把『東光新聞向來聲稱生命比任何事更重要』的標題塗黑。」

「如果這麼做，可能會說我們進行思想審查，《週刊文砲》會抗議我們打壓新聞自由。」

「那就把我們的公司名字遮掉。」

「好，這或許可以用侵害商標權的理由做到。《週刊文砲》只是想利用我們報社的名字多賣幾本雜誌。」

「這才不是侵害商標權這麼簡單，而是名譽毀損案！」

安田看到岩井氣勢洶洶的樣子，露出膽怯的表情。

「總之，我馬上去廣告部，指示他們把我們報社的名字塗掉。」

安田說完，離開社長室。

只剩下獨自一人後，岩井再次拿起了雜誌。翻開一看，發現東光新聞的報導旁，是大和電視台『三十六小時電視』的特輯報導。

報導中介紹『三十六小時電視』在那一天的廣告收入，廣告費總額超過三十億圓，但製作費只有五億圓，扣除藝人的表演酬勞，就是大和電視台淨賺的金額，金額大約是二十億。雖然這只是推測的數字，但岩井認為雖不中，亦不遠。他不得不佩服週刊雜誌記者的採訪能力。每年這個節目向民眾募得的善款都超過一億圓，這些善款都會全數捐出去，但報導中並沒有提到電視台本身的捐款金額。報導的後半部分列出了參加該節目的主要藝人的酬勞一覽表，擔任主要主持人的男藝人的酬勞竟然有四千萬圓。

四千萬圓！

岩井小聲嘟噥著，其他藝人的酬勞也很驚人。在歐美國家，藝人參加這種公益節目都不收酬勞，電視台更不會從中牟利，從這個角度來看，大和電視的做法簡直就是貪得無厭，而且那些趁機收取高額酬勞的藝人也好不到哪裡去。

岩井苦笑起來。讀者中應該有人會在看了這篇報導後，認為大和電視台應該拿點錢出來拯救遊民的生命，雖然大多數人不會這麼想，但有這種想法的人的確在增加，而且對東光新聞也會產生這種想法。

岩井在感到心情鬱悶的同時，覺得不能放棄和綁匪進行暗盤交易的機會。

五月三十日

上午八點，「綁架網站」相隔多日，再次上傳影片。四名人質都出現在影片中，其中一人——影山貞夫開口說「我們都平安無事，健康狀況也沒有問題」，其他人都默默點頭。影片只有十二秒，四個人身後的牆上貼著東光新聞今天的早報。

「成功了！」玉岡看著電腦大叫，「牆上貼了東光新聞。」

許多刑警都看著電腦螢幕。大家都是為了這件事一大早就來分局，甚至有人昨天就熬夜留在分局內。

「把報紙的圖像放大後印出來，然後立刻去東光新聞。」

大久保下達了命令，但在作業時，就接到東光新聞副社長安田的電話。

「綁架網站上傳的影片中拍到的是首都圈版的第四版，發送的區域是東京都內的台東區、墨田區和江戶川區的便利商店。」

「謝謝你的通知。」

大久保掛上電話後，面對偵查員，命令他們去這些地區便利商店，把監視器影像帶回來。所有刑警都像獵犬般衝出去。

這是開始偵辦這起案件以來，第一次掌握了重要線索。

「終於縮小範圍了。」

大久保自言自語說道。清晨去便利商店買報紙的人並不多，這就意味著對象有限。一旦監視器拍到可疑人物，就可以和馬路上或商店的監視器連動追蹤綁匪。甚至可以追蹤監視器拍到的所有人。只要使用人海戰術，一定可以將綁匪逮捕歸案——

這天傍晚之前，京橋分局已經蒐集到區域內所有便利商店的監視器影像。

大久保的預料完全正確，購買報紙的客人並不多，而且有多家不同報社的早報，購買東光新聞的客人更少。只不過那個區域總共有六百五十家店，確認所有監視器影像需要相當的勞力。

「雖然是很辛苦的作業，但努力清查，綁匪一定在其中。」

大久保帶著祈禱的語氣說。

✦

「你們看。」

高井田把三份報紙放在影山他們面前，三份報紙都是東光新聞的早報。

「乍看之下，會覺得都一樣，但是仔細看了之後，就發現照片的位置和標題的位置有微妙的差異。」

「真的不一樣。」影山發出驚叫聲，「這是怎麼回事？」

「大報不同版的排版有時候會不一樣，但頭版很少會有這種微妙的差異。」

「這個意思是——」影山不安地問。

「也許是東光新聞在警方的要求下，針對不同版，在版面上做了微調。」

「是為了知道人質的影片使用了哪一版的報紙嗎？」

影山問，高井田點點頭。

「也就是說，除了可以縮小購買報紙的範圍，還可以藉由便利商店的監視器拍到買報紙的人。」

「什麼？」影山聽了石垣的分析大叫起來。

「高井田先生，你之前就叫我們不要去便利商店買報紙，就是因為這樣吧？」

「不，其實我當時並沒有想這麼多，只是覺得在影片上傳的日子，去附近的便利商店買報紙很危險，還是小心為妙，沒想到這種謹慎在這次發揮了作用。好險拍影片時所使用的報紙和這附近賣的版本不一樣。」

石垣吹著口哨。

「你在哪裡買的報紙？」影山問石垣。

「我才沒有花錢去買。」石垣笑著回答，「我是在上野車站的垃圾桶撿回來的，每次都是啊。」

影山佩服地點點頭。

「老實說，我原本還覺得謹慎過頭，沒想到我錯了。高井田先生，你真是太厲害了。」

影山和大友聽了石垣的話都紛紛點頭，但高井田搖搖手，似乎婉拒同伴的讚賞。

「這種事不重要，我更在意東光新聞和警方合作的程度，搞不好警方也在暗盤交易的談判中插了一腳。」

所有人都陷入沉默。

「大友，你覺得呢？」

「即使警方沒有插手暗盤交易，東光可能也很期待警方可以逮捕綁匪，也就是說，他們可能在玩兩面手法。如果今天頭版的各版版面不同是警方的指示，東光可能對這件事抱有期待。」

「怎麼辦？要停止和東光新聞交涉嗎？」

石垣問。

高井田想了一下後，對石垣說：

「現在就寫電子郵件給東光新聞，內容要這樣寫——」

✦

「警方目前正在確認區域內所有便利商店的監視器。」

岩井聽到副社長安田的報告後點點頭。

「四人幫」的四名董事都聚集在東光新聞東京總社的社長室。

「但是警方真是太厲害了，竟然可以透過改變各版的版面，找到綁匪躲藏的區域，我們絕對想不到這種方法。」

常務橋爪嘆道。

「目前大街小巷都有監視器，可以追蹤到買報紙的人，完全有可能循線查到綁匪的藏身之處。」

「雖然很值得期待，」岩井眉頭深鎖地說，「問題在於逮捕的時間點。」

安田恍然大悟。

「假設在我們完成暗盤交易之後才逮到綁匪，會造成什麼後果？」

四名董事都默不吭聲。

一陣沉默後，專務木島開口：

「社長，我們放棄暗盤交易，這太危險了。」

岩井沒有馬上回答。

「現在和『固力果森永案』時的情況不一樣了，無論辦案方式和科技都進步了，而且也有監視器。如果是現在，『怪人二十一面相』一定會被抓到。」

常董立花說。

這時，放在辦公桌上的筆電響起收到電子郵件的聲音。橋爪打開電子郵件，頓時臉色大變。

「是綁匪寄來的。」

所有人都探出身體。

「他們說什麼？」

岩井緊張地問。

「我唸出來——不要再用改變版面，試圖調查我們行蹤的卑劣手法，我們早就看透了你們和警方的陰謀，如果不想繼續交易也無妨，我們明天就會把兩顆人頭放在東光新聞總社前，到時候會讓人頭的嘴裡咬住不同版面的東光新聞——」

所有人都說不出話，最後，岩井無力地說：

「綁匪比警方更厲害。」

沒有人反駁岩井的話。

「如果到時候真的有兩顆咬著東光新聞的人頭放在我們報社前，輿論會怎麼想？」

另外四個人都說不出話。

「雖然會更加厭惡綁匪，但也會用嚴厲的眼神看東光新聞。」

岩井在說話的同時思考著。綁匪可能在一怒之下曝光暗盤交易的內情，到時候，輿論會有什麼反應？到底有多少人會相信「為了試探綁匪的情況，假裝答應和他們交易」的辯解？如果是在警方的指示下和綁匪談判，民眾應該會接受，但事實並非如此，一旦知道是瞞著警方和綁匪交易，難以想像會造成多大的負面影響。

安田和其他人都十分鬱悶，岩井看到之後，知道他們想到了相同的事，同時意識到自己落入了綁匪的陷阱。

◆

「東光新聞回覆了。」

石垣在打開電子郵件的同時說。

「你唸出來。」高井田用鎮定的聲音說。

「——我方暫無取消交易的意圖，目前正在準備，靜待指示——」

「那封郵件起了作用。」影山滿意地說。

「要怎麼回覆？」

高井田沒有立刻回答石垣的問題，身旁的大友也默默抱著雙臂。

「你們知道我目前是怎樣的心情嗎？」

高井田問，所有人都看著他，但沒有人說話。

「雖然我沒有經驗——」高井田閉上眼睛說，「但感覺就像是在用摸索的方式拆炸彈。箱子內有很多線複雜地糾結在一起，只要剪斷正確的線就不會爆炸，但一旦剪錯線，馬上就——轟！」

高井田最後模擬的聲音有點大聲，另外三個人都顫抖了一下。

「東光新聞和警方合作，採取了某些行動這件事應該不會錯，只是目前還無法判斷，這次暗盤交易的談判，是在警方的指示下進行，還是瞞著警方和我們交易。」

室內瀰漫著沉重的沉默，就連大友都沒有說話。無論再怎麼絞盡腦汁，也無法針對高井田的疑問做出打包票的回答，但另外三個人已經做好了由高井田做出最後決定的心理準備。

高井田輕輕嘆了一口氣說：

「暫時不回信給東光新聞，先回覆大和電視台。」

✦

「三矢，可以佔用妳一點時間嗎？」

主編齋藤走到三矢的辦公桌前說。三矢放下寫到一半的報導，起身跟在齋藤身後。

齋藤說要去沒有人的會議室。

「關於這篇報導……」齋藤手上拿著三矢剛才寫的報導稿子，「太偏向綁匪的立場了。」

「哪裡？」

三矢有點不滿。

「整體都有這種感覺，尤其是最後總結的內容──『最重要的是，希望人質早日獲得釋放』有點不妥。」

「這句話哪裡有問題？」

「不，並不是有問題，只是如果我們這樣寫，會被讀者吐槽說，你們沒資格說這種話。」

「主編，我能夠理解你想表達的意思，」三矢說，「我們是被勒索贖款的當事人，但同時也是報導的媒體，努力從客觀的角度報導，不是理所當然的事嗎？我相信如果綁匪沒有向我們報社勒索贖款，你也會這麼寫。」

齋藤顯得很為難。

「雖然妳這麼說並沒有錯，但我們無法在這起案件上保持中立的立場。而且編輯主任已經指示，在寫相關報導時，不要站在綁匪的立場說話，但這件事妳不要說出去。」

三矢輕輕嘆了一口氣。

「好吧。」

即使不服氣，齋藤也會修改稿子，那還不如自己改比較好。

「我現在就改。」

「不好意思啊。」

「對了，主編，我聽說為了逮到綁匪，今天的東京版頭版的排版做了好幾個不同的版本，這是真的嗎？」

「妳聽誰說的？」

「大家都在說啊。」

齋藤一臉無奈，回答說：「是真的。」

「果然是這樣，今天早上綁匪在影片中使用的是哪一版？」

「是第四版。」

「所以已經掌握了區域嗎？這件事不報導嗎？」

「高層說不能寫。」

「為什麼？」

「因為讓民眾知道必須保持中立立場的報導機構協助警方偵查，不是很不妙嗎？」

「你剛才不是說，在這起案件上，無法保持中立的立場嗎？」

齋藤愁眉苦臉。

「我們是當事人，是被害人啊。」三矢說。

「綁架案都會限制媒體的報導，不妨視為這也是一種限制。」

「好吧。」三矢很不甘願地回答。亮出偵查的底牌的確並非上策。

「那就拜託妳了。」

齋藤說完，走出會議室。

三矢翻開齋藤留下的稿子，發現文章有好幾個地方都已經被畫了線。

三矢在修改的同時，突然思考著這件案子不知道會如何落幕。綁匪會落網，其他人質都會安全獲釋嗎？她真心希望有這樣的結局，她不希望再看到遊民失去生命。

但是，無論這起綁架案會以什麼方法落幕，等事件結束之後，就向主編要求寫關於遊民的報導。如果可以，很希望能夠花充分的時間採訪，分成多次進行連載。不要寫那種流於表面的偽善報導，而是要真正面對遊民的問題，否則就無法總結這次的案件。

「情況怎麼樣？」

搜查總部內，二階堂問山下。

「這項作業很辛苦。為了追查購買東光新聞的人，正在看附近監視器和店內的監視器影片，目前並沒有發現像是綁匪的人物。」

超過三十台電腦送來搜查總部，偵查員都在電腦前確認監視器的影像。雖然從傍晚就一直在做這件事，但山下說，目前才看了不到三分之一。

「但一定就在其中。」二階堂說，「綁匪一定就在剩下三分之二的影片中。」

「股長，」玉岡說，「如果綁匪是從很遠的地方來這裡買報紙呢？」

「有什麼問題嗎？」

「如果是這樣，就代表綁匪並沒有住在這個區域。」

「就算如此，綁匪也是在這個區域的便利商店買了報紙。」

二階堂不耐煩地對玉岡大聲說道。

「聽好了，便利商店的監視器一定拍到綁匪，不管花幾個小時，一定要找出來！」

✦

大和電視台社長室內，會客室桌子上的筆電發出收到電子郵件的通知聲。
「來了。」
常務近藤說，聚集在會客室內的所有人臉上都露出了緊張的表情。
會客室內總共有五個人，除了社長大森、副社長澤村和常務董事近藤以外，另有近藤的心腹，製作局長江田和晃、營業局長中島卓夫。所有人都知道暗盤交易的事。江田和中島冒著無法踏上晉升董事之路，和可能被開除的風險，參加這個計畫，但其實他們聽了大森和澤村說明情況之後，就沒有其他選擇了。他們和節目製作公司或是娛樂傳播公司都很熟。
「電子郵件的內容是什麼？」
大森問。
「他們要求明天把錢準備妥當。」
「明天？」大森大聲問道，「這麼急嗎？」
大森又接著問澤村：「有可能做到嗎？」
「已經拜託幾家節目製作公司和傳播公司籌錢了，」澤村回答，「應該沒有太大的問題，只不過在明天可能有點難度。」
「明天可以籌到多少錢？」
「節目製作公司能勢娛樂說，可以馬上拿出五千萬圓，MS經紀也說隨時可以拿出三千萬。」

製作局長江田說。

「兩家公司加起來還不到一億！」大森大聲地說，「也不想想我們每年付給他們多少錢！」

大和電視台黃金時段的綜藝節目每一集都有超過兩千萬的製作費，只要接一個完檔（就是剪接、配音都已完成，可以直接播出的狀態）常態性節目，節目製作公司一年就有十億圓的收入。大森記得能勢娛樂接了兩個常態性節目。

「不，能勢娛樂說總共可以籌到一億圓，只是沒辦法一下子拿出這麼多。」

江田擦著額頭的汗水說。大森見狀，實在很不耐煩。他知道江田向節目公司收取一集二十萬圓的回扣，大森以前在當製作局長時也做過同樣的事，默認了這種行為，但他無法原諒江田在這種緊要關頭，竟然還為傳播公司說話。

「又不是要他們付這筆錢！只是暫時周轉一下，告訴他們，如果這點事也做不到，以後就別想再接大和電視台的工作。」

「好。」江田回答。

營業局長中島提心吊膽地說：

「營業部的預備款中，可以馬上動用三千萬——」

「不能動用公司的錢。」

「我問了幾家關係密切的贊助廠商和多家廣告代理商，如果只有明天一天的時間，最多只能籌到五千萬。」

大森立刻在腦海中計算著。娛樂公司和贊助商總共可以提供一億三千萬，只要向幾位認識多年的傳播公司老闆開口，不需要任何擔保，就可以借到一億圓，自己的銀行存款可以領出七千萬圓，但綁匪要求五億圓，還差兩億圓。

「三天有辦法搞定嗎？」

大森問江田和中島，但聽起來不像是問話，而是不容拒絕的要求。

「三天的話，應該可以張羅到三億圓。」江田回答。中島則說：「我應該可以籌到兩億。」

大森點點頭，對近藤說：「那就寄電子郵件給綁匪。」

✦

「收到了大和電視台的電子郵件。」石垣說，「內容很簡短——需要三天的準備時間，一定會設法搞定——就這樣。」

「他們想拖延時間嗎？」

影山問高井田，高井田看著電腦螢幕中的郵件內容。

「我認為並不是，大友，你有什麼看法？」

「是啊。」大友回答說，「如果想要拖延時間，不會寫得這麼簡短，我認為這是他們被逼得走投無路的心理。」

高井田點了點頭，大友繼續說：

「如果這是他們的圈套，就會寫可以籌到錢，但這封郵件是他們拚了命的懇求，但同時有一點自暴自棄的感覺，如果綁匪真的動怒，他們也沒辦法了。也就是說，他們真的很難馬上籌到錢。」

「雖然大友的分析讓人覺得很有道理，但並不是絕對。」

影山說。高井田用強烈的語氣回答說：「這個世界上並沒有絕對這種事。必須瞭解到，我們並不是在下將棋。將棋的所有資訊都公開，解讀能力更強的人就能夠贏棋，但我們現在所做的事，有點像是打麻將，雖然能夠從檯面上的牌和別人打的牌大致猜到對方手上有什麼牌，但除非站在對方背後看他的牌，否則就不可能知道他手上所有的牌，也就是說，不可能百分之百猜中。如果擔心放砲，只敢打安全牌，一開始就不會做這種事。我們在做不成功，便成仁的事，但並不是靠運氣，而是在充分分析，認為有九成的把握後，就不惜打出危險牌，爭取胡牌的機會。我們現在已經是役滿貫❷的聽牌狀態，會把有九成勝算的牌打出去。」

影山和石垣都默默注視著高井田，只有大友連續點了好幾次頭。

高井田又繼續說：

「如果判斷錯誤，被對方胡牌──那就全盤皆輸了。」

「我押注在你身上。」

影山笑著說。

「我一開始就是這樣。」石垣一本正經地說，「反正我的人生已經死過一次了，輸了也沒有任何後悔。」

「我可以說一句話嗎？」大友說，「高井田先生剛才說，我們就好像在摸索著拆炸彈，但我並不這麼認為。如果是真的炸彈，在爆炸的同時就完蛋了，但我們即使落入警方的圈套，身體也不會炸飛。」

「那倒是。」石垣噗哧一聲笑了。

「我認為東光新聞、大和電視台都沒有問題，」大友說，「大和電視台可能豁出去了，在電子郵件中也留了公司名字，但東光新聞直到最後，郵件中都沒有提到金額、贖款或是人質之類的字眼，他們極力避免留下和綁匪做暗盤交易的證據，以防萬一整件事曝光，他們還能有辦法辯解。」

「原來是這樣，但如果我們被抓，他們不是很難洗白嗎？」影山指出了問題點。

「他們只是帶著一線希望謹慎行事，如果這是他們配合警方偵辦設下的圈套，就不會這麼小心翼翼。」

「大友的這些分析和我的解讀都不會絕對正確，」高井田說，「但我認為這張牌可以贏，可以打出去嗎？」

三個人都表示同意。

高井田對石垣說：

「那就請你寫電子郵件回覆大和電視台——三天後的六月二日下午三點，準備好五億圓，在

❷役滿貫，簡稱役滿，又作四倍滿、倍倍滿，廣東、香港稱爆棚，又作爆膨、四辣，指麻將中較難以湊成的牌型、翻數累計達一定翻數以上或較難達成的和牌方式等上述情況都稱之為役滿，可分為累計役滿和役滿役。

中央區日本橋人形町××的投幣式停車場內等待。錢都裝在紙箱內，紙箱要使用長寬高總和低於一百二十公分的搬家用牢固紙箱——」

影山和大友聽了，都露出緊張的神情，連向來冷靜的石垣都打錯好幾次。

「接著回覆東光新聞，內容完全相同。」

其他人都發出驚叫聲。

「在相同的時間、相同的地點嗎？」

石垣確認。

「沒錯。」高井田露齒一笑，「分成兩次風險並不會分散，反而會增加，我們就一次定勝負。」

✦

東光新聞社長室內一直瀰漫著沉重的氣氛，沉默已經持續了超過十分鐘，副社長和其他董事都不時偷瞄岩井的臉，沒有人敢主動開口。

所有人都覺得起初只打算且走且看，但在不知不覺中，變成不得不和綁匪進行檯面下的交易。綁架網站剛才指定了交付贖款的地點和日期，他們才終於發現自己面對的事態有多麼嚴重。

如果繼續進行交易，萬一事情曝光，所有人都會身敗名裂。不僅會遭到輿論的制裁，最糟糕的情況，可能會吃上官司，對公司造成重大打擊，公司可能會向他們請求損害賠償。即使說這一切都是為了保護公司，在不得已的情況下做出的行為，這說法也無濟於事，唯一可以辯解的理由，就是「希望可以藉由暗盤交易，拯救人質的生命」，但不知道社會大眾會如何看待。

如果要回頭，現在還來得及。雖然綁匪一旦公布之前的交涉，就不可能全身而退，但至少不會造成致命傷。如果再踏出一步，就無法回頭了──

這些董事內心充滿對綁匪的恐懼，他們在不知不覺中，開始認為至今仍然沒有現身的綁匪無所不能。這幾天期間，他們被綁匪玩弄於股掌，精神上疲憊不堪。他們把所有判斷都交給坐在他們面前、綽號叫「推土機」的岩井社長。

事到如今，岩井完全不打算聽取其他董事的意見，更不可能靠表決來決定，只能自己做出決斷。要交易，還是放棄交易──只能二選一。

「和他們交易。」

其他董事聽到岩井說的話，猛然抬起頭。岩井繼續斷言說：

「警察抓不到這些綁匪。」

這句話對其他幾名董事來說，就像是強大的諭示。

「馬上準備錢，這些錢──就放在安田家。」

「好。」副社長安田回答。

五月三十一日

這天早晨，「綁架網站」上傳了對大和電視台、東光新聞的回覆，讓眾多民眾跌破眼鏡。

「敬告大和電視台、東光新聞：

我們決定在贖款問題上大幅讓步，

只要求各一億圓，每名人質五千萬圓。

我們認為這是合理金額，

而且無意進一步妥協。

交付贖款的日期和地點將另行通知。」

這天早上的偵查會議上，除了報告前一天查訪的情況、便利商店監視器影像分析以外，還討論了綁匪新發出的聲明內容。因為無論從查訪還是監視器中，都沒有發現任何重要線索。

「綁匪突然宣布大幅降低贖款，你們對這件事有什麼看法？」

管理官甲賀問所有偵查員。

「是否可以認為他們已經陣腳大亂？」

二階堂代表其他人回答。這是偵查會議前，他和幾名刑警討論後得出的結論。

「常日新聞和JHK都沒有支付贖款，大和電視台與東光新聞持續保持強硬的態度。綁匪可能認為，很難收到之前提出的金額。」

甲賀點點頭。

「這次的聲明文——」安藤舉手說，「首先文體和之前不一樣，之前的語氣都很客氣，但這次有一種高高在上的感覺。」

幾名刑警點頭表示同意。

「這代表他們著急了嗎？」大久保問，「如果是這樣，你認為他們著急的原因是什麼？」

「也許我們之中曾經有人和綁匪接觸過。」

玉岡說的話讓所有刑警都很驚訝。

「在地毯式搜查時，可能有偵查員直接去了綁匪躲藏的地點，或是面對面說了什麼，綁匪得知警方的偵查已經逼近他們身邊，才慌了手腳。」

「搞不好說到了重點。」

大久保說道，所有刑警眼神一亮。也許之前踏實的偵查並沒有白費的想法激勵了他們。

大久保繼續說：

「繼續擴大區域進行地毯式搜查，同時，可能有必要重新檢視之前查訪時，曾經感到不對勁的所有事。請大家努力回想，無論是公寓或是住商大樓，或是遇到的人，有沒有覺得有問題。」

大久保說完之後，發現自己的話很矛盾。因為刑警的習性，就是只要感到一絲不對勁，就會立刻追查下去。

「綁匪會不會搬離了原來的地方？」一名刑警問。

「雖然不能完全排除這種可能性，但帶著四名人質搬家有風險。只要中途遇到臨檢就完蛋了，我相信綁匪不會冒這種險。」

大久保說。

「對了，監視器影像的確認進行得如何了？」

大久保問在搜查總部角落率領電腦部隊的山下。山下站了起來，走向前方。

「從昨天開始，有五十名人員熬夜確認，目前還剩下三分之一。正如我剛才所報告，尚未發現當天購買東光新聞後，走去附近公寓或透天厝的人，所有人都走去JR電車或地鐵站。已經要求調閱這些車站的監視器影像，但要追蹤所有人，恐怕需要費一番工夫。」

室內響起了嘆息聲。不難想像這項作業多麼辛苦。

大久保抱著雙臂。綁匪很可能基於動物天生的謹慎，避免在住家附近買東西，或許搭了JR電車或是地鐵去買報紙。要靠車站或是車廂內的監視器，追蹤混在早上尖峰時間的人是一件棘手的事，和在沒什麼行人的路段，靠街上的監視器找人性質完全不一樣。即便如此，還是可以追蹤，只是想到要用這種方式追蹤好幾百人，就快要昏過去了。

「山下，」大久保說，「也要確認那些去車站的人之後的動向。」

「好的。」山下回答，走回了電腦部隊。

大久保看著她的背影，在心裡向她道歉，但是監視器絕對拍到了綁匪的身影。無論他們躲藏在哪裡，一定在那個區域內的便利商店買了報紙，監視器的影像中必然有他們的身影，所以找到他們，只是時間早晚的問題。不知道是我們先循線找到綁匪，還是他們搶先一步逃走。

「收到了綁匪寄來的信，今天早上用快捷寄來的。」

大和電視台的董事長大森把信交給了京橋分局的安藤。

「總共收到了三封。」

安藤戴上了手套，小心翼翼地看了其中一封，以免留下指紋。

『把一億贖款放在行李箱內，六月六日下午一點，由女性員工帶著行李箱，站在新大谷飯店的大廳，但女性員工必須帶手機，並事先用電子郵件告知手機號碼。』

信的內容就這麼簡單，安藤覺得太敷衍了，第一次看這封信時，甚至以為是惡作劇。身旁的三田似乎也有同感，兩個人互看一眼。

之前充分運用網路進行的劇場型犯罪，最後竟然採用這種老套的方式嗎？但是仔細看過之後，又發現只能仰賴這個方法。

「大和電視台打算如何處理？」

「我們拒絕支付贖款的態度並沒有改變。」

大森回答。安藤默默點頭。警方當然不可能為了逮捕綁匪，要求他們準備贖款。

「那要怎麼回覆綁匪呢？」

「警方認為該怎麼辦？」

大森反過來問他，安藤一時答不上來。

「我們的立場不方便向大和電視台提供建議，但搜查總部可能有些要求需要請你們配合。」

大森點點頭，他明顯憔悴不少。安藤並不意外。他們幾乎每天都被綁匪威脅，而且在網路上也遭到莫名的誹謗，如果不感到疲憊才有問題。這麼一想，就覺得大和電視台很可憐。再怎麼說，這次的案件中，大和電視台是單方面的受害人。

✦

「所以，即使綁匪降了價，大和電視台與東光新聞都不會改變拒絕支付贖款的態度。」

二階堂嘆了一口氣。從大和電視台與東光新聞回來的刑警都點著頭。

「大和電視台要在六月六日在新大谷飯店，東光新聞在兩天前的四日，在帝國飯店交付贖款嗎？綁匪打算在三天之內，收取兩筆贖款嗎？」

大久保抱著手臂說。

「但是兩封信除了交付贖款的地點和日期以外，一字一句都完全相同，也太偷懶了。」

玉岡很不以為然。

「從另一個角度來說，這也很合理。反正既然傳達的內容相同，就沒必要寫出不同的文章。」

二階堂回答。

「綁匪要求事先知道女性員工帶在身上的手機號碼，應該會透過電話指示，要求女性員工去其他地方。」

「十之八九是這樣。」

「只要把追蹤器藏在行李箱內，無論去哪裡，都可以追蹤到。」

「綁匪可能會從行李箱內只把錢拿走。」

「那可不可以把追蹤器藏在紙鈔內？」三田提議，「就好像可以把書裡面挖空，把東西藏在裡面一樣。最近的追蹤器都很小，只要有幾毫米的縫隙就夠了，只要把幾十張紙鈔挖洞，就可以輕鬆放進去，然後再用綁鈔帶綑住，乍看之下，根本不會發現。一億圓就是一百疊一百萬的紙鈔，只要藏在其中一捆中，就算綁匪把錢放進皮包之類的，也不會發現。」

「但是破壞紙幣不是違法行為嗎？」玉岡說，「警察可以做違法行為嗎？」

「切割紙幣或是燒掉紙幣並不構成犯罪。」

二階堂抱著手臂沉思著。

鈴村說。

「怎麼可能？這是偽造貨幣罪。」

「玉岡，」二階堂用循循善誘的語氣說，「在造幣局鑄造的硬幣上動手腳是犯罪行為，但在日本銀行發行的紙幣上加工，法律上並不構成犯罪。你既然是警察，就要記住這件事。」

「……是這樣啊。」

「只不過這種行為當然不值得鼓勵，而且警察可不能這麼做。」剛才一直沒有說話的大久保開口。

「更何況大和電視台與東光新聞都說不會支付贖款。」

「要不要請警視總監去請求他們協助？」

二階堂靈機一動，提出了這個想法，大久保的眉毛動了一下。

「無論大和電視台還是東光新聞，應該都希望可以逮捕綁匪。雖然大部分民眾都支持大和電視台和東光新聞的態度，但有不少人指責他們太冷漠無情。」

「這個星期的《週刊文砲》無疑是雪上加霜。」

「是啊，所以如果警視廳正式提出要求，大和電視台與東光新聞可能都願意點頭。」

二階堂堅持己見。

「但是那兩家公司為了公司的形象，不可能答應支付贖款。」

「可以瞞著社會大眾進行。」

「嗯。」大久保低吟一聲，抱著手臂。

「如果一億圓被搶走怎麼辦？」

「只要做好萬全的準備，絕對不會被綁匪搶走。」

「這個世界上沒有絕對。」

二階堂閉口不語。

「如果一億圓被搶走，警方就會出盡洋相。若是錢雖然沒被搶走，但沒有抓到綁匪，導致人質被殺，那就是更嚴重的失誤，不是只有京橋分局會受到輿論抨擊而已。」

管理官甲賀說，所有人都陷入沉默。

「好！」大久保突然叫了一聲，站起身來。

「我去拜託局長。」

搜查總部頓時被一股熱氣包圍，好像氣溫瞬間上升了三度。

「雖然不知道局長會不會同意，但我們可以先模擬在交付贖款時逮捕嫌犯的各種情況。」

分局長進藤聽了大久保提出的要求後，沒有馬上回答。

「萬一失敗，就不光是京橋分局要負責而已。」進藤說。

「我知道。」大久保點點頭。

「警視廳會受到嚴厲指責，必須做好這種心理準備。不，事情沒這麼簡單，甚至可能會影響到更上級的警察廳。」

「是。」

「我當然也不可能置身事外。」

進藤明年就退休了，大久保不禁思考著並非高考組的進藤，一路升到分局長的警界人生。聽說目前已經內定，他在退休後會去一家民間保險公司擔任顧問，如果交付贖款的計畫失敗，這件事恐怕就告吹了。雖然大久保很擔心會影響上司的人生，但他更想抓到這起案件的綁匪。

「事實上，如果要求這樣處理，我只能去找警視廳的警視正。」

「是。」

「但是你也知道，警視正以上幾乎都是高考組的人，他們雖然一樣是警察，但和我們不同。」

大久保點點頭。像他和進藤這種非高考組的人，再怎麼升遷，在退休之前最多只能升到警視，只有具備超強的能力和幸運的人，才能夠成為更高階的警視正和警視長。但是高考組的人一進入警界就是副警部，三十歲左右就可以成為警視正。一旦成為更高一階的警視長，就變成普通警察必須仰望的階層。以警視長為目標的警視正，不可能要求上司同意可能會毀了自己仕途的魯莽搜查計畫，即便警視正很熱血，這個要求也很難傳達到比警視長高階的警視監，以及更高階的警視總監層級。

「更何況，」進藤又繼續說道，「這起綁架案並不是警視總監能夠憑一己之見點頭同意的案件，警方要求報社或是電視台準備贖款是前所未有的事，一旦失敗，甚至可能會連累首相。」

聽進藤這麼說，大久保發現的確是這樣，他忍不住反省自己太衝動了。如果因為這種事就失去冷靜，根本無法戰勝綁匪——

「那就由我來一肩扛起。」

「啊？」大久保聽了進藤這句話，發出驚呼。

「就當作是我一個人的決定，問題就解決了。」

進藤說完，咧嘴一笑。大久保覺得他的確是刑警，連骨子裡都是。

「但是，那些整疊的一百萬紙鈔只有上面和下面是真鈔，中間都用假鈔，這筆錢由警方支出，不需要大和電視台或東光新聞出錢，他們只要回覆給綁匪，說願意支付贖款就好，然後由女警拿行李箱去交付贖款。」

「是。」

大久保在回答的同時，在腦海中迅速計算了金額。總計兩億圓，就需要兩百疊一百萬圓的紙鈔，也就是四百萬。只要向會計打聲招呼，就可以馬上準備這筆錢。

「那我就立刻去做準備。」

「嗯。」進藤點了點頭。

偵查員從大久保口中得知局長點頭同意後，個個興奮不已。

「這個計畫一定可以成功。」

二階堂興奮地說。

「我們剛才考慮了各種可能性後加以確認，嫌犯不可能搶走贖款逃之夭夭。」

「要設想所有的情況，敵人的腦袋很聰明，不知道會想出什麼花招。」

刑警都一臉緊張地點著頭。

大久保發現鈴村皺著眉頭。

「鈴村哥，你是不是想到什麼？」

「不，沒什麼大不了的事。」

「你說出來聽聽。」

「我只是在想，如果是普通的綁架案——比方說，人質是小孩子，警方會主導這麼大膽的計畫嗎？」

大久保的表情僵住了。

「我只是覺得，因為人質是遊民，而且已經死了兩個人，內心深處可能會產生即使再失去一條人命，也無可奈何的情緒。」

鈴村的話改變室內的氣氛，所有刑警都沉默無語。

「我不同意你的意見。」大久保靜靜地說，「這次的綁架案件是沒有前例的特殊案子，我們也只能用沒有前例的方式應對。」

鈴村聽了大久保的話，並沒有反駁。

✦

「蓑山先生，讓你久等了。」

《週刊文砲》的總編桑野向坐在咖啡台內的蓑山打招呼。

「喔，桑野先生，好久不見。」蓑山站起來打招呼，「我剛才來這附近辦事情，想說順便來看你一下，你是不是在忙？」

「不，我接到櫃檯的電話時，剛好開完會，有三十分鐘左右的空檔。」

桑野說完，坐在椅子上，點了咖啡。

「聽說這一期賣得很好。」

「都是你那篇報導的功勞。」

「不，應該歸功於綁架案的綁匪。」

桑野聽了蓑山的玩笑，忍不住笑了。

「我拜這起事件所賜，寫了好幾篇報導，從這個角度來說，真的很感謝綁匪。」

「對了，蓑山先生，你認為有辦法抓到綁匪嗎？」

桑野問。

「這我就不知道了。」蓑山歪著頭說，「這次的綁匪似乎很聰明。」

「綁匪到底是什麼人？」

「目前眾說紛紜，有人說是黑道，有人說是恐怖分子，還有人說是小混混，甚至有人說是外國團體，但我認為並不是專業人士幹的。」

「理由是什麼？」

「並沒有特別的根據，只是我認為這次的案子目的並不只是金錢而已，背後似乎還隱藏了撕下媒體偽善假面具的動機。」

「雖然的確可以感受到這個部分，但是會為了這種原因殺兩個人嗎？」

「的確有道理，」蓑山回答，然後又接著說：「除此以外，我認為還有向社會復仇的目的。」

「對什麼復仇？」

「該怎麼說呢——就是在表達繁榮背後，被遺忘的那些人的憤怒，是來自被我們這些普通民眾捨棄的人進行的報復。」

「這太矛盾了，最不把遊民的生命當一回事的不是別人，而是這次的綁匪。他們利用了被社會遺忘的遊民，最後還無情地殺害他們。」

「雖然是這樣，」蓑山抓抓頭，「雖然我這麼說完全沒有根據，但我覺得好像是遊民用自己的生命復仇。」

桑野聽了蓑山的話，開始思考。

「雖然我認為不可能用自己的生命做這種事，但這次的確向社會提出一個問題。」

蓑山點了點頭。

「一個人的價格取決於那個人的重要性，像是父母眼中的孩子，或是一家公司的董事長，價格當然就很高，但是別人的孩子或是其他公司的員工就一文不值。」

蓑山聽了桑野的話說：「雖然你說得很直接，但的確是這樣。也就是說，無依無靠的遊民，金錢價值是零，他們對社會的貢獻度是零——甚至有人認為他們是社會的負資產，所以這起綁架案剛發生時，網路上百分之百的人都認為不可能付贖款，但現在已經有人認為，他們的生命也有金錢價值。」

「其實那些指責報社和電視台的聲音，就是表達了這樣的想法。」

「從這個角度來說，這起案件很有意思。」

✦

岩井聽了大久保的提議後，沉默片刻。

「我們絕對不會造成東光新聞的困擾，交付贖款這件事都由警方進行，你們只要回覆綁匪『已做好交易的準備』就好。警方會備妥贖款，不會要求東光新聞支付。」

「警方要拿出一億圓？」

「不，只有一百萬一疊紙鈔的上下是真錢，其他都是假鈔。」

「既然是裝在行李箱內，全都用假的不就好了嗎？」

「綁匪可能在中途從行李箱中拿出來，裝在其他皮包裡。」

「如果他們到時候翻一下，不會識破嗎？」

「雖然是假鈔，但都是能夠以假亂真的程度，紙鈔的中間部分是空白，上面印了『樣本』這兩個字，紙質很相近，如果在綁著綁鈔帶的情況下翻一下，無法辨別出來。」

「原來是這樣。」

「你願意配合嗎？」

岩井想了一下後回答說：「好。」

「謝謝。」

大久保鞠躬道謝後說：「還有另一件事要拜託你們。」

「什麼事？」

「在回覆網站時，請加上一句，想聽到影山貞夫以外的三個人的聲音，然後，可不可以請你們明天再次稍微改變早報各個版本的排版嗎？」

岩井雖然覺得這個方法已經失效了，但還是回答說：「好。」

京橋分局的刑警離開後，岩井說：「事情的發展完全符合綁匪的預料。」

副社長安田點點頭，幾個小時前，收到綁匪寄來的電子郵件中寫了以下的內容：

「警方可能會要求你們同意交付贖款，到時候就點頭答應，我們當然不可能去拿錢，所以準備假鈔也沒問題。」

剛才發生的事完全符合綁匪的預料，岩井不由得害怕，忍不住覺得「他們是惡魔嗎？」但立刻打消了這個念頭，綁匪既不是神，也不是惡魔，而是人，只是具備了驚人的智力，或是在警方內部有內應——無論如何，岩井都確信警方根本不是綁匪的對手。

他已經快崩潰了。他必須在和綁匪進行暗盤交易的同時，向警方隱瞞這件事，然後配合警方進行檯面上的交易，而且還要籌錢，他的精神和肉體都快撐不住了。

但是，還有一件最重要的事尚未完成，那就是把贖款交給綁匪。岩井已經沒有力氣思考這件事是否能夠順利完成，以及完成的可能性有多少，他一心只想著趕快擺脫這種痛苦，只要能夠遠離這種痛苦，四億圓簡直太划算了。

✦

「大和電視台和東光新聞都回覆網站，不會支付贖款。」

石垣淡淡地說，高井田點點頭。

「但是東光新聞又要求上傳其他人質的影片，還說這次要聽到其他人的聲音。」

「他們打算用新聞的版面再次引誘我們上鉤。」影山生氣地說，「我們根本不可能再上當。」

「明天要不要去橫濱一帶拿報紙？」

石垣笑著說。

「不需要，這種挑釁沒有意義，我們用其他方法。」高井田說，「但這個要求反而對我們有利。」

語畢一笑。

「對了，石垣，」高井田問，「真的有辦法在預定的時間讓文章出現在網站上嗎？」

「完全沒問題啊，就像是預先設定錄影一樣。」

「那我就放心了。」

高井田仍掛著笑。

「那我們就來拍最後的紀念照。」

六月一日

這天早上，「綁架網站」上傳了大和電視台與東光新聞的回信，兩家公司都表達了「不支付贖款」的態度。

網路上都認為這起案件陷入膠著，如果雙方的態度仍然呈平行線，很可能會導致人質再度被殺。但也有人認為，綁匪不可能接連殺害人質，對綁匪來說，人質是最大的棋子，一旦失去棋子，也就失去優勢。

許多網友也發現綁匪聲明文的語氣發生變化，有人認為是綁匪「慌了」，也有人認為是綁匪「不耐煩」，更有人認為只是換了寫手。

✦

「錢都準備好了。」

副社長安田走進社長室，向社長岩井報告。

「目前正在準備紙箱。」

岩井深深地靠在沙發上，輕輕嘆了一口氣。

「我沒辦法相信自己真的要做這件事。」

另外四個男人默默點頭。

「簡直就像在做惡夢。」

「但是，明天一切就結束了。」

岩井聽了安田的話，瞪大眼睛說：

「你說一切都結束了？接下來才真正是惡夢的開始！」

站在岩井面前的四個男人都閉上嘴。

「誰去呢？」安田問。

「不可能由社長和副社長去，而且會引起警方注意。」

岩井說。

「那我和橋爪一起去。」

專務木島說。

「你們兩個人沒問題嗎？」

「沒問題。」

「那就拜託了。」

這時，電腦發出收到電子郵件的聲音。常務橋爪打開了電子郵件說：「是綁匪傳來的。我唸出來——最後確認，明天六月二日下午三點。」

大森面前堆著五個紙箱，箱子內裝的是剛放進去的五億圓現金。

剛完成裝箱作業的四名董事站在大森兩側。

「我們公司的員工一輩子的收入大約五億圓左右，工作超過四十年，也只能賺到這些。」

大森說，副董事長澤村說：「五億圓畢竟是一大筆錢。」

「的確是一大筆錢，」大森說，「但是對大和電視台來說，這點錢並不算什麼。只要這麼一點錢就能夠保住『三十六小時電視』，不是很便宜嗎？」

其他董事都點著頭。

「我現在很想馬上把錢交出去，明天交給綁匪後，一切都解決了。」

大森不悅地說。

「我們必須把這件事帶進棺材，知道了嗎？」

大森瞪著其他人說，幾名董事都同時緊閉了雙唇。

六月二日

這天早上，「綁架網站」再次上傳人質開口說話的影片，和上次不同，這次四名人質都各自報上了自己的名字。

「王八蛋！」玉岡看著影片罵道，「竟然只拍報紙的電視節目欄。」

二階堂也看著電腦螢幕，覺得這次失敗了。所有版本的電視節目欄都一樣，根本無法瞭解綁匪到底在哪裡買報紙。原本對最後的機會抱有一線希望，沒想到揮棒落空。唯一的收穫，就是聽到了另外三名人質的聲音，八成無法成為重要的線索。

二階堂雖然明知道這些情況，但還是問電腦組的人：「有沒有從聲音中掌握什麼線索？」刑警都沒什麼反應。

「人質的服裝或是髮型有沒有什麼異狀？有沒有發現和之前影片不同的地方？」

這時，在其他辦公桌前看著影片的山下輕輕叫了一聲：「好像聽到了雜音。」

所有人都看向她，山下用耳機聽著影片的聲音。

「可以請大家安靜一下嗎？」

室內所有人聽到山下的話，都立刻安靜下來。山下調大音量，閉上眼睛細聽。周圍的人也可以聽到人質說話的聲音。

「──可以聽到聲音，」山下說，「好像是電車的聲音。」

室內響起一陣喧鬧聲。

「沒聽錯嗎？確定是電車的聲音嗎？」

二階堂問。山下拿下耳機回答說：「應該沒錯。」

「好，立刻把影片送去科搜研，請他們調查一下是哪裡的電車聲音。」

「從電車的聲音就可以知道是哪一條路線嗎？」有人問。

「我怎麼知道？但是鐵道迷可能知道，如果知道是哪裡的鐵路，就可以知道綁匪躲藏在哪一條路線的沿線。」

✦

「『5 ch』都在討論，說已經知道綁匪躲藏的區域，鬧得沸沸揚揚。」

《週刊文砲》的主編林原對總編桑野說。

「沒想到影片中竟然錄到了電車的聲音。」桑野點點頭，「這就是所謂的智者千慮，必有一失。」

「我完全沒有發現，即使把電腦的聲音開到最大，也以為是雜音。」

「所以千萬不能小看網友。」

「『5 ch』上說，是在埼京線的沿線，那些鐵道迷太厲害了，竟然可以從那種像雜音的聲音，就判斷出是哪一班電車。」

桑野攤開雙手，做出投降的動作。

「更令人驚訝的是，甚至有人已經分析出在代代木車站附近。」

「為什麼知道得這麼詳細？」

「好像有專門分析各種聲音的聲音迷，把那個聲音放大後，上傳到網路上，結果就發現是代代木車站附近平交道的聲音，這是最新消息。」

「哇噢！」桑野叫道，「怎麼會這樣！」

「雖然不知道是真是假，但有人從平交道和雙向電車經過的時間點，推測出是上午七點二十二分拍的影片。」

「如果真的是這樣，綁匪的藏身之處就大大縮小範圍了。」

「是啊。」

「沒想到綁匪在緊要關頭犯下疏失——」桑野低喃，「不，或許他們小看了網友的能耐。」

「如果是這樣，就代表綁匪利用網路進行犯罪計畫，結果反而栽在網路手上。」

「警方應該掌握了這條線索吧？」

「即使原本沒有，他們現在也已經知道網路上的消息了，只要把影片送去科搜研，馬上就可以分析聲音。」

「那我們可不能磨蹭，馬上派記者去代代木車站附近。」

林原聽了桑野的話露齒一笑說：

「早就已經派了幾個人過去了。」

桑野露出一絲驚訝，但立刻變成了苦笑。

✦

「目前網路上的討論很熱烈，說是幾乎確定了綁匪躲藏的地點。」

安田向岩井報告。包括岩井在內的五名董事都在社長室內。

「是嗎？」岩井無力地說，「事態發展完全符合綁匪的預告。」

「的確是這樣。」安田說。

岩井回想起綁匪在昨天深夜傳來的電子郵件。

「明天早上，我們會上傳影片到網站上，警方會因為我們加在影片中的電車聲音而往錯誤的方向偵辦。」

岩井深深地嘆了一口氣，然後嘀咕說：

「我漸漸覺得綁匪好像無所不能，簡直太可怕了。」

這句話表達了社長室內所有人的心情。到目前為止，所有的一切都按照綁匪的計畫進行，就連警察也被綁匪玩弄於股掌之間，自己當然不可能有能力對抗綁匪。今天早上之前，他還對支付贖款有一絲猶豫，但現在幾乎徹底擺脫了猶豫。

綁匪並非只有能力超越警察，他們還懂得操作輿論。網路上對東光新聞的譴責和中傷與日俱增，據說已經有一部分代理商回報，有讀者取消訂閱。如果綁匪再次殺害人質，東光新聞就會落入和常日新聞相同的下場，不，如果綁匪殺害的是兩名人質，可能會造成更大的打擊。

看來和綁匪進行暗盤交易已經無可避免，除此以外，沒有其他方法可以減少對東光新聞的打擊。雖然四億圓對公司來說是一大筆錢，但如果和常日新聞一樣，訂戶減少兩成，損失就不只是這樣而已，目前只有一個方法能夠避免這種情況發生——

他僅存的一線希望，就是綁匪承諾「暗盤交易不會留下任何痕跡」這句話。雖然完全沒有任何保證，但事到如今，也只能相信了，而且他有預感，綁匪應該會說到做到。

總之，他目前只希望趕快擺脫這種痛苦。

「錢已經搬上車了嗎？」

岩井確認。

「是，昨天就已經放在車上了。」安田回答。

「一整晚都放在車上？」

「是的，是地下樓層的董事專用停車場，警衛二十四小時守在那裡，那裡最安全。」

岩井點點頭。

「那我們就出發了。」

「拜託你們了。」

木島和橋爪兩個人走出社長室，室內只剩下三個人。

岩井嘀咕說：

「這個決定可能會折磨我一輩子。」

安田和立花都默默點頭。

✦

大久保對網路上都在討論找到了綁匪躲藏地點感到不悅。

原本打算秘密加派警力前往，但既然事情已經鬧得這麼大，就很難再這麼做。

從現場傳回來的消息得知，附近已經可以看到報社和電視台記者的身影，附近居民也都很緊張，這簡直就像在提醒綁匪要提高警覺。綁匪應該躲在屋內不出門，如此一來，很難在路上發現可疑人物，然後一路尾隨，一舉逮捕綁匪。

京橋分局收到許多線報，舉報代代木附近有可疑的公寓，或是有來路不明的住戶。由於其中可能有重要的線索，偵查員只能逐一確認。

與此同時，也要為兩天後交付贖款的事做準備。因為綁匪可能在被查到躲藏地之前就採取行動，而且人質被關的地方和綁匪躲藏的地方可能並不在同一處，必須採取雙面作戰。

「贖款準備好了嗎？」

大久保問二階堂。

「明天就可以將隱藏追蹤器的錢都準備好。」

二階堂回答。

「已經在帝國飯店和新大谷飯店安排人手了吧？綁匪可能會事先察看場地。」

「是。」安藤回答，「已經派人假扮成行人，在附近走來走去，一旦發現可疑人物，就可以馬上跟蹤。」

搜查總部的會議上，模擬了綁匪拿走贖款的各種可能性。

綁匪一定會打電話給拿行李箱的女警手機，要求她前往好幾個地方，甩開跟蹤的刑警，伺機搶走行李箱。到時候一定會使用車子。行李箱內放了有GPS定位的追蹤器，無論綁匪逃到哪裡，都可以即時掌握。就算綁匪把錢拿出來，丟棄行李箱，兩捆紙鈔內都藏了追蹤器。綁匪會分秒必爭逃命，不可能特地拆開紙鈔上的綁鈔帶，至少會把錢帶回躲藏地之後，才會拆開綁鈔帶，那時候，他們已經被警方包圍了。

大久保想，如果「固力果森永案」發生當時也有現在這些高科技器材，「怪人二十一面相」就會落網。從這個角度來說，在二十一世紀的今天，以贖款為目的的綁架案幾乎不可能成功。無論計畫再怎麼周詳周到，無論躲藏得多麼巧妙，最後還是必須現身交付贖款。若是匯入銀行帳戶，如果不把錢領出來就沒有意義，綁匪只能直接拿現金。

在交付贖款時，必須注意一件事，那就是前來拿贖款的人並非綁匪。在「固力果森永案」時，綁匪綁架了一般民眾的女朋友，然後要求那名民眾去取贖款，這次很可能使用相同的手法，也可能花錢僱用小混混來拿錢。這是匯款詐騙時經常使用的手法，因此在綁匪把錢帶回躲藏地之前，行動必須格外小心謹慎。

除此以外，還需考慮到綁匪可能命令女警帶著行李箱搭電車。目前已經聯絡了鄰近縣警，安排好聯手合作，即使離開首都圈也沒有問題。此外已經派了幾名刑警駐守在東京車站等樞紐車站，隨時可以跳上新幹線。警方已經對能夠想到的所有情況做好準備，只要綁匪現身取款，就一定能夠將他逮捕歸案。一切都在兩天後見分曉。

但是，如果可以，大久保希望能夠在交付贖款之前逮捕綁匪。距離交付贖款還有時間。

✦

「一點了。」

高井田看著手錶說。三個男人緊張地看著他。

「差不多該出發了。」

高井田站了起來。

「高井田先生，」石垣發出不安的聲音，「沒問題嗎？」

「什麼問題？」

「如果是警方的圈套——」

「到時候就只是被抓而已，不是嗎？」

其他人聞言，全都笑了。

「但該做的還是要做，以防萬一。」高井田嚴肅地說，「這也是當初計畫好的。」

影山為石垣的雙手雙腳都銬上手銬，然後用鐵鍊把手銬和腳銬連在一起。

「不好意思，再忍耐一下。」

「為了九億圓，根本是小事一樁。」石垣說，「但希望你們趕快回來。」

「我知道。」

高井田等人先後走出住商大樓，分頭走向隔了一個車站的投幣式停車場。兩點半，他們在廂型車前集合。

影山負責開車，高井田和大友坐在後車座。影山的駕照雖然已經過期，但他的駕駛技術出類拔萃。發生萬一的狀況時，由他開車很令人安心。

三個人在車上換好為了這一天準備的全新工作服，然後又戴上帽子、墨鏡和口罩，最後在全身噴了大量除臭劑。

「你認為這是警方圈套的可能性有幾成？」

影山問。

「不到一成。」

高井田回答說。大友接著說：

「別擔心，我們已經與大和電視台、東光新聞打了這麼久的心理戰，我有自信，他們已經完全中計了。」

影山開著車，點點頭。

「但我之前也說了很多次，任何事都沒有絕對。」高井田加強語氣說，「也許我們現在正自投羅網，前往警察埋伏的地方。」

「沒關係。」影山輕鬆地說，「就算你說只有五成的把握，我還是決定孤注一擲。至今為止，我從來沒有像這一個月這麼充實，哪怕失敗去坐牢，我也無怨無悔。」

「吃牢飯可能比在馬路上討生活輕鬆多了。」

影山聽了大友的話笑了起來，但高井田沒有笑。

「你們不會去吃牢飯。」高井田靜靜地說，「我說過好幾次，如果警察在那裡埋伏，我們就說被綁匪集團威脅，要求我們去拿贖款，而且把石垣當作人質留在那裡。」

高井田和其他人都徹底牢記了自己被綁匪綁架，軟禁超過一個月的劇本。只要一有空，他們就反覆確認劇本，如今所有人都牢記在心，虛假的記憶幾乎變成了真實的記憶。

他們在離開之前，擦掉房間內所有的指紋，沒有留下任何毛髮和污垢等所有的證據。他們平時都徹底進行這項作業。當警方偵查時，如果發現只有人質的毛髮，就會懷疑是否真的有綁匪，但如果現場沒有任何毛髮，就可以消除這個疑問。只要高井田和其他人證實綁匪隨時清掃房間，幾乎到了偏執的程度，警察應該會相信。

綁匪總共有五人，他們虛構了這五個人的身高、體重、年齡、說話方式和五官特徵，四個人都牢記在心，而且還編造了和綁匪之間的對話。他們模擬練習了多次，即使警方個別偵訊他們，也不會露出破綻。為了避免回答得太流利，反而感覺不自然，他們還練習了假裝忘記，或是不時停頓。反正他們有充足的時間。

話雖如此，一切未必能夠按照計畫進行，到時候只能見招拆招了。

影山駕駛的車子來到目的地的停車場附近。

「轉過下個路口，再行駛一百公尺左右，就是交付贖款的停車場。」

高井田和大友點點頭。目前他們還沒有在周圍看到像是便衣警車的車輛。

車子轉過路口，停車場很快就出現在左側。高井田看看手錶。距離下午三點還有五分鐘。

車子漸漸向停車場靠近。影山不停地打量周圍。

「影山，不要東張西望。如果有警察，那也無可奈何，我們只要專心拿錢。」

「好。」

高井田考慮到警方拍攝附近車輛的可能性。受到綁匪威脅來取贖款的人質東張西望警戒的樣子，可能會引起警方懷疑。

「要進入停車場了。」

影山緊張地說。高井田叮嚀他：「不必慌張。」影山把車子停在柵欄前，打開車窗，拿了停車卡。柵欄打開，車子駛入停車場。他們事先調查時已經得知，這個停車場沒有設置監視器。

「在那裡。」

影山說話的同時，高井田也看到了。

後方停了一輛黑色賓士，旁邊站了兩個身穿西裝的男人。在相距二十公尺的地方，也有一輛黑色賓士，和三個穿著西裝的男人。兩方人馬不時瞄向對方。

高井田猜想兩方人馬都知道對方是大和電視台與東光新聞，也猜到對方和自己一樣，都來這裡交付贖款。但是這都無所謂，反正雙方的相關人士不可能把這件事洩漏出去。

「先去找裡面那輛賓士。」

高井田發出指示。車子在賓士前停下來。高井田和大友走下車，影山仍然坐在駕駛座上，引擎沒有熄火。

站在賓士前的兩個男人看到高井田和大友，抖了一下。

高井田走到他們面前問：「箱子呢？」

「在車上。」

「馬上搬下來，搬到這輛車上。」

兩個男人打開賓士的車門，有兩個紙箱放在後車座，兩個放在行李廂。他們把紙箱搬了下來，然後搬到高井田他們的廂型車上，全部搬完只花了不到三分鐘的時間。

高井田和大友一起回到車上，對影山說：「再去右邊的賓士那裡。」影山靈巧地倒車，把車子停在另一輛賓士前。高井田和大友再次下車。

站在賓士旁三個穿西裝的男人似乎很害怕，他們剛才應該看到了二十公尺外發生的事，因此增加了內心的恐懼。

高井田對他們說：「把箱子搬下來，裝在這輛車上。」三個男人立刻把紙箱從車上搬下來，放到廂型車上。總共有五個箱子，這次同樣花不到三分鐘。作業完成後，高井田和大友回到車上。

「撤退。」高井田一聲令下，影山立刻回答說：「好。」猛然把車子開出去。

「不必著急！」高井田尖聲說道，「慢慢來。」

「好。」

影山開車緩緩來到門口，準備付停車費，但因為戴著手套，而且手指在發抖，所以遲遲無法把硬幣投進去。

高井田從後車座下車，從影山手上接過錢，投入投幣口。柵欄打開的同時，高井田坐回車上。

影山把車子開出停車場後，高井田對他說：「先把車子停下來。用力深呼吸，深呼吸十次。放心，沒有警察。」

影山聽從高井田的指示用力深呼吸，高井田出聲為他計算次數。

「心情平靜下來了嗎？」

「對。」

影山說話的聲音和剛才緊張的聲音完全不一樣。

「好，那就安全地把車子開回去吧。」

六月三日

「就是明天了。」

大久保對所有偵查員說。

「如果綁匪出現在現場，絕對不允許失敗。」

所有偵查員都以嚴肅的表情點著頭。大久保已經做好心理準備，一旦失敗，他就要遞辭呈。京橋分局的刑警已經隱約察覺到這件事，全都下定決心，無論如何都要把綁匪逮捕歸案。

「今天早上，綁匪寄了電子郵件給東光新聞，內容是明天按照計畫進行。」

「太囂張了！」

玉岡說。大久保瞥了他一眼，沒有理會他，繼續說了下去：

「但是距離交付贖款還有超過二十四小時，目前已經在代代木周圍展開地毯式搜索，可惜至今仍然沒有掌握任何重要線索，但今天之內，仍然有可能找到綁匪躲藏的地方。很希望能夠在明天交付贖款之前逮到綁匪，如果不行，就要在交付贖款時逮捕他們。」

這時，搜查總部的電話響了。三田接起電話說了幾句話，但臉色漸漸出現變化，然後按住了電話，對大久保說：

「大崎分局生活安全課打電話來，說有人報警，在五反田的住商大樓聽到喊叫的聲音。」

「那又怎麼樣？應該是常見的情侶吵架吧？」

「雖然沒錯，但住在那裡的都是男人。」

「你說什麼？」

「聽報警的人說，那幾個男人總是戴著帽子、口罩和墨鏡，大崎分局的刑警已經趕往現場，他們認為可能與綁架案有關，先通知我們一聲。」

「那棟大樓叫什麼名字？」

二階堂問。

「東五反田的東元大樓三號樓。」

所有人都看向貼在搜查總部內的地圖。之前展開地毯式搜查時，已經查訪過這一帶。

「啊！」

玉岡叫了一聲。

「怎麼了？」

「那裡——我曾經去過。」

「真的嗎？」安藤走到他面前問，「你當時回來報告的內容是什麼？」

「詳細情況我不太記得了，但當時並沒有發現什麼可疑的問題。」

「你和誰一起去的？」

玉岡慌忙翻開記事本說：「和伊東巡查。」

「你記得什麼嗎？」

二階堂問。玉岡閉上眼睛，努力回想著。

「在電梯廳時遇到一個長頭髮的男人。」

「有沒有什麼特徵？」

「不，看起來很普通，並沒有什麼特徵。」

「你什麼都不記得了嗎？」

「嗯，只記得那個男人很臭——」

「什麼意思？」

二階堂很受不了地問。

「是不是遊民的臭味？」

鈴村站起身說道。大久保臉色大變：

「如果遊民被關在這棟大樓內，綁匪的衣服上沾到臭味非常合理。」

「立刻打電話給大崎分局，請他們先不要進入現場。」

二階堂大聲叫道。

「然後要求現場附近的偵查員都去東元大樓三號樓，還有附近的警車。」

「是。」

「我們也一起去。」

所有偵查員都站了起來。

✦

佐野光一事隔多日，又重新回到推特上，他很想把昨天看到的事貼出來。

「偶然經過人形町的停車場時，看到了有趣的事。身穿西裝的男人從賓士轎車上搬下好幾個紙箱，交給身穿工作服，戴著墨鏡的可疑男人。事情絕對不單純，一定是在做什麼危險的交易，我還特地記下了賓士的車牌。」

佐野在輸入這些文字的同時，回想起當時的情況。

他邊走路邊看手機，不小心撞到小孩，手機掉在地上。手機在地上滾了幾下，竟然從水溝蓋的縫隙掉下去。「我到底有多衰啊！」他嘀咕著，跪在馬路上，拚命把手塞進水溝蓋，想把手機撿起來。這時，他隔著圍籬，看到了站在停車場內的男人。

他們在幹什麼？他好奇地張望，看到一輛廂型車開到賓士前，男人從賓士上搬了幾個紙箱到廂型車上，廂型車又立刻駛到不遠處的另一輛賓士前，做了相同的事。佐野看得出神，甚至忘記撿手機了。不一會兒，廂型車就離開了停車場。佐野這才撿起手機，走進停車場，記下了兩輛賓士的車牌，然後走出停車場，記在手機上。

佐野認為自己看到的絕對是見不得光的非法交易。

隔了一天之後，他打算把這件事寫到推特上，但在發文之前，突然又覺得不安。他擔心如果因為這件事，警察再次找上自己該怎麼辦？萬一警方認為自己是同夥，偵訊自己該怎麼辦？也許這次就不會輕易放自己回家了。佐野想起之前被問話的恐懼。不，他又想到，如果被賓士車的男人盯上，下場可能會更可怕。如果他們是黑道兄弟，就不會放過自己。那比警察恐怖多了。

佐野刪除已寫好的推文，然後也刪除了原本記在手機裡的車牌號碼。

差一點做了危險的事——他在內心嘀咕。因為好玩而亂發推文會惹禍上身。我總算長大了。

✦

二階堂等人趕到五反田的住商大樓附近時，警察和刑警已經包圍了周圍一帶。

刑警盤問走出大樓的每一個人，沒有帶可以證明身分證件的人，就帶上警車，以主動說明的方式接受偵訊。森嚴的氣氛讓附近民眾都滿臉不安地注視著警察和警車。

「我是大崎分局生活安全課的巡查部長黑田。」

指揮現場的刑警向二階堂打招呼。

「那一戶是七樓的七一一室，租客的名字叫飯山幸次，但應該是假名，高井田康是擔保人。」

「高井田！」

「當初仲介租屋的房屋仲介說，租房子的人很像高井田。」

「你們已經進去那一戶了嗎？」

「還沒有。」

二階堂知道黑田這麼做是為了尊重京橋分局，於是向他微微鞠躬，在心裡向他道謝。

「在我們攻堅之前，是否可以請你告訴我目前的狀況？」

「早晨七點十一分，大崎分局接獲一一〇電話，住在該大樓七一二室的住戶報警。那位民眾說，七點左右，隔壁七一一室傳出打鬥的巨大聲響，接著又聽到男人的叫喊聲。住在另一側隔壁七一〇室的住戶也聽到了叫聲。在相同的時間，還接到另一通未顯示來電的匿名報案電話，內容也一樣。」

二階堂點點頭，雖然第二通未顯示來電的匿名電話令人好奇，但最近有不少人報案時不願留下個資。

黑田繼續說：

「不過這一帶經常發生鬥毆事件，如果幾個男人住在一起，有時候會發生爭執，所以不時會接到這種報案電話。於是附近派出所的巡查先過來察看，按了對講機，但沒有人回應，隨後就離開了。當時是上午七點四十分。我們分局的刑警剛好聽說了這件事，為了以防萬一，就向房仲業者確認住戶資料。在調查七一一室住戶的名字時，發現保證人是高井田康。時間是上午十一點左右。」

「那我們行動吧。」

二階堂要求下屬做好攻堅的準備。

五分鐘後，二階堂率領七名刑警站在七一一室前。

安藤按了對講機，但沒有人回應。

「現在該怎麼辦？」

安藤問二階堂。二階堂猶豫一下。他覺得這或許是綁匪設下的圈套，在引誘警方出動的同時，綁匪自己前往交付贖款的現場。

而且，必須有搜索令才能夠自行開門強行進入，但是二階堂認為住戶證實曾經聽到叫喊聲的證詞可以解決這個問題。

「進去吧。」

安藤聽到二階堂的指示，立刻用從管理員手上借來的備用鑰匙打開門。這道門沒有內鎖，也沒有掛上門鍊。

一打開房門，一股令人窒息的異臭立刻撲鼻而來。那是像汗水和垃圾混在一起的臭味。安藤最先走進玄關，玉岡也跟著走進去。他們兩個人的右手都握著特殊警棍，以防綁匪反抗。二階堂和其他人隨後步入。

「飯山先生，請問你在家嗎？」

安藤喊了門口門牌上的名字，但並沒有聽到回答。

刑警沿著狹窄的走廊緩緩前進。正前方的開放式廚房內沒有人，這時，二階堂發現右側房間的門內深處有動靜。

「有人在那裡。」

二階堂指著門，安藤默默點了點頭。

「股長，你請後退。」

安藤小聲說完，拿起警棍保持警戒，然後小心翼翼打開門，立刻聞到了更強烈的臭味。

房間內一片漆黑，但的確可以感受到人的動靜。安藤伸手摸索著牆上的開關，打開電燈。

四個被銬上手銬的男人倒在地上。

✦

警方調查後確認，房間內的四個男人正是被綁架的人質。

高井田的臉上有被毆打的痕跡，警方發現他時，他眼睛上方的傷口和鼻子都流著血。顯然是在反抗綁匪時遭到毆打。

根據人質的證詞，總共有五名綁匪，但平時只有三個人留在住商大樓內，其他兩人很少出現。室內的大型冷凍庫內發現了一具屍體，屍體已被肢解，分別用塑膠袋密閉包裝。經過DNA鑑定，證實是人質松下和夫的屍體，但並沒有發現原口清的屍體。

現場並沒有發現任何綁匪留下的物品，也沒有找到綁匪的指紋和毛髮。人質證實，綁匪隨時戴著手套，每隔數小時，就會清掃房間，簡直到了偏執的程度。

人質說，三日早上七點左右，高井田趁上廁所時試圖逃走，但在打開玄關門準備逃出去時，被幾名綁匪抓住，當時他曾經多次大聲叫喊。高井田被帶回房間後，就遭到綁匪痛毆。高井田身上有多處被毆打的痕跡，客廳的地上也有高井田的血跡。

警方研判，由於高井田大聲叫喊，綁匪擔心藏身處被人發現，於是帶了電腦和其他所有物品逃走。大樓一樓電梯廳的監視器鏡頭被人噴上噴漆，完全沒有拍到任何人。監視器被噴漆的時間是上午十點零七分。

由於人質被關在陽光完全被遮蔽的房間內，失去了對白天黑夜的感覺。綁匪不准他們洗澡，他們也沒有換衣服，所有人身上都發出惡臭。而且因為長時間被銬上手銬，所有人的手腕都有擦傷。人質幾乎沒有進食，營養狀態很差，在營救人質後，立刻把他們送去醫院。四名人質分別住院治療了一週到兩週的時間，大友孝光被救出時，被診斷出精神狀況不太好，但之後恢復了。

出院之後，高井田康受到警方最嚴格的偵訊。因為這起綁架事件中所使用的金錢和車子都是他的，但他聲稱在多摩川河岸被綁匪綁架的證詞自始至終沒有改變，負責偵訊的刑警也都認為沒有值得懷疑之處。

在人質獲得釋放後，接到醫院的通報，高井田曾經在東京都內的醫院接受癌症治療，但搜查總部判斷，高井田並沒有罹癌，而是松下接受了治療。刑警認為，綁匪擔心松下因為癌症死亡，會破壞他們的計畫，於是使用高井田的健保卡帶他去醫院，但如果是這樣，就會產生一個疑問，松下為什麼沒有在醫院求救？

但是，從高井田等人的證詞得知，松下當時幾乎都躺在床上，意識不清，他甚至可能不知道自己被人綁架，這就解釋了刑警的疑問。除此以外，找不到任何合理的說明。

綁匪不知去向。雖然大樓的監視器拍到幾名疑似綁匪的人，但那幾個人都把帽子壓得很低，而且用墨鏡和口罩遮住臉，無從得知他們的長相。再加上那幾個人都是長髮，猜想很可能是假髮，他們的衣服、帽子和長褲，還有鞋子都一樣，根本無法分辨誰是誰。

那棟大樓附近並沒有監視器，警方推測，綁匪在事先調查中確認過，才會租用這棟住商大樓的房子。他們在離開住商大樓後就換了衣服，拿掉帽子和墨鏡。

營救出人質的二十天後，警視廳對外公布，曾經試圖在交付贖款時逮捕綁匪。雖然大和電視台與東光新聞拒絕支付贖款，但警方要求他們告訴綁匪，願意支付贖款。警方因為這件事受到譴責，但警方說明，這是逮捕綁匪唯一方法，社會大眾接受了這種說法。順利救出剩下的四名人質，是警方沒有受到抨擊的最大原因。由於在預定交付贖款的前一天救出人質，當然就不必交付贖款。

「綁架網站」在人質獲釋的三天後，突然上傳了簡短的聲明。

「百密卻有一疏，這次可以說是警方略勝一籌。」

這是綁匪最後的聲明，隔天，「綁架網站」便消失了。

尾聲

鈴村推開門，服務生對他說：

「不好意思，已經過了最後點餐時間。」

「是嗎？我來得太晚了嗎？」

鈴村遺憾地說。服務生對他說：「請稍等一下。」然後走去後方，接著聽到他對著廚房說：

「有一位客人要用餐。」廚房內的男人瞥了鈴村一眼。

服務生走回鈴村面前，笑著對他說：「讓您久等了，您可以進來用餐。」然後為他帶了位。

鈴村坐下後，點了和餐廳名字相同的定食。服務生用歡快的聲音說：「一份定食。」廚房傳來開朗的聲音回答：「好哩。」

服務生離開後，鈴村打量店內。這家餐廳並不大，除了吧檯座位以外，只有六張餐桌，但有一種雅致的感覺。雖然是很平民化的西式定食餐廳，價格親民，但客人的素質都不錯。雖然已經過了最後點餐時間，餐廳內幾乎座無虛席。之前就聽說這家餐廳生意很好，但沒想到生意這麼好。

定食很快就送來了。除了炸肉餅、沙拉，還附了湯。平凡的餐點，卻有一種懷念的味道，而且每一道菜都美味可口。鈴村吃完後，明白這家餐廳為何生意很好。即使最初是因為好奇而造訪，也會被餐點吸引而成為回頭客。

服務生來為他加水時，他坦誠地表達對餐點的感想。服務生微笑著說：「謝謝。」

當鈴村吃完時，客人幾乎都走光了。鈴村找來服務生問：「可以給我一杯熱咖啡嗎？」服務生回答說：「好。」

過了一會兒，另一個男人送咖啡上來。他繫著圍裙，戴著廚師帽。

「這是您的咖啡，謝謝您稱讚我們的餐點。」

「真的很好吃，影山先生。」

鈴村喊出他的名字，但影山並沒有露出絲毫訝異。

「剛才的服務生是石垣先生吧？」

「是。」

「我是當時偵辦那起案子的刑警。」

影山這才略顯驚訝，但他鞠躬致意後，立刻轉身離開。

鈴村喝著咖啡，另一個繫著圍裙的男人走過來。

「我是高井田。」

「我叫鈴村。」

餐廳內的其他客人都走光了，只剩下鈴村一個客人。

「要不要坐下來一起喝杯咖啡？」

鈴村和顏悅色地邀請他。

「那就恕我失禮了。」

高井田說完，拿下圍裙，在鈴村對面坐下來。

「我在今年春天退休了。」

「您辛苦了。」

「我在退休的前一天，都仍然在追查那起案件。」

「謝謝。」

高井田說完，鞠了一躬。

「把你們營救出來至今，已經快兩年了，但仍然沒有抓到綁匪。搜查總部在去年解散，之後只有專案小組在追查，不過專案小組在不久之前也解散了。」

「我聽說了。」

影山和石垣也在不知不覺中來到餐桌旁。

「他們也可以一起坐嗎？」

高井田問。鈴村回答說：「當然可以，也請大友先生一起來。」

高井田對石垣說：「你去叫大友過來。」繫著圍裙的大友很快就過來桌邊，搬了一張椅子後，五個人都坐了下來。

大家一起喝著咖啡。

「你們一起開了這家餐廳嗎？」

鈴村問。

「是的。」高井田回答，「我們被關了超過一個月，在生死與共的生活中，覺得彼此比家人更重要，於是決定一起開餐廳。」

鈴村點點頭說：

「餐廳剛開張時，引起了熱烈討論，電視台也介紹了你們的餐廳。」

「多虧媒體宣傳，餐廳的生意很不錯。」

「那真是太好了。請問開餐廳的資金是從哪裡來的？」

「我賣了房子，還申請貸款。」

鈴村點了點頭。在餐廳開張時，警方就調查了資金來源，高井田的回答完全正確。

「這起案子裡，兩名人質的死亡讓我很不解。」鈴村說，「警方調查了在冷凍庫中發現的松下先生遺體，得知他的確罹患了癌症，法醫認為，他已經癌症末期——如此一來，就不能排除松下先生的死，是服用大量西可巴比妥自殺這種可能性。」

高井田面不改色，默默聽著鈴村說話。

「至於另一名人質原口的死——我總覺得可能是受松下先生之託，不知道為什麼，冷凍庫內並沒有發現原口的身體。」

「請問你認為理由是什麼呢？」高井田問。

「也許原口的身上有被毆打的痕跡。」

高井田和其他人什麼話都沒說，短暫的沉默後，高井田開口：

「如果按照你的說法，是有人受松下先生之託殺了原口，那到底是誰下的手？」

「當然是綁匪。」

鈴村看著高井田的眼睛回答。

「綁匪為什麼要做這種事？」

「這只是我的想像，你們願意聽我說嗎？」

「當然要洗耳恭聽。」

「綁匪在計畫這起綁架案時，最擔心的就是別人不相信真的發生了綁架案。如果綁架小孩或是公司的員工，大家都會知道的確有綁架案，但如果是非親非故的遊民，無論是被勒索贖款的對象還是警方，都無從得知是不是真的有綁架案，社會大眾也一樣。但是，當人質被殺，所有人都知道的確這件綁架案貨真價實，只是必須要有屍體，這件事才能夠成立。」

高井田等人都沒有說話。鈴村繼續說道：

「也就是說，這起綁架案原本很難成為犯罪事件，但是其中有一名同夥是癌症末期，如果他主動提出願意提供遺體，就可以解決這個問題。至於第二具屍體——綁匪因為某種機緣得知原口就是殺害松下先生女兒的凶手，而後決定處死他，然後使用他的屍體。怎麼樣？」

「鈴村先生，你說綁匪因為某種機緣，得知原口殺害了松下先生的女兒，有方法可以知道這件事嗎？」

鈴村聽了高井田的問題，苦笑著回答說：

「問題就在這裡。松下先生幾乎不可能查到這個事實，綁匪不可能知道。既然這樣，就只能認為是巧合，而且是幾乎不可能發生的巧合，但是如果無法合理解釋這個問題，就無法提出人質在胡說的可能性。」

高井田笑了起來。

「你剛才說，人質在胡說，是指我們是綁匪的意思嗎？」

「如果這樣假設，很多事就可以有合理的解釋。你之前的餐廳因為東光新聞的報導，和電視新聞節目拍到的影片而倒閉，東光新聞報導影山先生是色狼，導致他被公司開除。對了對了，說到色狼，我聽到了奇怪的傳聞。兩年前，有一名粉領族把自己的不雅影片同時傳給了朋友和熟人，有趣的是，她年輕時曾經多次控告遇到猥褻犯，也許是冤枉別人是色狼，然後從那些男人手上騙錢。雖然不知道她當年是為了騙錢還是好玩，但如果真是如此，那麼就是她不小心把自己的不雅影片傳給朋友，算是罪有應得。」

「這件事和我有關嗎？」

影山問。

「沒有，」鈴村說，「我只是剛好想到而已。」

影山笑了起來。

「我在警界的生涯幾乎都是當刑警，偵辦過許多案子，其中有不少案件陷入瓶頸，懸而未決，但是，即使歹徒僥倖脫身，遲早會遭報應，所謂天網恢恢，疏而不漏。我可以談一下以前的案子嗎？」

「請說。」

「那是三十八年前，我在綾瀨分局當刑警時，第一次偵辦的案子。一名女童在足立區被殺，我全力投入偵查工作，想替這名女孩報仇，當時有一名少年嫌疑重大，卻缺乏決定性證據可以證明那名少年犯案，最後高層認為無法在審判中定他的罪，於是根本沒有起訴他。但是，我至今仍然相信，就是他幹的。那個少年名叫原口清，當我得知原口被殺時，覺得有人替天行道，處罰了他。」